HEXENJAGD

NOVA NELSON

Kapitel Eins

Jane Saxon schenkte mir noch ein Glas Pinot Noir ein und beendete ihre wilde Geschichte mit: „Ich sag dir, nie im Leben hätte ich gedacht, dass die Ehe irgendwann einmal dazu führen könnte, dass ich Hunderte von Kakteenstacheln aus dem knallroten Hintern meines Mannes ziehen müsste. Ich wusste nicht einmal, dass Ansels Haut so rot werden kann. Ich wär fast gestorben."

Ich war selbst halbtot, so sehr musste ich lachen.

„Und wenn ich auch nur ein Sterbenswörtchen davon Darius gegenüber erwähnte", fuhr Jane fort, „würde Ansel sich auf der Stelle von mir scheiden lassen."

Ich schnappte nach Luft und sagte: „Das heißt, du hast was gegen ihn in der Hand."

Sie neigte den Kopf und hob ihr Glas. „Auf genau die richtige Menge an Druckmitteln gegen die Männer, die wir lieben."

Ich stieß mit ihr an, trank einen Schluck und lehnte mich auf Janes und Ansels bequemem Ledersofa zurück. Sie waren seit ein paar Wochen von ihrer Hochzeitsreise zurück, aber das war unser erster Mädelsabend; nach der langen Abwesenheit hatte Jane so viele Schichten wie möglich angenommen, um die ganzen Ausgaben für ihre Zeit in Wisconsin wieder reinzuholen.

Nein, nicht das Wisconsin. Ich weiß, das dachte ich zuerst auch. Ich wurde schnell eines Besseren belehrt, als sie erklärten, dass Wisconsin eine Welt ist, die über Avalon mit Eastwind verbunden ist. Es kostete ein hübsches Sümmchen, den Inter-Welten-Zug nicht nur nach Avalon, sondern dann weiter nach Wisconsin zu nehmen, aber für Werwesen wie Jane und Ansel war es das offenbar wert. Das Reich war wild und aufgeschlossen für die Launen aller Arten von Wer-Kreaturen. Und obendrein gab es luxuriöse Unterkünfte zum Schlafen und die Art von Privatsphäre, die Frischvermählte suchten.

„Darf ich dich was viel zu Persönliches fragen?", sagte ich.

„Das sind meine Lieblingsfragen."

Ich überlegte, wie ich es am besten formulieren sollte. „Wenn du und Ansel ein Kind bekommt, wird es dann halb Werbär und halb Werwolf, oder wie?"

Sie lachte. „Zum Glück nicht. Es ist immer nur das eine oder das andere, wenn verschiedene Arten sich paaren."

„Und denkt ihr beiden schon drüber nach?"

„Im Moment nicht. Und du? Möchtest du mal Kinder?"

Ich zuckte mit einer Schulter. Wenn ich ein Baby hätte, bestünde die Chance, dass es ein Fünfter Wind wird wie ich. Wollte ich dieses Erbe wirklich an die nächste Generation weitergeben? „Im Moment nicht", sagte ich.

„Ich schätze, du müsstest das sowieso erst mit dem potenziellen Vater besprechen", sagte Jane. „Apropos, wie läuft's bei dir und dem saftigen Stück Fleisch, das ich ‚Boss' nenne?"

„Gut. Eigentlich super."

„Ich konnte neulich nicht umhin, euch beide im Büro zu hören …"

Ich spürte, wie mir das Blut aus dem Gesicht wich. „Wir haben nur, äh, die Vorräte sortiert."

Sie verdrehte theatralisch die Augen. „Wenn du das so nennen willst, meinetwegen. Aber nein, davon rede ich nicht." Sie hielt inne und grinste mich anerkennend an. „Ihr sagt die drei Worte zueinander, oder?"

Ich nippte an meinem Wein, versuchte, locker zu wirken, obwohl ich in Wirklichkeit jedes Mal wie ein Mädchen kicherte, wenn ich mir vorstellte, wie Tanner mir sagte, dass er mich liebt. Es war jetzt etwa einen Monat her, seit er es zum ersten Mal gesagt hatte, aber mir wurde immer noch schwindlig davon. „Ja, tun wir. Aber das ist keine große Sache."

Sie stieß mir mit ihrem großen Zeh gegen die Wade. „Oh, halt die Klappe! Du darfst dich darüber freuen. Ihr zwei seid auf der Überholspur zur Ehe, und das kann jeder sehen."

„Vielleicht, nur ..." Da war diese eine kleine Sache. Dieser kleine Ausrutscher – na ja, zwei – und dann das immer noch andauernde Verschweigen der Wahrheit.

„Nur?" Sie wartete geduldig.

Ich kann es ihr genauso gut sagen. Ich hatte es schließlich schon Stu Manchester erzählt, *Fänge und Klauen!*

„Du darfst Ansel nichts davon sagen, okay?"

Sie nickte. „Auf die Liste damit." Im Gegensatz zu Ansel, der klar sagte, dass er Jane alles erzählen würde, was man ihm anvertraute, wusste ich, dass sie ein Geheimnis bewahren konnte.

„Ich hab' irgendwie ... nein, ich habe Donovan geküsst. Definitiv."

Einen Moment lang fragte ich mich, ob ich es nur gedacht hatte, denn sie starrte mich an, blinzelte mit ausdrucksloser Miene und sagte nichts.

Dann warf sie den Kopf zurück und lachte schallend. Sie schlug sich aufs Knie und hätte fast ihren Wein auf dem Sofa verschüttet. „Oh Einhornäpfel!", rief sie. „Das kann einfach nicht sein, dass ihr zwei euch geküsst habt. Unmöglich. Warte, war es ein Versehen?"

„Nein", sagte ich und lachte über ihre Ungläubigkeit. „Es war Absicht. Beide Male."

Ihr Mund blieb offen stehen. „Oh Mädchen." Ein Ausdruck breitete sich auf ihrem Gesicht aus, und in einem anderen Kontext hätte ich gedacht, sie würde mich gleich angreifen. „Du fängst besser an, mir die Geschichte zu erzählen, und wenn du nicht fertig bist, bevor Ansel und Darius vom Laufen im Wald zurück sind, werde ich dich zwingen, weiterzuerzählen, also komm in die Gänge."

Ich nahm es als gutes Zeichen, dass Jane neugierig auf die Geschichte war und mich nicht sofort für das Küssen von jemandem tadelte, der nicht Tanner war. Das fehlende Urteil fühlte sich wie mehr an, als ich verdiente, aber ich war dankbar dafür.

„Erinnerst du dich, als diese seltsame Dürre in Eastwind passiert ist?"

Sie nickte, legte einen angewinkelten Ellbogen über die Sofalehne und machte es sich mit ihrem Wein gemütlich, um sich die Geschichte anzuhören. Also lieferte ich.

Ich kam bei dem Teil an, wo Donovan und ich blutverschmiert aus den Deadwoods gekommen und ins Medium Rare marschiert waren, bevor sie mich unterbrach.

„Ich bin immer noch sauer auf dich, dass du diese Show mit Tanner abgezogen hast, als ich nicht da war. Ansel prahlt damit, dass er es live und in Farbe gesehen hat. Er weiß, dass es mich wahnsinnig macht." Sie hielt inne. „Was hat Donovan gemacht, als du Tanner geküsst hast?"

Die Erinnerung weckte frische Schuldgefühle. „Er ist gegangen."

Sie holte zischend Luft, als hätte sie sich den Finger an

einer heißen Pfanne verbrannt. „Armer Kerl. Als ob er noch was bräuchte, um noch mehr zu brüten, als er es sowieso schon tut. Habt ihr seitdem darüber geredet?"

„Leider ja. Aber die gute Nachricht ist, ich glaube, er sucht sich langsam grünere Weiden."

Jane zog die Augenbrauen hoch. „Ach ja? Wer in dieser Stadt ist grüner als du?"

„Evangeline Moody."

„Ah, stimmt. Eva. Ja, die ist grüner als die meisten von uns. Süßes kleines Ding. Mich täuscht sie aber nicht. Sie ist eine Südwindhexe. Sie mag süß aussehen, aber ich würde sie nicht reizen. Wenn sie wollen, können diese Pyromanten dich in Flammen aufgehen lassen."

„Ich hoffe, sie verbrennt Donovan nicht."

Jane kicherte. „Im Ernst. Wir können uns kein weiteres gebrochenes Herz bei dem Jungen leisten. Aber ich würde mir keine Sorgen machen. Pyromanten und Hydromanten passen meist gut zusammen. Zumindest gehen sie nicht in Flammen auf, wenn sie sich trennen."

„Ich schätze, das ist gut."

Mein Glas war wieder leer, und Jane füllte es auf, bevor sie die Schale mit den gemischten Nüssen auf dem Couchtisch näher heranschob. Ich warf mir eine Handvoll in den Mund, als sie sagte: „Ich nehme an, du hast Tanner die Geschichte von dem, was in den Deadwoods passiert ist, noch nicht erzählt."

Ich schüttelte den Kopf. „Nein, aber seltsamerweise habe ich sie Stu erzählt."

Sie zog eine Braue hoch. „Stu Manchester?"

„Ja. Ich wollte das eigentlich nicht, sie ist einfach so raus-gekommen."

Sie kicherte, und ich fügte hinzu: „Das ist deine Schuld! Wenn du nicht auf Hochzeitsreise gegangen wärst, hätte ich sie dir erzählt, dann hätte sich meine Angst nicht aufgestaut und mich dazu gebracht, dem verdammten Deputy alles zu beichten."

Ihr Lachen ebbte mit einem Seufzer ab. „Wann wirst du es ihm sagen?"

„Meinst du, ich sollte?"

„Natürlich. Es ist Tanner. Er wird's verstehen."

„Aber es wird ihn verletzen."

„Ja, und verwirren, und er wird sich verraten fühlen. Aber das sind Gefühle, die wir alle irgendwann durchmachen, wenn wir lange mit jemandem zusammen sind. Es ist ja nicht so, als hättest du mit Donovan geschlafen ... oder?"

„Was? Nein! Im Wald?"

Jane sah mich schief an. „Du sagst das, als wär das was Schlechtes. Offenbar hast du es noch nie probiert."

„Die Deadwoods sind nicht Wisconsin, Jane."

„Okay. Was ich sagen will, ist, dass du ihn nur geküsst hast —"

„Das war nicht nur ein Kuss. Ich meine, es war einer, aber es war ein echt schöner Kuss, und es wäre mehr geworden, wenn ich ihn nicht abgebrochen hätte."

Jane blähte die Wangen auf. „Nora. Ein Handschlag mit der falschen Person könnte mehr werden, wenn du ihn nicht abbrichst. Aber du hast es getan."

„Und dann habe ich ihn im Tunnel zwischen den Reichen nochmal geküsst."

„Versuchst du, mich davon zu überzeugen, dass du eine schreckliche Person bist? Denn das wird nicht funktionieren. Willst du mit Donovan zusammen sein?"

„Nein!"

Sie saß schweigend da, die Lippen zu einer dünnen Linie gepresst.

„Im Ernst, das will ich nicht. Ich liebe Tanner, und ich wähle ihn."

Ihre Miene hellte sich auf. „Okay. Dann wird er's verstehen. Vielleicht nicht sofort, aber bald."

Ich stöhnte. „Okay, gut, dann sage ich es ihm."

Jane lächelte. Dann weiteten sich ihre Augen, sie setzte sich aufrecht hin und wedelte mit einem Finger vor mir. „Oh, aber bevor du das tust, gib Donovan Bescheid. Er verdient es zu wissen, dass sein bester Freund bald ziemlich sauer auf ihn sein wird."

„Gute Idee."

Sie lehnte sich wieder zurück. „Fühlst du dich jetzt besser?"

Ich zwang mich zu einem Lächeln. „Ja, viel besser."

„Noch mehr Klatsch, den du mir nach meiner Hochzeitsreise erzählen musst?"

Ich hielt inne und dachte nach. Aber eins nach dem anderen. „Nein."

Hinter ihr sprach eine Männerstimme mit einem dicken irischen Akzent. „Erzählst du ihr nicht von mir?"

Ich ignorierte ihn. Denn, nein, ich hatte nicht vor, *irgendjemandem* von Roland O'Neill zu erzählen.

Zumindest noch nicht.

„Bin mir nicht sicher, ob du deinem Lover von dem anderen Loverboy erzählen solltest", bemerkte Roland, während er mich von Jane nach Hause begleitete. Es war weit nach Mitternacht. Ich war natürlich länger geblieben, als ich wollte, und jetzt würde ich nur ein paar Stunden Schlaf bekommen, bevor ich zur Arbeit musste.

Die Kopfsteinpflasterstraßen von Eastwind waren um diese Uhrzeit an einem Mittwoch menschenleer, und Mitte September hatte eine kühle Nacht und einen frischen Wind mitgebracht. Rolands nahe geisterhafte Präsenz sorgte nur für eine neue Schicht Kälte auf meiner Haut.

Ich zog meinen Mantel fester um mich. „Warum sollte ich es ihm nicht sagen?", fragte ich, um meinen Liebhaber aus einem früheren Leben bei Laune zu halten.

„Wenn ich herausfinden würde, dass so ein hinterhältiger Typ, der sich mein bester Freund nennt, Hand an dich gelegt hat, würde ich ihn durchbohren. Vielleicht nicht einmal mit einem Schwert, einfach mit dem nächsten spitzen Ding, das ich finde. Ich wär da nicht wählerisch."

Ich sah ihn an. Er sah aus, als meinte er es ernst. „Okay, na ja, ich glaube nicht, dass Tanner der gewalttätige Typ ist."

Er seufzte, was seltsam war für jemanden, der nicht atmete. „O Diana –"

„Nora."

„– man weiß nie, welche Art von eifersüchtigem Liebhaber ein Mann ist, bis man sein Temperament auf die Probe stellt. Ich habe die friedlichsten Männer gesehen, die für weniger als dass jemand die falsche Frau geküsst hat, eine Stadt niedergebrannt haben."

„Fühlt sich an, als wolltest du versuchen, mir Angst zu machen."

„Ich will dich nur warnen, meine Schöne."

Warnen oder versuchen, meine Beziehung mit Tanner irgendwann später viel schlimmer implodieren zu lassen?

Während Roland behauptete, mich zu lieben, und das auch bewiesen hatte, indem er mich über mehrere Leben hinweg gesucht hatte (das musste ich ihm wirklich lassen), vermutete ich, dass er nicht immer meine derzeitigen romantischen Interessen im Kopf hatte, wenn er Ratschläge gab. Tatsächlich wär ich ein Idiot, wenn ich das denken würde.

Glücklicherweise waren meine Gefühle für ihn, wenn ich Nora war, beherrschbar, anders als bei Diana, die schließlich diejenige war, die sich in ihn verliebt hatte. Aber wenn das Leben mich je wieder zurück zu dieser Klippe am Meer bringen würde, seinen warmen Körper an meinen gepresst, war ich mir nicht sicher, ob ich dieselbe Entscheidung treffen könnte wie zuvor; ich war mir nicht sicher, ob ich mich je entscheiden würde zu gehen.

Hoffentlich würde es nicht dazu kommen.

Rolands Annahme war, dass das mit Tanner nicht halten würde, und wenn es unweigerlich endete, würde ich endlich zu Verstand kommen und mein Versprechen einlösen, einen Weg zu finden, Roland körperlich auf diese Seite zu bringen.

Hatte ich wirklich die Macht dazu? Ich hatte keinen blassen Schimmer. Ich hatte oft genug gehört, dass Fünfte Winde wie ich Tote auferwecken konnten, aber in welchem Zustand diese Toten sein würden, wenn sie auferweckt wurden, war nie ausgeführt worden, und ich hatte nie gefragt.

In meinen abendlichen Lektionen mit Ruby und Oliver waren wir auch noch nicht bei Auferweckungen angekommen, und ich war mir sicher, wenn ich das Thema auch nur ansprechen würde, würden beiden die Köpfe explodieren.

„Du willst, dass ich mit Tanner Schluss mache, oder?"

„Aye. Ich denke, ich war, was das angeht, ziemlich transparent."

Ich sah ihn an, biss mir auf die Lippe, und er nickte. „Wortspiel nicht beabsichtigt", fügte er hinzu. Wir gingen durch das Emporium, das menschenleer und still war. „Ich freue mich auf den Tag, an dem du nicht mehr die Nächte im Bett eines anderen Mannes verbringst, aber wenn nicht Geduld, habe ich bei meiner Suche nach dir nichts gelernt."

„Nur damit das klar ist", fing ich an, „du siehst nicht zu, wenn ..."

„Nein. Ich habe zu meiner Zeit echte Folter erlebt; ich würde mich nie freiwillig quälen."

„Toll. Lass uns nie wieder drüber reden."

„Wie du wünschst."

Ich wusste, dass das mit Roland und mir nicht so weitergehen konnte. Ich war nicht so begriffsstutzig.

Wie konnte ich Tanner von Donovan erzählen, so tun, als wär die Luft rein, und dann das Geheimnis von Roland O'Neill, meinem neuen Mitbewohner/Geist, zurückhalten? Aber ich wusste auch, dass Tanner gleichzeitig von Donovan und Roland zu erzählen ein garantiertes Einweg-Ticket ins Single-Leben war.

So konnte es nicht weitergehen und es musste etwas geschehen, aber ich war mir nicht sicher, was das sein würde.

Kapitel Zwei

Die Gasse hinter Sheehan's Pub war der perfekte Ort für ein privates Gespräch. Das war das zweite Mal, dass ich hier hinten mit Donovan war, auch wenn die Umstände nicht dieselben waren wie beim ersten Mal.

Und jetzt hatte ich ihn mit dem Rücken an die Wand gedrängt.

„Also, das ist unerwartet", sagte er, grinste mich durch stechend blaue Augen an, während ich seine Schulter gegen die Ziegel drückte. Sein schwarzes V-Ausschnitt-Shirt war überraschend weich und lud mich ein, meine Hand ein bisschen darüberzustreichen. Aber nein.

Keine Streicheleinheiten für Donovans Brust! Böse, Nora!

Donovan grinste weiter. „Ich hatte schon angefangen, die Hoffnung aufzugeben, dass du dich umentscheiden würdest, bei all den ‚Ich liebe dichs', die zwischen dir und Tanner hin und her fliegen."

„Hör auf damit. Darum geht's nicht."

Er runzelte die Stirn. „Dann solltest du aufhören, so 'ne Spielverderberin zu sein."

Ich schaffte es, den Impuls zu unterdrücken, ihm eine zu scheuern, was mir irgendeine Art von Belohnung hätte einbringen sollen. „Ich bin keine – hör einfach zu. Ich werde es ihm sagen."

Donovans dunkle Augenbrauen zogen sich über seiner schmalen, scharfen Nase zusammen. „Wem? Und was?"

Ich löste den Druck auf seine Schulter. „Ich werde es Tanner sagen. Das über uns. Was passiert ist."

Seine weichen, rosigen Lippen öffneten sich langsam, seine Augen weiteten sich. „Das kannst du nicht."

„Ich muss. Ich kann das Geheimnis nicht länger für mich behalten. Komm schon. Du musst doch gewusst haben, dass ich es ihm irgendwann erzählen werde."

Er lachte trocken. „Nein, das musste ich nicht wissen. Ehrlich, ich hätte nie gedacht, dass das so lange zwischen euch hält. Ich dachte, eure Beziehung wär längst vorbei und ich würde ... dass das, was zwischen uns war, Schnee von gestern wäre, etwas, auf das wir zurückblicken und, keine Ahnung, drüber schmunzeln."

Ich schloss die Augen, fühlte mehr Mitgefühl für Donovan, als mir lieb war. Ich schüttelte langsam den Kopf. „Nein, Donovan. Ich hab's dir gesagt. Aus uns würde nie was werden." Ich nahm meine Hand von seiner Schulter. „Ich dachte, ich sollte dich vorwarnen, bevor ich es ihm sage, da er dein bester Freund ist und er dich wahrscheinlich drauf ansprechen wird. Wenn das passiert, will ich nicht, dass du dich überrumpelt fühlst. Du kannst ihm ruhig die Wahrheit sagen. Ich erzähle ihm nicht alle Details, nur, dass es passiert ist, und das war's. Einmalige Sache."

„Zweimal." Ein Muskel in seinem Kiefer zuckte. „Ich hab' dich geküsst, und du hast es geliebt, nebenbei erwähnt, und dann hast du mich ein zweites Mal geküsst. Musstest du nicht, aber du hast's getan."

„Hör auf."

„Und", sagte er, „ich leg noch einen drauf."

Ich trat einen Schritt zurück. „Hä? Was meinst du?"

Sein Blick war so intensiv, dass ich mich bemühen musste, meinen nicht abzuwenden. „Ich werde es ihm zuerst sagen."

Er machte einen Schritt zur Seite und marschierte zurück zum Eingang des Sheehan's.

„Einhornäpfel!", rief ich, als mir klar wurde, was passierte. Ich rannte los. „Wag es ja nicht, Donovan!"

Er warf einen Blick über die Schulter, sah, dass ich aufholte, und legte auch einen Sprint hin. Aber es war zu spät. Ich packte ihn am Rücken seines nervig sexy Shirts und wirbelte ihn hinter mich. Er stieß einen überraschten Laut aus, und ich rannte an ihm vorbei.

Drei Meter bis zur Eingangstür.

Sie war schwer, aber mit einem Ächzen riss ich sie auf, machte zwei hastige Schritte rein und –

Etwas schlang sich um meine Knöchel wie ein Lasso, und ich ging schnell und hart zu Boden. Donovan schob sich an mir vorbei, und als ich zu ihm hochsah, steckte er gerade seinen Zauberstab zurück in seinen Hosenbund.

Schummler.

„Tanner, kann ich kurz mit dir reden?", rief er.

Im Sheehan's war es still geworden dank meines uneleganten Auftritts, und Donovans Frage hallte durch den Raum.

Tanner und Eva tauschten einen verwirrten Blick von ihren Barhockern aus, dann eilte Tanner herüber und schob sich an seinem besten Freund vorbei, um mir aufzuhelfen. „Geht's dir gut?", fragte er. „Bist du betrunken? Ich habe nicht wirklich gesehen, dass du was getrunken hast."

Ich klopfte mir die Vorderseite ab, während ich aufstand. „Nein, ich bin nicht betrunken. Nur tollpatschig." Ich warf

Donovan einen kurzen bösen Blick zu. „Hey, Tanner, kann ich kurz mit dir reden?"

„Klar", sagte er, während er mich noch am Arm hielt, obwohl ich sicher auf den Beinen stand.

„Draußen?"

Er nickte und ging mit mir zur Tür, den Arm schützend um meine Schultern gelegt.

Ich sah gerade lange genug zurück, um Donovan, der wie angewurzelt dastand und besiegt und entsetzt aussah, ein triumphierendes Grinsen zuzuwerfen.

Versucht, mir zuvorzukommen. Netter Versuch, Bastard!

Aber als wir in die kühle Luft traten, fühlte sich mein Sieg unglaublich hohl an. Mein Preis war, dass ich diejenige sein durfte, die Tanner erzählte, dass seine Freundin und sein bester Freund hinter seinem Rücken was miteinander hatten und ihn belogen hatten.

„Worüber wolltest du reden?"

„Lass uns zum Fulcrum Park gehen", sagte ich. „Ist nur ein paar Blocks weg, und wir müssen uns keine Sorgen machen, dass Betrunkene in uns reinstolpern."

Ich hatte gehofft, der Spaziergang würde meinen Kopf klären und mir die Chance geben, mich zu erinnern, was ich sagen wollte.

In der Nacht zuvor hatte ich die paar Stunden, die ich hätte schlafen sollen, stattdessen damit verbracht, die perfekte Kombination von Worten zusammenzustellen, sie in die richtige Reihenfolge zu bringen, damit ich reinen Tisch machen konnte und Tanner so was sagen würde wie: „Niemand ist perfekt. Wollen wir zu mir gehen und unsere Beziehung erneuern, als wäre dein Fehltritt nie passiert?"

Man muss wohl nicht sagen, dass ich das Ziel nicht ganz erreicht hatte, bevor ich eingeschlafen war, aber ich war zu dem Zeitpunkt näher dran als jetzt.

Wir setzten uns auf den runden Steinsockel des Brunnens, in dem wir vor etwas über einem Monat Zoe Clementine mit dem Gesicht nach unten treibend gefunden hatten. Wenn ich nicht aufpasste, würde jeder Ort in dieser Stadt Mord- oder Mordversuchserinnerungen bei mir wecken.

„Ich glaube, ich weiß, worum es geht", sagte Tanner.

„Warte, wirklich?"

Er nickte, aber er lächelte ein bisschen zu warm. „Ich habe mich gefragt, wann du's ansprechen würdest. Ich dachte, es wäre eher früher als später." Er lachte. „Muss zugeben, ich dachte nicht, dass es so dringend ist." Er schnipste mit den Fingern, blinzelte schnell und erinnerte sich an was. „Ich hab nicht bezahlt. Fiona wird das nicht gefallen."

„Ich denke, sie wird dir schon nicht den Kopf abreißen", sagte ich. „Ich bin verwirrt. Was denkst du, worüber ich reden wollte?"

„Deine Eltern. Und was mit ihnen passiert ist."

„Oh." Einhornäpfel! In keinem Teil meiner Planung hatte ich damit gerechnet, dass ich dieses Gespräch von einem Punkt aus starten müsste, wo Tanner erwartete, dass ich über meine ermordeten Eltern rede.

Das Leben war manchmal komisch.

Natürlich sah ich in dem Moment nichts Lustiges daran.

„Nein, darum geht es nicht. Wir können irgendwann drüber reden, aber, ähm, es gibt was anderes."

„Was denn?"

Ich hielt den Atem an. Das zwar's. Ich musste einfach die Karten auf den Tisch legen und ihn reagieren lassen. Er legte einen Arm um meine Schultern und beugte sich zu mir. „Was ist? Du kannst es mir sagen."

„Ich habe Donovan geküsst." Da. Es ist raus. Aber kaum hatte ich es ausgesprochen, fiel Dunkelheit über Tanners

Gesicht, und ich wusste in dem Moment, dass ich einen schrecklichen Fehler gemacht hatte.

Kapitel Drei

„Wann?", fragte Tanner. „Gerade eben?"

„Was? Oh, nein!" Es war verständlich, dass er das dachte, angesichts der Tatsache, dass Donovan und ich zusammen rausgegangen und zurückgerannt waren. Die Vorstellung, dass wir unseren ersten Kuss hatten, bevor wir uns in ein schmutziges Wettrennen gestürzt hätten, um als Erster zu beichten, war fast komisch. Ein Teil von mir wünschte, es wäre so gewesen, weil es so lächerlich war, dass Tanner oder irgendwer unmöglich sauer sein könnte.

Und weil es bedeutet hätte, dass weder Donovan noch ich Monate haben verstreichen lassen, bevor wir reinen Tisch machten.

„Ich meine, nein. Es ist schon eine Weile her."

Er starrte auf die Kopfsteine um seine Füße. „Also bevor du und ich zusammen waren?"

Das war der Teil, vor dem ich mich am meisten gefürchtet hatte. „Nicht wirklich."

Er zog seinen Arm von meiner Schulter und legte beide Hände in seinen Schoß. „Was meinst du? Wann war es?"

„Erinnerst du dich, als ich ins Medium Rare gekommen bin, mit Blut und Dreck verschmiert?"

Er kniff die Augen zusammen. „Ja, ich erinnere mich."

Ich schauderte und wappnete mich. „Es war kurz davor."

Er atmete aus, als hätte ich ihm die Luft aus den Lungen geschlagen, dann stand er abrupt auf, mit dem Rücken zu mir. Fulcrum Park bei Nacht war als einer der romantischsten Orte in Eastwind bekannt, mit seinen gepflegten Sträuchern und den funkelnden Straßenlaternen, die sich im sprudelnden Brunnen spiegelten. Ich hatte von etlichen Heiratsanträgen gehört, die hier stattgefunden hatten.

Aber ich konnte sehen, dass das hier in die komplett entgegengesetzte Richtung ging und an Fahrt aufnahm, und ich konnte die Notbremse jetzt nicht mehr ziehen.

„Warum?", fragte er und drehte sich gerade genug, um mir einen Seitenblick zuzuwerfen. „Willst du ... will er ... was ist passiert?"

„Ich habe einen Fehler gemacht. Wir beide. Ich denke, das Verbindungsritual hat unser Urteilsvermögen getrübt –"

Sein Mund blieb offen stehen, und er unterbrach: „Du hast ein Verbindungsritual mit ihm gemacht?"

Ich sprang auf. „Ich musste! Es war der einzige Weg, die Dürregottheit zu verbannen." Ich bewegte mich auf ihn zu und stieß ihm mit dem Finger gegen die Brust. „*Du* warst derjenige, der mich an ihn abgeschoben hat. Du musst gewusst haben, dass wir unsere Magie vereinen müssten."

Er schob meinen Finger sanft, aber bestimmt mit der flachen Hand weg. „Du sagst, es war nur das Verbindungsritual, das dazu geführt hat, dass du ihn geküsst hast?"

Das war der Moment der Wahrheit. Ich hätte leicht Ja sagen und ihn in diesem Zustand der Verleugnung bleiben lassen können, während wir weitermachten. Vielleicht war das

das Richtige. Vielleicht war das die Notbremse, nach der ich so verzweifelt suchte.

Aber nein. Wenn ich ehrlich sein wollte, musste ich ganz ehrlich sein.

Ich konnte ihm nicht in die Augen sehen, als ich es sagte, also starrte ich auf seine Brust. „Nein. Das Verbindungsritual hat definitiv unser Urteilsvermögen getrübt, aber ich glaube nicht, dass es nur das war. Was auch immer es war, es ist nie wieder passiert."

„Wolltest du, dass es nochmal passiert?"

Warum? Warum stellte er Fragen, deren Antworten er nicht hören wollte?

Ich grub die Fingernägel in meine Handfläche. „Ich habe daran gedacht, aber ich bin dem Impuls nie wieder gefolgt. Und ich will es nicht. Ich habe meine Wahl getroffen, als ich ins Medium Rare gekommen bin, als ich dich vor allen geküsst habe." Ich sah ihm in die Augen, wenn auch nur, um seine Reaktion abzuschätzen.

Ich bereute es sofort. Seine Augen waren giftig. Eine Spur von einem Knurren war in seinem Mundwinkel seiner sandrosigen Lippen zu sehen. „Und die ganze Zeit wusste ich nicht, dass es da eine Wahl zu treffen gab", krächzte er. „War das der Grund, warum du es gemacht hast? Der Grund, aus dem du mich vor all den Leuten geküsst hast? Hast du Zeugen gebraucht, um dich davon abzuhalten, zu Donovan zurückzugehen?" Er wandte den Blick ab, starrte in die Luft. „Das war einer der glücklichsten Momente meines Lebens. Aber jetzt, jetzt sehe ich all die Farben dahinter, die ich nicht kannte ... und auch noch mit meinem besten Freund!" Er schluckte und trat einen Schritt zurück. Als er wieder sprach, war der Schmerz aus seiner Stimme verschwunden. Er klang ruhig, als hätte er eine Entscheidung getroffen, und es gab kein Zurück. „Du hast mich wie einen Idioten aussehen lassen, Nora. Und schlimmer noch, du hast mich dazu gebracht, mich wie einer zu fühlen.“

„Niemand weiß davon“, sagte ich schnell. Ich spürte, wie er mir entglitt.

„Niemand?“, sagte er tonlos.

Fänge und Klauen. „Okay, zwei Leute.“

Er trat noch einen Schritt zurück.

„Nur Jane“, sagte ich hastig. Dann verzog ich das Gesicht und fügte hinzu: „Und Stu.“ Autsch! Ehrlichkeit brachte mir keine Punkte ein.

Tanner würgte fast. „Stu Manchester weiß davon? Was, schleichst du dich auch mit ihm in die Deadwoods?“

„Gütiger Golem, nein!“ Das Bild, wie ich Manchester in den Deadwoods in seiner Elchgestalt begegnet war, blitzte vor meinen Augen auf, aber ich entschied, dass jetzt nicht der richtige Zeitpunkt war, das zu erwähnen. „Ich wollte ... es ist mir rausgerutscht.“

Er bedeckte sein Gesicht mit den Händen und stöhnte: „Ich bin so ein Idiot! Mein bester Freund und meine Freundin.“

Ich ging zu ihm und versuchte, seine Reaktion einzuschätzen, als ich eine Hand sanft auf seinen Unterarm legte.

Er riss sich aus meinem Griff, und als seine Hände fielen, schimmerten die Lichter des Parks in seinen feuchten Augen. Seine nächsten Worte kamen wie eine geballte Faust. „Ich hab’ mir eingeredet, dass ich verrückt bin, als ich was zwischen euch beiden vermutet habe. Ich habe dir sogar gesagt, dass ich mit Eifersucht zu kämpfen habe, und du hast nichts gesagt. Du hast mich glauben lassen, ich wäre irrational.“

„Ich wollte, Tanner, ich wusste nur nicht, wie.“

„Wusstest nicht, wie? Das ist nicht schwer! Du hast es gerade gemacht!“

„Ich wollte dich nicht verletzen.“

„Ha! Du schleichst dich mit meinem besten Freund in den

Deadwoods herum, und dann sagst du, du wolltest mich nicht verletzen? Ich kann mir keinen klareren Weg vorstellen, mich zu verletzen, Nora!"

„So war das nicht!"

Obwohl Sie und ich sehr gut wissen, dass es genau so war. Das Rummachen, zumindest. Besonders, als Donovan und ich am Rand dieser Klippe im anderen Reich waren. Der Teil, dass ich es gemacht habe, um Tanner wehzutun, war allerdings ein Haufen Einhornäpfel.

Er starrte in den Nachthimmel. „Ich wusste immer, dass Donovan mich irgendwie verarschen würde. Er hat noch jede Freundschaft, die er je hatte, vermasselt. Warum sollte unsere anders sein?"

„Das ist nicht seine Schuld, Tanner. Ich habe ihn zum Schweigen gezwungen. Gib mir die Schuld, nicht ihm."

Tanner grinste gehässig. „Keine Sorge, Nora. Ich gebe dir die Schuld. Denn das ist deine Schuld." Dann drehte er sich um, und ich kämpfte gegen den Drang, ihm zu folgen.

„Wohin gehst du?", fragte ich. Er ging nicht zurück zum Sheehan's, aber das schien der falsche Moment, ihn an seine offene Rechnung zu erinnern.

„Nach Hause. Allein."

Er war schon zehn Meter von mir weg, als ich fragte: „Machst du mit mir Schluss?"

Das ließ ihn stehenbleiben. Er stand einen Moment da, mit dem Rücken zu mir, den Kopf gesenkt, dann warf er mir einen Blick zu und sagte: „Ich weiß noch nicht", bevor er weiterging.

Oh, Fänge und Klauen!

Und jetzt? Wohin sollte ich gehen? Zurück in den Pub? Ich war zu geschockt, um zu weinen, außerdem war Weinen nicht wirklich mein Ding. Vielleicht würde es das später sein, wenn ich ein paar Drinks intus hatte, bevor ich mit dem Gesicht voran aufs Bett fiel.

Ich wollte nicht vor Roland weinen, den ich aus offensichtlichen Gründen gebeten hatte, heute Nacht in meinem Zimmer zu bleiben. Aber ich hatte das Gefühl, ich könnte die Tränen nicht aufhalten, selbst wenn ich es versuchte.

Zumindest war das das wahrscheinliche Ergebnis, wenn ich zurück ins Sheehan's ging. Die andere Option, die mir einfiel, war, hier allein im Fulcrum Park zu sitzen, aber die Vorstellung, mit meinen Gedanken und meiner Schuld allein zu sein, ließ mich in vollem Sprint losrennen, und ich wollte irgendwo anders sein, egal wo, solange es andere Leute und Ablenkung gab.

Mein Kopf schwirrte, mein Magen schmerzte. Nein, ich wollte nicht allein sein. Vielleicht war das Sheehan's die bessere Wahl.

Es war aber falsch, Party zu machen, während Tanner zu Hause litt. Also kehrte ich zu meinem Platz am Brunnenrand zurück, lauschte dem Rauschen der Quelle, die unter Eastwind floss und hier hochsprudelte, fühlte die kühle Luft auf meinem heißen Gesicht. Ich zwang mich, mich dem Chaos zu stellen, das ich angerichtet hatte. Das war meine Strafe. Ich sollte das wie eine Erwachsene durchstehen.

Ich weiß nicht, wie mir die Geräusche seiner Sohlen auf der Straße entgangen waren, aber plötzlich war er neben mir und hielt mir einen vollen, schwitzenden Krug vors Gesicht.

„Stört es dich, wenn ich mich setze?", fragte Donovan.

Ich nahm das Friedensangebot an. „Nur zu."

Er hatte auch einen für sich mitgebracht und trank einen langen Schluck, bevor er sich auf die abgerundete Kante des Brunnens rechts von mir setzte.

„Fiona hat dich damit gehen lassen?", fragte ich und hielt meinen Krug hoch.

„Natürlich nicht", sagte er. „Ich habe Eva gebeten, sie abzulenken, während ich rausgeschlichen bin."

Ich starrte auf meine Stiefel. Ein Gespräch mit Donovan war keine der Optionen, die ich in Betracht gezogen hatte. „Wie viel hast du gehört?"

Er beugte sich vor, stützte die Ellbogen auf die Knie und hielt seinen Drink in beiden Händen. „Oh, du weißt schon ... alles."

„Mann, du bist echt ein Schleicher." Ich seufzte und führte das Bier an meine Lippen.

„Kannst du's mir verdenken?", fragte er, vollkommen unbeeindruckt von meinem Seitenhieb. „Ich musste sicherstellen, dass du mich nicht den Wölfen zum Fraß vorwirfst." Er hielt inne. „Danke, dass du das nicht gemacht hast."

„Hätte ich machen sollen", sagte ich bitter. „Du hast's verdient."

Er trommelte mit den Fingerspitzen auf seinen Becher. „Ja, habe ich. Aber ich bin trotzdem froh, dass du es nicht gemacht hast."

„Na ja, ich nicht." Ich dachte drüber nach, aufzustehen, den Rest meines Biers auf ex zu kippen und irgendwohin zu gehen, wo Donovan nicht war. Bevor ich dem Impuls folgte, bemerkte ich jedoch, dass das hier eigentlich der einzige Ort war, an dem ich sein konnte, wenn ich mit jemandem über das reden wollte, was gerade passiert war. Donovan war der Einzige, bei dem ich ehrlich sein konnte. „Er hat gerade mit mir Schluss gemacht. Und ich hab's verdient."

Er stieß mich mit der Schulter an. „Das hat er nicht. Er hat nur gesagt, er wäre sich nicht sicher, ob er es tun wird."

„Soll mich das aufheitern?" Glücklicherweise war Donovan auch der Einzige, der die Sticheleien ertragen würde, die ich loswerden musste. So, wie ich ihn kannte, mochte er die wahrscheinlich.

„Hey, ich habe nie behauptet, gut im Trösten zu sein", sagte er. „Aber um fair zu sein, du bist auch nicht viel besser."

Da war was dran. „Sind wir Abschaum, Donovan?“

Er setzte sich aufrecht hin und fragte lachend: „Was?“

„Sind wir Abschaum?“

„Auf keinen Fall. Ich meine, du bist keiner. Ich vielleicht schon.“

„Nein, nix da. Du hast in den Deadwoods gesagt, wir wären aus demselben Holz geschnitzt, und du hattest recht. Wenn du Abschaum bist, bin ich es auch.“

Er zuckte unbeeindruckt die Schultern. „Dann sind das super Neuigkeiten für mich, denn das heißt, ich bin kein Abschaum, was auch immer das bedeutet, ich nehme es gern.“

„Und trotzdem fühle ich mich wie Dreck.“

Er starrte geradeaus und sagte wehmütig: „Ja, das vergeht. Glaub mir.“

„Ist das nicht komisch, dass ich irgendwie hoffe, dass es das nicht tut? Ich meine, ich verdiene es, mich so zu fühlen. Das habe ich davon, dass ich so getan habe, als wäre ich jemand anderes, jemand Besseres. Als ob Sterben mich zu einer Heiligen machen würde. Man muss Wunder vollbringen, um heiliggesprochen zu werden, und das, was von meinen Taten noch am ehesten an ein Wunder gegrenzt hat, war, die Kellner nicht umzubringen, die ich beim Sex in der Personaltoilette erwischt habe.“

„Ah, ja, Doppelmord würde nicht das beste Karma bringen.“

„Nicht Doppelmord.“

Er sah mich an, mit großen Augen. „Dreifach?“

Ich schüttelte den Kopf und zeigte nach oben.

Er nickte. „Ja, das sind allerdings zu viele Leute, um sie umzubringen. Aber du irrst dich, Nora. Du verdienst es nicht, dich so zu fühlen. Es vergeht, und das ist okay. Tanner ist auch nicht perfekt. Er wird sich schon wieder einkriegen.“

„Oder auch nicht." Ich brummte: „Dann könntest du endlich deinen Zug machen."

Er blähte die Wangen auf und sah mich schief an. „Äh, danke, aber ich verzichte darauf, die zweite Wahl zu sein. Ich habe die Rolle für Tanner schon zu oft gespielt. Sorry, aber ich mach keinen Zug, solang du nicht mit ihm Schluss machst."

Ich verdrehte die Augen. „So nobel."

„Das bin ich."

Wir schwiegen einen Moment lang, dann sagte ich: „Bis der Tag kommt, was nicht passieren wird, wie wäre es, wenn wir einen Waffenstillstand ausrufen?"

Er musterte mich mit zusammengekniffenen Augen, bevor er seinen Krug hob. „Klar. Waffenstillstand."

Wir stießen miteinander an, und er fügte hinzu: „Außerdem könnte ich wahrscheinlich Dating-Ratschläge von jemandem gebrauchen, der mich versteht."

„Dating-Ratschläge?"

Er nickte.

„Eva?"

Ein kleines Lächeln schlich sich auf seine Lippen. „Ja."

„Gute Wahl."

Er streckte die Beine aus und stützte sich mit der Hand nach hinten ab. „Ich weiß. Ich mag sie wirklich. Und ich bin garantiert dabei, es auf die schlimmste Art zu vermasseln."

Ich nickte nachdrücklich. „Oh, ganz sicher, das wirst du absolut."

„Siehst du?" Er musterte mich von oben bis unten. „Nicht gerade die Königin des Tröstens."

Ich lachte. „Sorry, ich dachte, wir machen noch das Ehrlichkeitsding."

„Gute Gaia, nein. Die Zeit dafür ist vorbei. Wenn du mir 'nen Gefallen tun und mir bei dieser Sache hier schamlos ins Gesicht lügen könntest, wüsste ich das sehr zu schätzen."

„Dann denke ich, du bist zu gut für Eva.“

Ein Hauch von einem Grinsen glitt über seine Lippen. „Du bist so eine Zicke.“

Ich zwinkerte ihm zu. „Gleich und gleich gesellt sich gern.“

Er seufzte. „Ich dachte, wir wären für heute Nacht mit Ehrlichkeit durch.“

„Mein Fehler. Lass es mich nochmal versuchen.“ Ich räusperte mich. „Die Arbeit mit Tanner morgen wird ein Riesenspaß.“

Er warf den Kopf zurück und lachte schallend. „Und ich würde das absolut nicht gern miterleben.“

Ich starrte ihn böse an, aber selbst ich konnte bei so einer offensichtlichen Lüge nicht ernst bleiben.

Kapitel Vier

Am nächsten Tag kam ich zehn Minuten zu spät zur Arbeit, aber ich hatte eine super Entschuldigung, die man „das Unvermeidliche hinauszögern" nennt. Als ich hereinkam, war Bryant schon weg. An der üblichen Stelle des Nachtschichtkellners stand Tanner.

Er wischte die Theke ab, was normalerweise Bryants Job war, also vermutete ich, dass Tanner ihn absichtlich weggeschickt hatte. Das verhieß nichts Gutes für mich.

Als ich von hinten reinkam, sah er kurz auf und sagte: „Wir sollten reden."

„Ja."

Ich hatte nicht geweint, als ich die Nacht zuvor vom Fulcrum Park nach Hause gekommen war. Einer der Gründe war, dass Roland nicht wissen sollte, dass Tanner und ich gestritten hatten. Ob das daran lag, dass ich ihm keine falschen Hoffnungen machen wollte oder weil ich dachte, er würde seinen Zug machen und ich nicht die Willenskraft hätte, meinem ersten romantischen Abenteuer mit einem Geist zu widerstehen, wusste ich nicht.

Aber ich hatte auch nicht das Bedürfnis zu weinen gehabt, nicht nach meinem Absacker mit Donovan im Park. Geteiltes Leid ist halbes Leid, und Donovan war der perfekte Kandidat dafür gewesen.

Auf dem Weg zur Arbeit an diesem Morgen hatte ich mich bemüht, mir Best-Case-Szenarien auszumalen – denn, warum nicht? Vielleicht hatte Tanner gut geschlafen, erkannt, dass es keine große Sache war, dass ich mit seinem besten Freund rumgemacht hatte, und würde meine Ehrlichkeit loben, bevor er mich ins Büro des Managers mitnahm, um … die Vorräte neu zu sortieren.

Aber sobald er „Wir sollten reden" sagte, wusste ich, dass es nicht so laufen würde. Den Worten fehlte Tiefe, als hätte er zu oft geprobt, wie er sie sagen sollte.

Er folgte mir in die Küche, wo Anton sich gerade seine Schürze für den Tag umband, und wir gingen ins Büro des Managers. Dort sortierten wir nichts.

Ich blieb in der Mitte des Raumes stehen, und Tanner schloss die Tür hinter sich, kam aber nicht näher. Wir waren vielleicht anderthalb Meter voneinander entfernt, und seine Arme waren vor der Brust verschränkt. Das sah nicht gut aus.

Er rieb mit der Schuhspitze über eine Schramme auf dem Boden, dann sah er mir in die Augen und legte los. „Ich hatte letzte Nacht viel Zeit zum Nachdenken, und ich bekomme das einfach nicht in meinen Kopf. Ich weiß, ich bin wahrscheinlich dumm. Es war nur ein Kuss. Es war ja nicht so, als hättet ihr beide" – er sah auf den Boden – „du weißt schon. Aber egal, wie oft ich mir sage, ich soll darüber hinwegkommen, dass es vor Monaten war, dass es 'ne Kleinigkeit war … es fühlt sich nicht so an. Ich fühle mich nicht so. Ich fühle mich von den zwei Menschen verraten, die mir am nächsten stehen, und ich komme da noch nicht drüber hinweg." Er tat mir den Gefallen, mir in die Augen zu sehen, als er den finalen Schlag austeilte.

„Es führt kein Weg dran vorbei. Ich denke, wir brauchen eine Auszeit."

Ich verschluckte mich an meiner eigenen Spucke. „Eine Auszeit?", wiederholte ich, spürte, wie der Groll in mir aufstieg. Was waren wir, in der Oberstufe? „Wenn du Raum brauchst, kann ich dir Raum geben, aber was soll ‚wir brauchen eine Auszeit' heißen?"

„Das heißt, wir arbeiten zusammen, wir tun so, als wären wir freundlich zueinander, wenn andere dabei sind, aber wir verbringen außerhalb der Arbeit keine Zeit miteinander."

Er hatte das gründlicher durchdacht, als ich erwartet hatte. Meine Optionen waren, ihn anzuflehen, es sich zu überlegen, oder es zu akzeptieren. Keine schwere Entscheidung für jemanden mit Stolz. „Okay." Dann: „Heißt das, du wirst andere Frauen treffen?"

„Nein", sagte er schnell, klang entsetzt. „Ich meine, ich liebe dich immer noch, Nora. Ich werde keine anderen Frauen treffen. Wenn du mit Donovan durchbrennen willst, schätze ich, muss ich das akzeptieren."

„Mit Donovan durchbrennen –" Jetzt war er einfach nur absurd. „Hast du nicht gehört, was ich gestern Abend gesagt habe? Ich habe dich gewählt. Ich *wähle* dich. Ich will nicht mit Donovan zusammen sein."

Er hob abwehrend die Hände. „Ich sage ja nur, wenn du mit ihm zusammen sein willst, kannst du das. Aber es gibt in Eastwind niemanden, auf den ich ein Auge geworfen habe."

Das brachte mir ein kleines bisschen Trost, wenn auch nicht viel. „Und wie lange soll diese Auszeit dauern?" Ich war ungeduldig, dieses Gespräch zu beenden und meinen sowieso schon beschissenen Tag weiterzumachen.

„Weiß nicht. Eine Woche? Vielleicht länger. Bis ich eine Entscheidung darüber treffen kann, was ich will."

„Du meinst, ob du mit mir Schluss machen willst oder

nicht." Ohne Vorwarnung war ich im roten Bereich. Ich musste aus diesem engen Büro und seiner Gegenwart raus. „Warum machst du dann nicht einfach Schluss mit mir? Wenn du entscheidest, dass du einen Fehler gemacht hast, können wir wieder zusammenkommen."

„Aber ich weiß noch nicht, ob ich Schluss machen will, Nora."

„Also willst du mich stattdessen emotional hängen lassen, bis *du* entscheidest, wie du dein Urteil fällst." Der Moment gerade, als ich dachte, ich wäre im roten Bereich? Nichts im Vergleich zu jetzt. „Hör zu, ich bin mir sehr bewusst, dass das, was ich getan habe, falsch war, und es tut mir leid, dass ich dich verletzt habe, Tanner. Wirklich. Es hat mich gequält, seit es passiert ist. Aber bitte, um alles, was heilig ist, sei ein Mann und mach Schluss mit mir. Zieh nicht diese ‚ich brauche eine Auszeit'-Nummer ab wie ein unentschlossener Teenager."

Er starrte mich mit einer Mischung aus Schmerz und Verwirrung an, die fast wie Abscheu aussah. „Also gut. Ich mache Schluss mit dir. Zufrieden?"

„Nein. Ich fühle mich elend. Schätze, damit sind wir quitt." Ich rauschte an ihm vorbei, riss die Tür zu schnell auf und ließ den Knauf gegen die Wand krachen. Erst, als ich das zehnte Besteckset in eine Serviette rollte und das Blut in meinen Ohren leiser rauschte, war ich genug runterkommen, um zu denken: *Oh nein, Nora. Was hast du getan?*

Meiner Meinung nach gibt es nur eine Grundregel, wenn man als Frau am Arbeitsplatz ist: niemals bei der Arbeit weinen.

Natürlich gibt es sichere Zonen, die nicht zählen, wenn die Tränen kurz davor sind, überzulaufen. Zum Beispiel die Toilette, der Parkplatz oder eine Abstellkammer, wenn man es so hinbekommt, dass die Kollegen einen nicht sehen – das sind alles legitime Orte für einen guten Heulanfall.

Vor Eastwind war mein Auto immer mein bevorzugter Ort zum Heulen gewesen. Ich konnte hinten auf dem Parkplatz parken, traurige Musik aufdrehen, um den Prozess zu beschleunigen (ich hatte nie viel Zeit), und die Lüftung direkt auf meine Augen richten, um die Rötung zu lindern. Danach stieg ich aus, das Handy am Ohr, als hätte ich die ganze Zeit nur einen privaten Anruf gehabt.

Da Autos in Eastwind kein Ding waren, gab es diese Option für mich nicht. Und die Toilette war ein winziges Ding, und das Risiko war groß, dass Tanner mich hörte. Die Abstellkammer war zu nah an Antons Posten in der Küche.

Also musste ich die Tränen zurückhalten, was die Sache spannend machte, während ich die Achterbahn der Gefühle durchlebte, mit Höhepunkten bei kochender Wut und Tiefpunkten bei Selbsthass.

Na, Sie wissen schon, all das lustige Trennungszeug.

Und die ganze Zeit musste ich die freundliche Kellnerin spielen.

Tanner bediente auch Tische, aber unsere übliche reibungslose Kommunikation war einfach nicht da. Als wir beide beschlossen, die Bouquets nicht zu begrüßen, in der Hoffnung, der andere würde den Tisch übernehmen, wurden die beiden satte fünfzehn Minuten ignoriert, bevor Hyacinth an die Theke kam und mich auf ihre umständliche Art fragte, ob sie irgendwas tun könnte, um zu helfen, da ich offensichtlich zu überfordert war, um sie zu begrüßen. Ich entschuldigte mich, fuhr die Achterbahn hinauf in den Wutbereich, klebte mir ein Lächeln ins Gesicht und folgte ihr an ihren Tisch, um die Bestellung aufzunehmen.

Als ich Teds Kaffee zum siebten Mal oder so auffüllte,

gähnte er demonstrativ. „Mann! Ich werde einfach nicht wach heute.“

„Noch mehr Probleme mit den Winden der Veränderung?“

Der Sensenmann nickte. „Oh ja. Die nehmen jetzt wirklich Fahrt auf. Wird nicht mehr lang dauern, bis alles anfängt, sich zu ändern.“

„Vielleicht hat es schon angefangen“, murmelte ich.

„Stimmt, stimmt. Aber die Tatsache, dass wir beide unsere Morgenroutine wie immer durchziehen können, heißt, dass wir noch nicht einmal an der Oberfläche gekratzt haben.“

Super. Das Ende meiner Beziehung mit Tanner war nicht einmal die Oberfläche des Desasters. „Klingt schrecklich.“

„Nein, nicht unbedingt“, sagte Ted und nippte an seinem kochend heißen Kaffee. „Ich meine, ja, Veränderung ist oft unglaublich schmerzhaft, da führt kein Weg vorbei, aber manchmal ist es zum Besten.“

„Versteh mich bitte nicht falsch, du verkaufst das mit dem ‚unglaublich schmerzhaft‘-Teil wirklich gut, aber sagen wir, ich will keine Veränderung. Gibt es wirklich nichts, was ich tun kann, um diese Winde zu vermeiden?“

Sein Rücken versteifte sich, als er sich aufrichtete, was seinen schwarzen Kapuzenmantel kurz bauschte. „Wer hat gesagt, dass du nichts tun kannst, um sie zu vermeiden?“

„Ziemlich sicher, dass du das schonmal gesagt hast.“

Er zuckte mit einer Schulter, die Knochen schabten hörbar im Gelenk. „Klar, du kannst sie nicht aufhalten, aber du kannst ihnen ausweichen. Nimm einfach den ersten Zug aus Eastwind, Problem gelöst. Ha.“

„Aber neues Problem geschaffen, weil du dann in Avalon bist.“

Er wedelte mit einem Finger vor mir. „So wahr. Außerdem fegen die Winde der Veränderung öfter über Avalon hinweg als über jeden Ort, den ich kenne. Sag mal, kann ich noch einen Teller Speck bekommen?"

Ich kniff die Augen zusammen, ein Verdacht stieg in mir auf. Ich ging in die Hocke und spähte unter den Tisch.

Die dunkle, haarige Gestalt verschmolz mit Teds mitternachtsschwarzer Robe, aber auf Augenhöhe war der Geruch von Hundeatem nicht zu ignorieren. „Wann bist du hier angekommen?", fragte ich Grim.

„Vor einer Stunde."

„Und hast nicht dran gedacht, Hallo zu sagen?"

„Ich konnte dein Schmollen riechen, als ich reingekommen bin. Wollte dich nicht dabei stören."

„Ah. Du hattest Angst, ich würde über meine Gefühle reden wollen."

„Genau. Wollte dich nicht unterbrechen, wenn du nicht mit mir über deine Gefühle redest."

Ich stand wieder auf und sprach Ted an. „Du solltest nicht für sein Futter zahlen, weißt du."

„Ich habe genug Geld übrig. Früher war es in Eastwind Brauch, zwei Goldmünzen auf die Augen der Verstorbenen zu legen. Die Leute dachten, das hilft ihnen, ins nächste Leben überzugehen." Er schüttelte den Kopf. „Hat nicht geholfen. Jedenfalls habe ich über Hunderte Jahre mehr Goldmünzen angesammelt, als ich je ausgeben kann. Ist nett, jemanden zu haben, für den ich sie benutzen kann." Er schob seine Hand unter den Tisch und tätschelte Grim den Kopf.

„Wenigstens kümmert sich jemand um mich", sagte Grim.

„Oh bitte", antwortete ich. *„Er will nur Sugar Daddy spielen. Dazu wäre ihm jeder recht."*

„Das ist verletzend."

„Ein Teller Speck kommt sofort. Diesen zahl ich, aber den nächsten überlass ich dir." Ich lächelte Ted an und drehte mich zurück zur Küche, um die Bestellung aufzugeben.

Aber ich hielt inne, als ich Tanner und Stu Manchester in ein intensives Gespräch an der Theke vertieft sah.

Ich ging weiter, als würde es mich nicht stören. Aber als ich hinter Tanner vorbeiging, um die fast leere Kanne in die Kaffeemaschine zu stellen und eine frische Kanne aufzusetzen, bekam ich nicht einmal ein „Morgen, Miss Ashcroft", und ja, das störte mich. Worüber redeten sie, dass Stu so vertieft war?

Natürlich lauschte ich, tat so, als würde ich aufräumen, und schaufelte nur halb aufmerksam Kaffeepulver in den Filter.

„Nicht gerade viel Konkurrenz im Bewerberpool", sagte Stu. „Niemand will in dieser Stadt Gesetzeshüter sein. Kritisieren? Klar. Das ist leicht. Und offenbar macht das jede Menge Spaß. Aber tatsächlich rausgehen und Probleme lösen? Nein. Interessiert niemanden. Na ja, außer dir."

Tanner antwortete: „Bleibst du in der Nachtschicht und setzt den Neuling auf die Tagesschicht? Wie würde das laufen?"

„Ich würde dem Neuling wahrscheinlich die Nächte geben. Wär vielleicht nett, mal für eine Weile nicht nachtaktiv zu sein. Obwohl, ehrlich gesagt, so wie's jetzt ist, kann ich mich kaum nachtaktiv nennen. Das würde ja bedeuten, dass ich tagsüber schlafe, was ich selten tue. Ich bin nachts im Dienst, tagsüber auf Abruf. Wenn die Leute hier erwachsen werden und ihre kleinen Streitereien tagsüber selbst klären würden, wäre mein Leben viel einfacher. Um deine Frage zu beantworten, mir ist es nicht so wichtig, ob ich nachts oder am Tag arbeite, solang ich nur eines von beidem machen muss. Ich wäre bereit, dich wählen zu lassen, was du arbeiten willst."

Süßes Baby-Jackalope! Tanner zog das echt durch? Nicht nur, dass wir Schluss gemacht hatten, jetzt verfolgte er aktiv eine neue Karriere, die ihn aus dem Medium Rare wegbringen würde?

„Ich denke, die Nachtschicht klingt spannend", sagte Tanner. „Mehr Action."

„Oh, ich weiß nicht, ob du Action suchen müsstest. Wenn es nur zwei Deputys und einen Sheriff gibt, findet die Action dich immer."

Ich ging, um Teds Speckbestellung aufzugeben, und als ich zurückkam, war Stu allein und machte sich über sein Stück Kuchen her. Wenn Tanner das Diner verließ, würde ich die Kuchen machen müssen. Ich könnte sie nie so gut hinbekommen wie er. Tatsächlich gab es so viel, was Tanner machte, das ich nicht kopieren könnte. Würden die Leute noch kommen, wenn ihr Lieblingshexenmeister nicht mehr hier arbeitete?

Ich schlenderte zu Stu hinüber, und er sah auf. „Morgen, Miss Ashcroft."

„Wie läuft die Rekrutierung?"

Er schüttelte den Kopf und schaufelte sich einen großen Bissen Kuchen in den Mund, bevor er noch Kaffee hinterher kippte. „Nicht gut. Noch keine Bewerber."

„Gar keine?"

„Nicht einer. Ich versuche, Culpepper zu überzeugen. Ich denke, ich hab' ihn fast so weit."

„Bist du sicher, dass du meinen Mann hier abwerben willst? Der Kuchen, den du so liebst, wird mit ihm gehen."

Stu hielt mitten im Kauen inne und starrte betrübt auf seinen Teller. „Daran habe ich nicht gedacht." Er seufzte schwer. „Gesetzeshüter sein heißt Opfer bringen. Zu wissen, dass jemand meinen Rücken deckt, wenn's eng wird, wäre es wohl wert, weniger köstlichen Kuchen zu essen. Vermutlich."

Verdammt! Da ging meine Taktik.

Mein Einfluss in dieser Sache war begrenzt, und ich wusste es. Dass Tanner sich noch nicht für die Stelle beworben hatte, war ein gutes Zeichen, aber das hieß nicht, dass er das nicht tun würde.

Ich erinnerte mich an mein Gespräch mit Stu, wie unmöglich es war, ein Liebesleben zu führen, wenn man in seinem Job war. Wenn Tanner sich bewarb, würde das heißen, dass es zwischen uns endgültig vorbei war? Mir war bis zu diesem Moment nicht klar gewesen, wie sehr ich erwartet hatte, dass diese Trennung nur vorübergehend sein würde. Selbst als ich mir sagte, dass es vorbei war, hatte ich es nicht ganz geglaubt. Tanner war immer mein Anker in diesem neuen Leben in dieser verrückten Stadt gewesen. Mein Verstand konnte sich einfach kein Leben in Eastwind vorstellen, wenn er nicht ein großer Teil davon war.

Aber jetzt, wo ich innehielt, um Tanners Karriere beim Sheriff's Department objektiv zu betrachten, fing mein Verstand an, es klar zu sehen: mein Leben ohne Tanner.

Und genauso wie ich wusste, dass es ein Leben war, in dem alles ein bisschen trüber war, wo ein Teil von mir, den ich lieben gelernt hatte, nicht mehr existieren würde, wusste ich auch, dass ich in dieser Sache kein Mitspracherecht hatte. Alles, was ich tun konnte, war zu hoffen, dass Tanner seine Meinung änderte.

Trotz all meiner Kräfte als Hexe des Fünften Windes, die ich schon entdeckt hatte, war ich in dieser Angelegenheit vollkommen machtlos.

Kapitel Fünf

Ich ließ los, und Licht flutete zurück in den Salon von Ruby Trues Haus, Flammen entzündeten sich an Dochten, ihre magischen, feuerlosen Lampen leuchteten wieder.

„Viel besser", sagte Ruby von ihrem Stuhl am Tisch aus.

Ich korrigierte meine Haltung, stellte meine Füße fest in der Mitte des Raumes auf. Ich wurde viel besser im Löschen, aber es machte mich immer noch schwindlig und unsicher, sobald ich das Licht wieder freigab.

„Jetzt mit dem Zauberstab", sagte Oliver Bridgewater. Mein Tutor schob seine dünnrandige Brille die Nase hinauf und nickte mir ermutigend zu, wo er nur ein paar Meter vor mir stand.

Das dagegen war eine ganz andere Sache.

Der Zauberstab war immer noch nicht mein Freund.

Aber ich gehorchte und richtete meinen Staurolith-Kern-Zauberstab auf die Kerze in der Mitte des Tischs. Ruby, die direkt auf der anderen Seite saß, rückte ihren Stuhl ein Stück nach rechts.

Ich war nicht beleidigt über ihr mangelndes Vertrauen in

meine Fähigkeiten, denn es war durch meine Totalversagens-
quote gut begründet.

Ich konzentrierte meine Energie und zwang mich, nicht zu
schummeln, indem ich so tat, als würde ich meinen Zauberstab benutzen, während ich in Wirklichkeit den Spruch
umging und meine Fünfter-Wind-Kräfte nutzte, um zu
löschen.

Ein Schlenker mit dem Handgelenk und –

„Ich hab's geschafft!" Ich boxte in die Luft. „Ich hab's
endlich geschafft!" Mann, ich hatte einen Sieg gebraucht! Jeder
Sieg war gut nach der Trennung heute Morgen, egal, wie klein
er war.

Oliver räusperte sich. „Du hast die Kerze explodieren
lassen."

Ich drehte mich zu ihm. Was wollte er von mir? „Richtig.
Aber sie brennt nicht mehr. Nur, weil ich einen unkonventio-
nellen Ansatz habe, heißt das nicht, dass ich nicht erreicht
habe, was ich wollte."

Ruby nickte. „Guter Punkt, Liebes. Erinnere mich nur
daran, dich nie einen Zauber auf mein gutes Porzellan wirken
zu lassen."

Ich zog eine Augenbraue hoch. „Du hast gutes Porzellan?"

„Natürlich."

„Wo? Ich habe nie welches gesehen."

„Das liegt daran, dass ich es weggepackt und die Holz-
schüsseln rausgeholt habe, an dem Tag, als eine andere Fünf-
ter-Wind-Hexe bei mir eingezogen ist. Steile Lernkurve für
uns, hab' ich dir doch gesagt."

Ein Klopfen an der Tür – genau viermal – hielt mich davon
ab, zu antworten, und Oliver, Ruby und ich tauschten neugierige Blicke. Niemand hatte einen Gast erwartet.

Ruby stand auf. „Oh Freude! Ein unerwarteter Besucher

spätabends. Das war noch nie der Anfang von etwas Schrecklichem.“

Sie öffnete die Tür, erst nur einen Spalt, aber sobald sie sah, wer es war, entspannte sich ihre Haltung, sie seufzte und öffnete die Tür dann weiter, damit Oliver und ich die Gäste sehen konnten.

Ich erkannte nur eine der zwei Personen, die auf der Schwelle standen: Bürgermeisterin Cordelia Esperia.

Angesichts Olivers entsetzter Miene hätte ich die andere Frau wohl kennen sollen.

Ich musste nicht lange rätseln, wer sie war.

„Miss True“, sagte die Bürgermeisterin, „ich würde es schätzen, wenn Sie uns hereinbitten würden, damit wir mit Ihnen und Miss Ashcroft sprechen können.“

Fünfte-Wind-Hexen-Angelegenheiten? Und direkt von der Bürgermeisterin? Kein gutes Zeichen.

Ruby trat zur Seite, machte ihnen Platz, damit sie eintreten konnten, sagte aber kein Wort.

Die Frauen glitten herein.

„Hallo, Mr. Bridgewater“, sagte die Bürgermeisterin.

„Bürgermeisterin Esperia. Hohepriesterin Springsong.“ Oliver senkte respektvoll den Kopf, während er sie ansprach.

Hohepriesterin? *Oh, Fänge und Klauen!* Jedem, der auf einen solchen Titel bestand, mussten Einhornäpfel aus den Ohren quellen.

Trotzdem bedeutete es auch, dass sie wahrscheinlich eine Menge Macht hatte, und tatsächlich, als sie näher trat, konnte ich spüren, wie sie von ihr ausstrahlte.

Nachdem sie Oliver gnädig angelächelt hatte, kam die Hohepriesterin auf uns zu und bot mir ihre Hand an wie einen nassen Lappen. Sollte ich sie schütteln oder küssen? Auf keinen Fall würde ich Letzteres tun. „Miss Ashcroft“, sagte sie, „wie schön, Sie endlich kennenzulernen.“

Ich schüttelte ihre Hand und erkannte sofort, dass sie einen Kuss erwartet hatte, zumindest ließ ihr Toter-Fisch-Händedruck das vermuten, als ich ihr mit meinem üblichen festen Händedruck die Hand schüttelte.

Und „Wie schön, Sie endlich kennenzulernen"? Was war das bitte für ein Unsinn? Ich wusste nicht, wer sie war, aber wenn sie wusste, wer ich war und mich treffen wollte, war ich nicht schwer zu finden. Sie hätte einfach vorbeikommen und Hallo sagen können.

Ja, ich war nicht gerade der größte Fan der Hohepriesterin, falls Sie das noch nicht gemerkt haben.

„Wer genau sind Sie?", fragte ich. Die Frage ließ Bürgermeisterin Esperias Gesicht erstarren, Oliver eine Grimasse schneiden und Ruby ein Kichern unterdrücken.

Die Hohepriesterin warf Ruby einen verächtlichen Blick zu, bevor sie ihre Aufmerksamkeit wieder auf mich richtete. „Ich bin Hohepriesterin Springsong, Anführerin des Hexenzirkels von Eastwind."

„Ah, darum kenn ich Sie nicht", sagte ich. „Worum geht's? Gehen Sie von Tür zu Tür und fragen, ob die Leute von einem Mann namens Jesus Christus gehört haben, oder was?"

Springsong bewahrte ihre würdevolle Haltung, als sie sagte: „Ich weiß nicht, wer das ist. Wir sind hier, weil wir ein Problem haben, und wir könnten die Hilfe von zwei Hexen des Fünften Windes gebrauchen, um es mit größter Diskretion zu lösen."

Ruby räusperte sich. „Ich hoffe, eine reicht. Wie ich dir schon unzählige Male gesagt habe, Serenity, ich bin im Ruhestand."

Springsong nickte. „Ich verstehe. Natürlich kann der Ruhestand teuer werden – unerwartete Gesundheitskosten und so weiter – und es ist immer schön, ein bisschen mehr Erspartes zu haben."

Ruby zwinkerte ihr zu. „Ich komm' schon zurecht. Trotzdem danke."

Bürgermeisterin Esperia trat vor. „Eine Hexe wird vermisst. Eine Nordwindhexe. Es ist eine Woche her, seit ihr Zirkel von ihr gehört hat, und wir gehen vom Schlimmsten aus."

„Während ich Ihren Pessimismus schätze", unterbrach Ruby, „weiß ich nicht, ob Nora viel helfen kann, solange die Hexe nicht definitiv tot ist."

Die Hohepriesterin griff in ihren weiten Ärmel, zog ein Foto hervor und hielt es mir entgegen. „Haben Sie in der vergangenen Woche mit diesem Geist kommuniziert?"

Ich betrachtete das Bild. Das Gesicht des Mädchens kam mir vage bekannt vor, als hätte ich sie vielleicht ein paarmal auf der Straße gesehen, aber in ihrer lebendigen, atmenden Form, nicht als Geist. Ich hatte in der letzten Woche mit einer Handvoll zufälliger Geister gesprochen – das tue ich meistens, wenn sie mir über den Weg laufen oder mich aufsuchen und sich auskotzen –, aber keiner hatte ihr jugendliches Gesicht gehabt oder das glatte, hellblonde Haar. „Nein, tut mir leid. Habe sie nicht gesehen."

Springsong nickte. „Sehr gut. Vielleicht lebt sie noch. Oder vielleicht ist sie hinübergegangen und hat kein Bedürfnis, durch den Schleier zurückzublicken." Sie hielt mir das Bild wieder entgegen und schüttelte es leicht. Ich erkannte den Wink, griff danach und steckte es in meine Hosentasche. „Falls sie Sie findet, ihr Name ist Grace Merryweather. Bitte lassen Sie es uns wissen, damit wir die Suche nach ihr einstellen können."

„Okay, aber ein Vermisstenfall klingt eher nach etwas für Bloom und Manchester", sagte ich. „Wenn sie nicht tot ist, kann ich nicht helfen. Und wenn sie tot ist, kann ich auch nicht helfen."

Die Bürgermeisterin antwortete an ihrer Stelle. „Wie wir

sagten, versuchen wir, in dieser Angelegenheit diskret vorzugehen. Wir halten Zirkelangelegenheiten gern innerhalb der Hexengemeinschaft und diese Sache aus der Öffentlichkeit, bis wir ein besseres Gefühl dafür haben, was ihr zugestoßen sein könnte. Sagen wir zum Beispiel, sie ist tot, und es war durch die Hand eines Werwolfs." Sie hielt inne, und ich konnte nicht anders, als mich zu fragen, wie sie auf dieses Szenario kam, doch ich musste nicht lange rätseln. Sie fuhr fort: „Das wäre in der Tat eine heikle Situation, besonders mit dem Werwolf-Schutzgesetz, das bei der nächsten Sitzung des Hohen Rates zur Abstimmung steht. Wenn die Öffentlichkeit erfährt, dass eine Hexe vermisst wird, werden Theorien die Runde machen, und wir können die Unruhen, die folgen würden, nicht kontrollieren, wenn jedermanns Vorurteile durch eine unbegründete Theorie ins Zentrum der Aufmerksamkeit gerückt werden."

Springsong nickte. „Ja, das könnte unglaublich polarisierend werden."

„Sind Sie sicher, dass es so laufen würde?", fragte ich und hatte das Gefühl, dass vieles ungesagt blieb. „Denn als ich in die Stadt gekommen bin, gab es zwei ungelöste Werwolf-Morde, und obwohl das stressig war, besonders für mich, da ich beim ersten eine Verdächtige war, hat es die Stadt nicht auseinandergerissen."

Springsong und Esperia tauschten geduldige Blicke, bevor die Bürgermeisterin sagte: „Die Stadt geht mit dem Tod einer Hexe ganz anders um als mit dem Tod eines Werwolfs. Werwölfe handeln überstürzt und bringen sich dauernd um. Bei unserer Art ist das anders." Sie lächelte, aber es lag wenig wirklich Freundliches darin. „Nun denn", sagte sie, „wir sollten gehen. Bitte schicken Sie eine Eule, falls Graces Geist Sie kontaktiert. Ihr Zirkel ist verloren ohne sie. Vollkommen am Boden zerstört. Es gibt kaum etwas Tragischeres, als wenn ein Zirkel ein Mitglied verliert." Sie schnalzte mit der Zunge über ihre eigenen Worte, dann nickte sie Oliver zu. „Mr. Bridgewater, leisten Sie weiter so gute Arbeit mit Miss Ashcroft." Und schließlich sprach sie Ruby an, die es zu meiner Überraschung geschafft hatte, den Mund während des Schwalls von Einhornäpfeln aus dem Mund der Bürgermeisterin zu halten. „Danke, dass Sie uns ein Wort mit Ihrer Mieterin gestattet haben."

Sobald die zwei Hexen weg waren, nahm jeder von uns schweigend Platz am Tisch. Während Oliver von dem plötzlichen Auftauchen zweier hochrangiger Amtsträger geschockt wirkte, schien Ruby viel weniger beeindruckt. „Soll ich Tee machen?", fragte sie.

Oliver und ich sagten gleichzeitig Ja.

„Soll ich einen Schuss Whiskey reintun?"

Einmütig und diesmal lauter sagten Oliver und ich wieder Ja.

Während wir an unserem beschwipsten Tee nippten, lag ein stilles Einverständnis in der Luft, dass wir eine Weile nicht reden würden. Ich musste fast lachen, als mir klar wurde, dass Ruby und Oliver vielleicht die zwei gefährlichsten Leute waren, die man mit ihren Gedanken allein lassen konnte. Jeder von ihnen konnte ein ganzes logisches Puzzle zusammensetzen, bevor die sprichwörtliche Schachtel geöffnet und die Teile auf dem Tisch verteilt waren.

Was mich betraf, konnte ich mit stillem Nachdenken nur begrenzt etwas anfangen. Ich arbeite immer am besten, wenn ich jemanden habe, mit dem ich darüber reden kann, jemanden wie Tanner oder Landon, an dem ich Ideen abprallen lassen konnte, bis wir zu einer logischen Schlussfolgerung kamen.

Und im Moment hatte ich eine Menge Ideen.

Ich riskierte eine Frage und brach die Stille. „Glaubt ihr,

Esperia und Springsong haben was mit Graces Verschwinden zu tun?"

Oliver starrte mich ausdruckslos an und schluckte.

Ruby nickte ihm knapp zu. „Ich denke, das ist für heute Abend all die Hilfe, die wir von dir brauchen, Oliver."

Ich musste Oliver zugutehalten, dass er nicht aus dem Salon rannte.

Es war eher ein Huschen.

Sobald die Tür hinter ihm geschlossen war, seufzte Ruby, sammelte seine leere Tasse und ihre eigene ein (ich nippte noch an meiner) und sagte: „Am besten, wenn du den armen Oliver da nicht weiter reinziehst. Er hat nicht die Konstitution für Rebellion."

„Rebellion?", fragte ich.

„Oh ja. Ich bin mir noch nicht sicher bei den Details, aber um deine vorherige Frage zu beantworten – ich habe keinen Zweifel, dass Serenity und Cordelia viel mehr über Graces Verschwinden wissen, als sie zugeben. Wenn du der Sache nachgehen willst, und ich weiß, dass du das tun wirst, weil du bei sowas keine Selbstbeherrschung hast, schlage ich vor, dass du dich so verhältst, dass es keinerlei äußeren Hinweis darauf gibt, dass du den Worten, die aus den Mündern der zwei mächtigsten Hexen in Eastwind kommen, nicht glaubst. Oder besser gesagt, der zwei *politisch* mächtigsten Hexen in East-wind. Jeder weiß, wer die zwei mächtigsten sind, und diese beiden sind es nicht." Sie zwinkerte mir zu. „Sonst würden sie das doch selbst lösen, oder?"

Als Ruby die Treppe hinaufging, ließ ich ihre Worte sacken. Wenn ich es nicht besser wüsste, könnte ich glauben, sie hielte uns für die zwei mächtigsten Hexen in Eastwind.

Aber nein, das konnte sicher nicht sein. Oder vielleicht ...

Ich zog meinen Zauberstab und richtete ihn auf den Kamin, wo die letzten Holzscheite träge brannten. Ich konzentrierte all die Magie, die ich aufbringen konnte, schwang meinen Zauberstab und –

Grim jaulte und sprang von seinem Platz am Kamin auf, als das Scheit explodierte und heiße Glut auf sein dickes Fell regnete.

„Süßes Baby-Jackalope!"

Sein flauschiger Schwanz verschwand zwischen seinen Beinen, während er in kleinen Kreisen herumhüpfte, sich verbog und versuchte zu sehen, ob er noch in einem Stück war.

„Sorry, sorry, sorry!"

„Was hab' ich dir getan?!"

Ich eilte hinüber, klopfte die Stellen aus, wo sein Fell schwelte, aber der Geruch von verbranntem Tierhaar war unverkennbar. „Schon gut", sagte ich und hoffte, dass alle verbrannten Stellen an Orten waren, die er nicht sehen konnte, wenn er den Hals verdrehte. „Alles ist gut."

„Sagt die, die nicht aussieht wie das Opfer eines betrunkenen Friseurs!"

„Das wächst wieder."

Er brummte den ganzen Weg die Treppe hinauf ins Bett, und obwohl er es auf sich beruhen zu lassen schien, wusste ich, niemand konnte so nachtragend sein wie Grim, und zum ersten Mal in meinem Leben wünschte ich, ich hätte einen Schlaftrunk.

Kapitel Sechs

Nach dem dritten langen Tag in Folge, an dem ich bei der Arbeit unbeholfen einen Eiertanz um Tanner herum aufgeführt habe und für alle Gäste ein freundliches Gesicht aufgesetzt hatte, war ich erledigt. Es war Samstag, was bedeutete, dass ich keinen Unterricht hatte. Es bedeutete auch, dass ich keine Ahnung hatte, was ich mit meiner Zeit anfangen sollte. Jane arbeitete, also konnte ich sie nicht anrufen. Tanner stand natürlich auf meiner No-Fly-Liste.

Ich hatte andere Freunde, das schon, aber nicht von der Art, die ich spontan per Eule fragen würde, ob sie abhängen wollten. Ich schätze, ich hätte das machen können, aber es hatte wenig Sinn, mich so ins Spiel zu bringen, wenn ich sowieso genau wusste, wo ich sie alle am Samstagabend finden würde.

Der Gedanke war mir durch den Kopf gegangen, den Abend damit zu verbringen, die Situation mit Grace zu untersuchen, über die ich seit dem Besuch der Bürgermeisterin und der Hohepriesterin keinen Moment nachgedacht hatte. Allerdings war ich mir nicht ganz sicher, ob ich gezielt in etwas hineinlaufen wollte, das schon wie ein soziales und politisches Minenfeld wirkte, nachdem ich kaum an der Oberfläche gekratzt hatte.

Verstehen Sie mich nicht falsch, meine Neugier würde irgendwann die Oberhand gewinnen, und wenn Graces Geist in meiner Wohnung auftauchen würde, wäre es klar. Aber meine Einsicht sagte mir, dass es keinen Grund zur Eile gab. Und in der Zwischenzeit waren Arbeit und Unterricht alles, was ich verkraften konnte, da mein emotionaler Tank auf Reserve lief.

Ich betrat Sheehan's Pub an diesem Abend viel eleganter, als das letzte Mal, als ich die Schwelle überschritten und mir von Donovan magisch das Bein gestellt worden war.

Ich hatte erwartet, dass all die Leute, die ich sehen wollte, an einem Ort versammelt wären, und ich wurde nicht enttäuscht.

Und der Bonus: Tanner war nicht da. Ich hatte mir (scheinbar unnötig) Sorgen gemacht, dass er da sein könnte, während ich nach der Arbeit aufgeräumt hatte. Was, wenn er da wäre? Würden wir einander ignorieren? Jeder würde dann merken, dass wir Schluss gemacht hatten. Oder schlimmer, was, wenn ich ihn dabei erwischte, wie er mit einer anderen Frau flirtete? Es gab in Eastwind jede Menge schöne Frauen, und obwohl viele von ihnen Hunderte Jahre alt waren, sahen sie aus wie in ihren Dreißigern, was bedeutete, dass sie, soweit ich das beurteilen konnte, geeignete Kandidatinnen waren.

Klar, Tanner hatte gesagt, er habe kein Auge auf jemand anderen geworfen, aber oft reichten ein bisschen Einsamkeit und zu viel Alkohol, um das zu ändern. Bevor ich nach Eastwind gekommen war, hatte ich die Gefahren von Alkohol und Einsamkeit oft genug erlebt. Es war tatsächlich eine meiner Lieblingslektionen, die ich immer wieder gelernt hatte ... zumindest, solange der Alkohol wirkte.

Danach war es allerdings nicht immer so angenehm.

Ich hätte es schrecklich gefunden, Tanner das durchmachen zu sehen, aus einer Menge von Gründen, von denen nur etwa die Hälfte rein egoistischer Natur war.

Ich schlängelte mich durch die Menge und fand einen freien Barhocker, ohne genau zu checken, wer da war. Es war schließlich Samstagabend. Da waren eine Menge Leute. Solange Tanner nicht darunter war, konnte ich damit arbeiten.

Kelley nahm meine Bestellung auf und schenkte sofort ein. Er war ein schlauer Mann und wusste offensichtlich, wer die guten Trinkgeldgeber waren. „Geht's dir gut?", fragte er.

Ich blinzelte überrascht. Ohne es zu wollen, musste ich mein aufgesetztes Lächeln zusammen mit dem Geruch von Frittierfett nach der Arbeit abgewaschen haben. „Ja, warum?"

„Du bist hier ohne deinen Freund, also arbeitet er entweder, oder zwischen euch läuft es nicht gut. Du bist direkt an die Bar gegangen, ohne jemanden zu begrüßen, also bist du hier, weil du denkst, dass du hier sein solltest, nicht weil du willst. Und du hast sofort ein Bier bestellt, was heißt, das ist keiner deiner typischen Boxenstopps, um potenzielle Mörder zu interviewen." Er schenkte mir ein schiefes Grinsen. Ich hatte es vorher nie bemerkt, aber Kelley war gar nicht so unattraktiv. Vielleicht, wenn ich meine Karten richtig spielte …

Nein, Nora. Du wirst absolut keine Rebound-Sache mit deinem Barkeeper machen! Das ist einfach zu klischeehaft.

Ich fuhr die Schlafzimmeraugen runter.

„Das soll wohl ein Witz sein?", fragte ich. „Ich reiße mir den Hintern auf, um Rätsel in dieser Stadt zu lösen, während du der heimliche Meister der Schlussfolgerungen bist!"

Er zuckte die Schultern, während er einen Krug mit einem weißen Trockentuch abtrocknete. „Als Barkeeper verdient man einfach besser. Nicht meine Schuld."

„Da kann ich nicht widersprechen", gab ich zu, bevor er

sich beeilte, die Bestellung einer Fee am Ende der Bar aufzunehmen.

„Hey, Mädchen.“

Ich drehte mich um und fand Eva direkt hinter mir. Sie lächelte und strich ihre langen, geflochtenen Zöpfe hinter eine Schulter.

„Oh, hey.“

„Stört's dich, wenn ich mich setze?“ Sie deutete auf den freien Hocker zu meiner linken.

„Natürlich nicht.“

Sie stellte ihr Getränk auf die Bar und musterte mich einen Moment lang schweigend. Es hatte etwas Durchdringendes und gleichzeitig Beruhigendes, als würde sie es nur tun, weil es sie wirklich interessierte, wie es mir ging, nicht weil sie nach was suchte, das sie verurteilen konnte. „Geht's dir gut?“

„Klar“, sagte ich schnell und zwang mir ein Lächeln ins Gesicht.

Sie ließ sich jedoch nicht täuschen, und ihr sanfter Ausdruck änderte sich nicht, als sie fragte: „Habt ihr euch getrennt, Tanner und du?“

Ich starrte auf mein Getränk. „Ähm ...“ Ich konnte mich nicht dazu bringen, es auszusprechen. Es auszusprechen würde es weniger wie eine schwierige Phase erscheinen lassen, nur eine Phase, die wir in unserer ansonsten stabilen Beziehung durchmachten.

Sie beugte sich vor, legte sanft eine Hand auf meine Schulter. „Es tut mir so leid, Nora. Das hast du nicht verdient. Und ich bin sicher, Tanner wird seine Eifersucht und seinen Schmerz überwinden und dir verzeihen.“

Ich hob den Kopf gerade genug, um ihrem Blick zu begegnen. „Du weißt Bescheid?“

Sie nickte. „Donovan hat es mir erzählt ... schon vor einer ganzen Weile.“

Ich warf einen Blick über die Schulter zu Donovan, wo er mit Siobhan Astrid plauderte, der Elfe im Hohen Rat und einer seiner langjährigen Freundinnen. Sie wirkte fehl am Platz im Sheehan's. Ich würde nicht sagen, dass der Laden eine Spelunke war, aber mit ihrem langen, blonden Haar, ihrem schlanken Körper und den zarten Gesichtszügen hätte sie eher, keine Ahnung, auf eine Wolke gepasst? Oder auf einen sonnenbeschienenen Berggipfel?

Ich wandte mich wieder Eva zu. „Donovan hat dir von …“ Ich wollte keine Details nennen, für den Fall, dass er es für seinen Schwarm heruntergespielt hatte.

„Euch beiden in den Deadwoods und dem anderen Reich? Ja. Er hat es mir erzählt. Ziemlich sofort, nachdem wir uns kennengelernt haben, eigentlich. Ich denke, er hat jemanden gebraucht, dem er sich anvertrauen konnte, und aus offensichtlichen Gründen konnte das nicht sein bester Freund sein.“

„Ah, stimmt.“ Ich starrte wieder auf die Oberfläche meines Biers. Der Schaum bettelte förmlich, dass ich es runterkippe.

Ich hielt mich zurück, weil ich erwachsen bin.

Und Alkohol nicht vertrage.

„Es ist wichtig, dass du dir nicht die Schuld gibst“, sagte sie. „Du kannst die Verantwortung übernehmen, aber nicht verinnerlichen. Du hast etwas Bedauerliches getan, aber du bist kein schlechter Mensch.“

„Danke“, sagte ich und vermisste plötzlich meine Therapeutin in Texas. „Ich werde versuchen, das im Kopf zu behalten.“

„Ich habe in Eastwind noch kein Verbindungsritual gemacht, aber zu Hause ein paar“, sagte sie, „und das ist mächtiges Zeug. Sich in der Emotion zu verlieren, ist verständlich.“

„Warte“, sagte ich. „Du hast Magie praktiziert in … wo kommst du eigentlich her?“

Sie lächelte. „New Orleans. Und ja, ich habe ein bisschen

Magie praktiziert, aber sie war dort bei Weitem nicht so stark wie hier. Es ging mehr darum, die Rituale durchzuführen und nach Ergebnissen zu suchen. Man kann so ziemlich alles finden, wenn man intensiv genug danach sucht, also bin ich mir nicht sicher, wie stark meine Kräfte waren oder ob ich nur gesehen habe, was ich sehen wollte. Trotzdem waren die Rituale, bei denen ich mit jemandem die Hände gehalten und unsere Absichten verbunden habe, immer ein mächtiger Akt, selbst wenn sie keine dramatischen Ergebnisse gebracht haben.“

„Wusstest du, dass du eine Südwindhexe bist, bevor du hergekommen bist?“

„Nein. Ich wusste nicht einmal, dass ich eine Hexe bin, bevor ich hergekommen bin. Ich wollte eine sein. Ich habe mir unglaublich Mühe gegeben, eine zu sein. Und jetzt, rückblickend, habe ich es wahrscheinlich die ganze Zeit in mir gespürt. Wenn ich nicht so viel auf die Leute um mich herum gehört hätte, die darauf bestanden haben, dass Magie nicht real ist, hätte ich vielleicht darauf zugreifen können.“ Sie zuckte die Schultern. „Es tut definitiv gut, sich mit Leuten zu umgeben, die glauben, dass Magie existiert.“

Donovan tauchte auf, schob sich zwischen uns, eine Hand auf jedem unserer Rücken. „Redet ihr über mich?“, fragte er.

Ich verdrehte die Augen, und Eva antwortete ehrlich: „Nicht mehr. Wir haben über das Leben vor Eastwind geredet.“

Er nickte. „Aha. Klingt langweilig.“

„Das war es“, sagte ich, „aber das war hauptsächlich meine Schuld. Es war, als wäre ich entschlossen, das Leben so langweilig wie möglich zu machen.“

„Du hast auf jeden Fall einen interessanten Weg gefunden, das zu ändern“, sagte er. „Apropos, irgendwelche Morde aufgeklärt in letzter Zeit?“ Er grinste spöttisch und erwartete offensichtlich nicht, dass ich antwortete: „Nein, aber ich habe vielleicht die Spur von einem neuen aufgenommen."

Sein Kopf ruckte plötzlich zurück. „Wirklich? An wem?"

„Ich weiß nicht, ob ich das sagen darf. Ich wurde um Diskretion gebeten." Ich zuckte die Schultern.

„Von wem?", wollte er wissen, sein Interesse war offensichtlich geweckt. Hatte Donovan auch das Rätsel-Löse-Fieber gepackt? Wahrscheinlicher war, dass er einfach wie alle anderen in Eastwind (und überall) einen Happen Drama liebte.

„Vom Zirkel."

„Vom –" Sein Mund blieb offen stehen, und er sah Eva an. „Weißt du davon?"

Sie schüttelte den Kopf. „Du weißt, dass ich nichts mit dem Zirkel am Hut habe." Sie wandte sich mir zu und fügte als Nebenbemerkung hinzu: „Politik und Magie vertragen sich nicht gut."

Ich sprach Donovan an. „Was ist mit dir? Gehst du, keine Ahnung, zu monatlichen Zirkeltreffen?" Ich nahm mir vor, endlich rauszufinden, wie der Zirkel als Gruppe agierte.

„Bitte", sagte Donovan. „Ich kann selbst denken, herzlichen Dank. Ich brauche den Zirkel nicht, der mir sagt, was ich zu tun oder zu lassen habe."

„Gehörst du nicht zu einem?" Dann erinnerte ich mich an das, was Eva über Donovan gesagt hatte, dass er niemanden hatte, mit dem er über seine Schuldgefühle reden konnte, und ich hatte die Antwort auf meine eigene Frage schon erraten, bevor er den Mund aufmachte.

„Auf keinen Fall", sagte er. „Die sind sowieso sinnlos. Sie sollen fünf Leute haben, um effizient zu sein, eine von jedem Wind, aber das ist seit Hunderten von Jahren nicht mehr so. Also hast du nur vier Hexen in jedem Zirkel, und es wird mehr zu einer Clique als zu was mit Substanz oder Nutzen."

Eva nickte zustimmend, dann fügte sie hinzu: „Ich wette, alle möglichen Zirkel haben sich an dich rangemacht, Nora."

„Nicht wirklich. Die wüssten wahrscheinlich nicht, was sie mit einem Fünften Wind anfangen sollten, wenn sie einen hätten."

„Oder", sagte Donovan, „die oberste Hexe in jedem Zirkel weiß, dass sie ihren Status an dich verlieren würde, sobald du beitrittst."

„Wie meinst du das? Ich verstehe offensichtlich nichts von Zirkeldynamik."

„Fünfte Winde", sagte Donovan, „sind von Natur aus dominant über die anderen Winde."

Ich schnaubte. „Als Fünfter Wind kann ich sagen, dass das definitiv ein dampfender Haufen Einhornäpfel ist. Ich habe mich nicht einmal selbst im Griff, wie soll ich andere dominieren?"

„Aber *wenn* du sie im Griff hast –", begann Donovan.

Ich hörte den Rest seines Satzes nicht, weil meine Aufmerksamkeit zu einer verlorenen Gestalt wanderte, direkt hinter Donovan, die mit schleppenden Schritten zur Bar kam.

Ich hob einen Finger, um das Gespräch zu unterbrechen. „Landon ist gerade reingekommen und sieht aus, als hätte jemand ihm einen Depressionstrank in seinen Nachmittags-kaffee gemischt. Gebt ihr mir einen Moment?"

Eva nickte, und Donovan war mehr als glücklich, auf den Hocker zu rutschen, sobald ich ihn verließ, um wieder Evas volle Aufmerksamkeit zu bekommen.

Ich lehnte mich neben Landon an die Bar. Er sah langsam auf. „Oh, hi Nora."

„Wie geht's, mein Freund?"

Kelley stellte Landons Drink ab, und er schob dem Barkeeper eine Münze zu. „Ging mir schon besser."

„Das würde ich doch hoffen. Alles okay?"

Seine Schultern sackten herunter, und sein blondes Haar, das normalerweise präzise gestylt war, stand in alle Richtungen ab, als hätte er es sich den ganzen Tag gerauft. „Nicht wirklich.“

Ich wartete geduldig, und er fuhr fort. „Eine meiner Kolleginnen wird vermisst. Seit einer Woche.“

Hörte sich vertraut an. „Irgendeine Chance, dass diese Kollegin Grace heißt?“

Er blinzelte und richtete seine Wirbelsäule auf, während er sich auf dem Hocker zu mir umdrehte. „Ja. Du weißt davon?“

„Ja, die Hohepriesterin Spatzenregen oder wie auch immer hat mich deswegen angesprochen.“

Sein Mund blieb offen stehen. „Die Hohepriesterin Springsong hat direkt mit dir gesprochen?“

„Ja. Das bleibt unter uns, aber sie und Bürgermeisterin Esperia haben mir einen Überraschungsbesuch abgestattet.“

Seine Augen wurden groß. „Die beiden sind zu dir gekommen wegen Grace?“

„Ja. Sagten, sie wollten es aus der Öffentlichkeit raushalten.“

„Also, ist sie ...“ Sein Mund klappte zu, und er trank einen langen Schluck von seinem Bier, bevor er es nochmal versuchte. Diesmal war seine Stimme fester. „Ist sie tot?“

Armer Kerl. „Nicht, soweit ich weiß. Sie hat mich nicht besucht, falls du das meinst.“ Der Trost, den das bot, war minimal, aber besser als nichts, denke ich. „Irgendeine Idee, wie eine junge Frau eine Woche lang verschwunden sein kann, ohne dass es zum Tratschthema der Stadt wird?“ Die Frage hatte mich seit Tagen beschäftigt. Wenn ich verschwinden würde, würde ich gern denken, dass es nur Stunden dauern würde, bis jemand es bemerkt. Ich denke, die meisten Leute würden sich das Gleiche wünschen.

Landon runzelte die Stirn und drehte sich zur Bar. „Sie hat

nicht viele Freunde außer mir und natürlich ihrem Zirkel. Sie ist sowas wie ein Geek." Ich beschloss, nicht zu erwähnen, wie geekig sie sein musste, wenn er sie als einen betrachtete. „Und sie arbeitet in den Katakomben, aber viel tiefer drin als mein Büro. Weil dort alles so langsam vorangeht und du an einem Tag nur etwa ein Prozent der Leute siehst, die da arbeiten, gibt's nicht viel Verantwortlichkeit. Verdammt, ich habe erst nach vier Tagen gemerkt, dass sie vermisst wird. Als mir klar wurde, dass ich sie nicht einmal in der Essenshöhle gesehen habe, bin ich zu ihrem Büro gegangen, und sie war nicht da. Keiner von den Leuten, die in ihrer Nähe arbeiten, hatte sie seit Tagen gesehen. Sie dachten, sie wäre im Urlaub oder krank. Ich habe bei ihrem Manager nachgefragt, und er sagte, er habe keinen Urlaubsantrag bekommen, und bestand darauf, dass sie die letzten vier Tage bei der Arbeit war."

„Toller Manager", sagte ich. „Irgendeine Möglichkeit, dass sie tatsächlich im Urlaub ist und nur vergessen hat, den Papierkram einzureichen?"

Landon schüttelte den Kopf. Seine rosigen Wangen waren blass vor Sorge. „Nein. Nicht Grace. Sie vergisst nie, Papierkram einzureichen. Die einzige Hoffnung, die ich hatte, war, dass sie ihn eingereicht und ihr Manager ihn nur verlegt hat, aber jetzt, wo du sagst, Springsong sucht sie ..." Er trank einen langen Schluck.

„Sorry, dass ich deine Hoffnungen zerstört habe", murmelte ich.

Er sah mich an, als würde er mich zum ersten Mal an diesem Abend sehen. „Hey, und wie geht's dir? Kommst du mit der Trennung klar?"

„Woher ..." Es war eher eine rhetorische Frage.

Landon wusste genau, was ich meinte. „Ich habe vor einem Monat bei Franco's Pizza gemerkt, dass was mit dir und Donovan passiert war, als, na ja, in der Nacht, als ich besessen war und versucht habe, alle umzubringen." Er schnitt eine Grimasse. „Und es war offensichtlich, dass Tanner nichts davon wusste. Dann seid ihr zwei neulich hier reingestürmt und habt gerufen, dass ihr mit Tanner sprechen wollt, und jetzt bist du hier allein. Sorry, übrigens."

Ich winkte ab. „Ach, ich bin nicht allein. Ich sitze mit dir hier." Ich rang mir ein Lächeln ab. „Hey, vielleicht gibt's einen Weg, wie wir uns gegenseitig helfen können, uns besser zu fühlen."

Sein Gesicht wurde rot, und seine Augen weiteten sich. Es dauerte ein paar Sekunden, in denen er wie ein Werkaninchen vor der Schlange aussah, bis mir bewusst wurde, was er glaubte, worauf ich hinauswollte. „Nein, nein, nein. Ich schlage nicht vor, dass wir –"

„Natürlich nicht."

„Du bist mehr wie ein –"

„Kleiner Bruder", beendete er den Satz für mich. „Ja, hab' ich verstanden."

„Okay, gut."

Er blinzelte und schüttelte den Kopf, um ihn klarzubekommen. „Was wolltest du dann vorschlagen?"

„Ich helfe dir, Grace zu finden. Wenn wir sie finden, löst das dein Problem. Selbst wenn ich sie nicht finden kann, haben wir zumindest was unternommen."

„Und du bekommst eine Ablenkung von deinen Gefühlen."

Ich beugte mich vor und flüsterte: „Und da gibt es eine Menge davon." Er nickte mitfühlend. „Und ja, ich bekomme eine Ablenkung von den unvermeidlichen Konsequenzen meiner schlechten Entscheidungen. Win-win."

„Außer, wenn Grace tot ist und Tanner dich nicht zurücknimmt."

Ich presste die Lippen zusammen und starrte ihn finster an.

„Sorry", sagte er.

„Klingt das nach einem guten Plan?"

Er nickte. „Wann fangen wir an?"

Ich winkte Kelley herüber und deutete mit dem Finger zwischen den zwei Krügen hin und her, dann formte ich mit den Lippen „nochmal", bevor ich Landons Frage beantwortete. „Morgen. Ich habe eine Idee, mit wem wir zuerst sprechen sollten, aber es ist zu spät, um jetzt damit anzufangen. Also trinken wir heute Abend, spielen vielleicht ein paar Runden Scufflepuck mit Ted, versuchen, nichts mit unseren Zauberstäben in die Luft zu jagen – die Regel gilt mehr für mich als für dich –, und sehen, ob wir alles andere vergessen können. Passt das für dich?"

Anstatt zu antworten, hob Landon sein Bier an die Lippen und trank den Rest in einem Zug aus. Er knallte den leeren Krug auf die Bar, verzog das Gesicht, dann sagte er: „Ich wette, wir können Ted und Malavic bei Scufflepuck-Doppel schlagen."

„Wow, du musst schon hackedicht sein. Aber okay." Ich klopfte ihm auf den Rücken. „Lass es uns versuchen."

Kapitel Sieben

Landon und ich hatten uns keine Lorbeeren verdient, indem wir Ted und Malavic im Scufflepuck-Doppel herausforderten. Was uns dieser Abend eingebracht hatte, war eine Schuld, die am nächsten Morgen und bis in den späten Nachmittag abbezahlt werden musste, eine, die bei mir aus dröhnenden Kopfschmerzen und der Unfähigkeit, Essen bei mir zu behalten, bestand, gepaart mit einem unstillbaren Verlangen, fettiges Essen zu verschlingen.

Am Ende hatte der reichlich fließende Alkohol im Sheehan's jedoch genau das getan, was ich gewollt hatte: Mich von der Trennung abgelenkt.

Leider lenkte er mich auch davon ab, mir die Bestellungen der Leute zu merken und während meiner ganzen Schicht am nächsten Tag zusammenhängende Sätze zu sprechen. Selbst Hyacinth Bouquet hatte den Anstand, nicht zu versuchen, mich in den Stadtklatsch einzubeziehen. Oder besser gesagt, sie hatte den Anstand, auf ihren Mann James zu hören, als er sie zum Schweigen brachte und „Kater" flüsterte. Als ich ihm die Rechnung brachte, gab ich ihm ein Stück Kuchen aufs Haus für seine rücksichtsvolle Gnade.

Durch ein Hin und Her von Eulen entschieden Landon und ich, unseren Treffpunkt am Nachmittag vom Fulcrum Park ins Pixie Mixie zu verlegen. Das stellte sich als eine meiner besseren Entscheidungen der letzten vierundzwanzig Stunden heraus.

Als wir die Apotheke verließen, nachdem wir beide ein Glas von dem bitteren Gebräu, das Kayleigh für unsere selbstverschuldete Misere gemixt hatte, auf ex getrunken hatten und uns wieder mehr wie wir selbst fühlten, machten wir uns auf den Weg zu dem Ort, wo wir mit Graces Zirkel verabredet waren, um Kaffee zu trinken.

Ich hatte ihnen zugestanden, den Ort auszusuchen, weil es mir etwas über sie verraten würde. Grace hatte nicht viel über sie gesprochen, also war Landon in dieser Hinsicht fast genauso ahnungslos wie ich.

Als Hunter, der Anführer des Zirkels, mit dem wir korrespondiert hatten, das Necro Coffee auswählte, versuchte ich, nicht zu voreingenommen zu sein.

Necro Coffee, im wohlhabenden Teil von Eastwind, war lächerlich überteuert. Ich war auch kein Fan des Slogans „Kaffee so gut, dass er die Toten aufweckt". Ich fand, damit machten sie sich über ein ernstes Thema lustig. Aber es gab auch keinen Grund, warum Leute in Eastwind Fünften Winden gegenüber besonders sensibel sein sollten, da es bis vor sieben Monaten nur Ruby in der Stadt gegeben hatte, und die verließ fast nie das Haus.

Ich war auch kein Fan von Necro, weil es mich zu sehr an die Cafés erinnerte, in denen ich meine Zeit in Austin verbracht hatte, diese aufgeblasenen, kleinen Läden mit Werken lokaler „Künstler" an den Wänden, die meistens aussahen, als hätte jemand direkt neben der Leinwand ein Schwein geschlachtet.

Ich hatte tatsächlich ein solches Kunstwerk gekauft und in meinem Wohnzimmer aufgehängt, weil ich zu beschäftigt gewesen war, um den Raum durchdacht zu dekorieren.

Gütiger Golem, alles Geld der Welt würde nicht ausreichen, um mich zu überreden, zu diesem Lebensstil zurückzukehren!

„Annabel war in derselben Klasse wie Grace und ich an der Mancher Academy", sagte Landon, während er mich über den Zirkel informierte, als wir den Hügel zum Café hinaufgingen. „Jackie ist zwei Jahre älter, und Hunter ist fünfzehn Jahre älter."

„Fünfzehn Jahre? Das ist doch ein bisschen gruselig, oder? So ein Mittdreißiger in einem Zirkel mit drei jungen, verträumten Hexen."

Landon nickte. „Es ist noch gruseliger, als du denkst. Er war früher unser Lehrer für kollaborative Magie. So hat er sie alle kennengelernt. Sobald Grace ihren Abschluss gemacht hatte, schlug er vor, den Zirkel zu gründen. Ich schätze, er hat nur auf eine Nordwindhexe gewartet, die mitmacht." Landon schüttelte den Kopf. „Ich glaube, sie war geschmeichelt, gefragt zu werden, und wer wäre das nicht? Dein Lehrer, der Hüter des Wissens und Verleiher akademischer Auszeichnungen, denkt, du bist gut genug, um in seinem Zirkel zu sein."

„Wow, ja, ich hätte nicht gedacht, dass das so gruselig wird, aber das fügt dem Ganzen definitiv eine neue Ebene hinzu. Und hat sie sich mit ihrem Zirkel verstanden?"

„Sie hat nicht viel über sie gesprochen, aber ich hatte das Gefühl, sie hatte ihre Probleme mit Annabel und Jackie. Aber Hunter hat sie in Schach gehalten."

„Und eine notwendige Anschlussfrage: Darf dieser Mann noch unterrichten?"

Landon nickte. „Ja. Er ist der stellvertretende Rektor der Akademie."

Toll. Hunter hatte ein bisschen Macht in der Hexengesellschaft. Ich konnte mir nicht vorstellen, wie das die Situation weniger kompliziert machen sollte. Allerdings erklärte es, warum Esperia und Springsong sich persönlich darum kümmerten. Er hatte wahrscheinlich das Ohr von einer oder beiden Frauen.

Als wir das Necro betraten, konnte ich unsere neuen Freunde leicht in der Menge ausmachen: zwei junge (und hübsche) Frauen in Landons Alter und ein gruseliger Typ, ein paar Jahre älter als ich.

Ohne die räuberische Entstehungsgeschichte des Zirkels zu kennen, hätte ich Hunter wahrscheinlich nicht gruselig gefunden. Alles in allem war sein Auftreten gepflegt. Er trug einen marineblauen Blazer, anstatt sich für die traditionellere Hexenkleidung zu entscheiden, und sein dicker, schwarzer Schnurrbart und Ziegenbart waren formschön und gut gepflegt. Auf seiner großen Adlernase ruhte eine kleine, drahtgerahmte Brille, durch die er intensiv und schweigend ein dickes Buch anstarrte, während neben ihm die zwei Frauen plauderten und aus Espressotassen nippten.

Jede Hexe trug die Farbe, die ihrem Wind entsprach. Annabel, eine Westwindhexe, trug eine limettengrüne Satinbluse mit einem dunkelbraunen Cardigan und eine smaragdgrüne Hose. Jackie, eine Südwindhexe, trug ein sonnengelbes, ärmelloses Kleid mit einer orangefarbenen Pashmina um die Schultern. Und unter Hunters marineblauem Blazer war ein hellblaues Polo, das er mit einer Khakihose kombiniert hatte.

Ich fragte mich, ob sie immer so gekleidet waren oder ob das eine Art Machtdemonstration war, die sie für mich aufführten.

„Hunter?", fragte ich, als wir an ihrem Tisch ankamen. Er hob einen Finger, um mich zum Schweigen zu bringen, las bis zu einem Absatz, nahm dann sorgfältig ein türkisblaues Band vom Tisch und legte es in das offene Buch, um seine Stelle zu markieren, bevor er es zuklappte und mich zur Kenntnis nahm. „Nora. Freut mich, Sie kennenzulernen." Er stand auf, und als Annabel und Jackie zögerten, warf er ihnen einen Blick zu, der mir, wenn ich es nicht schon gewusst hätte, verraten hätte, dass er ein Lehrer war.

Sie standen schnell auf, und wir schüttelten einander die Hände.

Hunter bot Landon seine Hand an. „Schön, dich wiederzusehen!", sagte er in diesem kumpelhaften Wir-sitzen-im-selben-Boot-Bruder-Ton, den Männer oft anschlagen.

„Gleichfalls, Mr. Hardy. Oder –"

Hunter strahlte. „Ist schon gut, Landon. Du kannst mich jetzt Hunter nennen."

„Sorry."

Ich deutete auf die Barista. „Wir holen uns erst was zu trinken. Braucht ihr was?"

Annabel sagte: „Ich könnte –", bevor Hunter sie unterbrach.

„Nein, danke, Nora. Sehr aufmerksam von Ihnen."

Als Landon und ich zum Tresen gingen, versuchte ich, entspannt zu wirken, als ich sagte: „Mr. Hardy?"

„Sorry, sorry", sagte Landon. „Ich werde immer ein bisschen nervös bei Autoritätspersonen. Besonders, wenn sie Akademiker sind."

„Wie wäre es, wenn ich dann die Führung übernehme, hm?" Er nickte, und als wir mit zwei Tassen Kaffee an den Tisch zurückkehrten, tat ich genau das. Mehr noch, ich beschloss, die Autoritäts-Karte bei ihnen zu spielen, indem ich schamlos Namen fallen ließ.

„Bürgermeisterin Esperia und die Hohepriesterin Springsong haben mir erzählt, dass eurem Zirkel eine Nordwindhexe fehlt."

„Ja", sagte Jackie, ihre langen, rotblonden Locken wippten

mit ihrem Kopf. „Es ist eine Woche her. Wir waren besorgt, also hat, na ja, Hunter, mit der Hohepriesterin darüber gesprochen.“

Annabel seufzte ungeduldig. „Hat uns viel gebracht. Alles, was sie getan hat, war, dich zu uns zu schicken.“

„Annabel!“, schalt Hunter. „So redet man mit niemandem, besonders nicht mit jemandem, der uns helfen kann, unsere geliebte Grace zu finden.“

Annabel verdrehte die Augen, antwortete aber nicht und wandte ihre Aufmerksamkeit dem großen Panoramafenster des Cafés zu.

„Irgendwelche Theorien, wohin sie gegangen sein könnte?“

Jackie meldete sich wieder zu Wort. „Du sagst das, als würdest du denken, sie ist abgehauen. Das würde sie nie tun! Sie hat uns zu sehr geliebt.“

Was gab es da nicht zu lieben? Ein gruseliger und bestimmender Ostwindhexenmeister, eine unhöfliche und versnobte Westwindhexe und eine verwöhnte und unreife Südwindhexe. Ich wüsste nicht, warum irgendwer nicht die erste Chance nutzen würde, das hinter sich zu lassen. „Was glaubt ihr dann, was passiert ist?“

„Sie wurde ermordet!“, sagte Jackie atemlos.

„Jackie“, warnte Hunter. „Wir sind in der Öffentlichkeit. Sprich etwas leiser.“ Dann wandte er sich mir zu. „Aber ja, wir glauben, dass ein Verbrechen im Spiel sein könnte. Wenn Grace etwas ist, dann verantwortungsbewusst. Sie würde nicht ohne ein Wort verschwinden, nicht wahr, Landon?“

Landon war von der Umstellung von Beobachter zu Teilnehmer überrumpelt. „Nein, ich glaube nicht, dass sie das tun würde.“

„Irgendwelche Verdächtige dann?“, fragte ich. „Jemand, von dem ihr denkt, dass er ihr schaden wollte?“

Annabel und Jackie tauschten einen Blick, den ich nicht

ganz deuten konnte, und Hunter nickte. „Dieselbe Person, die jeder Hexe schaden wollte."

„Und die wäre?"

Er zuckte mit einer Schulter. „Ein Werwolf, natürlich."

Ich lachte, bevor ich es verhindern konnte, und sah zu Landon, der auch ein Lächeln unterdrückte. „Irgendein bestimmter Werwolf?", fragte ich.

Anstatt direkt zu antworten, sagte er: „Korrigieren Sie mich, wenn ich falschliege, Nora, aber sind Sie und Donovan Stringfellow vor nicht einmal zwei Monaten in Sheehan's Pub nur knapp entkommen, als zwei Werwölfe sich in der Öffentlichkeit verwandelt haben?"

„Ja, aber um fair zu sein, hatte Donovan gerade Seamus durch den Raum geschleudert." Ich beschloss, nicht zu erwähnen, dass es daran lag, dass ich den Kobold für Informationen hatte küssen wollen, eine Entscheidung, die mit der Zeit immer weniger logisch erschien.

„Spielt keine Rolle. Sich in der Öffentlichkeit oder ohne Erlaubnis in einem privaten Geschäft zu verwandeln, mit der Absicht, jemandem zu schaden, ist ein schweres Verbrechen. Dass Werwölfe sich dazu bemächtigt fühlen, das wegen etwas so Albernem wie einer Kneipenschlägerei zu tun, ist ein perfektes Beispiel für die Anspruchshaltung und Unruhe, die in dieser Gemeinde gewachsen ist."

„Welcher Gemeinde genau?", fragte ich und versuchte, meinen aufsteigenden Ärger zu unterdrücken. „Der *Abschaum*-Gemeinde? Denn ich kann Ihnen versichern, die besteht nicht nur aus Werwölfen. Ich sehe täglich jede Menge Werwölfe, die kein überhöhtes Anspruchsdenken haben und denen es gar nicht gefallen würde, mit Lucent und Slash in einen Topf geworfen zu werden."

„Ah ja", gab er mit einem Nicken zu und schob seine Brille weiter seine lange Nase hinauf. „Sicher, es gibt Ausnahmen, solche, die im Laufe der Zeit begriffen haben, warum die Gesellschaft so strukturiert sein muss, und aufgehört haben, den Krieg, der Generationen vor ihrer Geburt geführt wurde, und die Hexen, die gewonnen haben, als Sündenböcke für all ihre Probleme zu benutzen. Es ist nicht ausgeschlossen, dass Werwölfe persönliche Verantwortung übernehmen, sich der zivilisierten Gesellschaft anpassen und hart arbeiten, um sich was zu verdienen, aber leider wird das heutzutage immer seltener."

„Ich weiß nicht, ob das stimmt", sagte ich, mein Standard-Satz, wenn jemand was unglaublich Ignorantes sagte und ich nicht streiten, aber definitiv auch nicht zustimmen wollte.

„Das können Sie auch nicht wissen", sagte er. „Sie sind neu in der Stadt. Sie haben den Fortschritt nicht gesehen. Aber es ist viel schlimmer geworden. Wirklich, es war nur eine Frage der Zeit, bis einer dieser wilden Wölfe eine Ausgabe der Eastwind Watch in die Pfoten kriegt und tatsächlich liest. Ich schätze, die Nachricht über das Werwolf-Schutzgesetz hat sich die letzten paar Wochen in der Werwolf-Gemeinde rumgesprochen, und sie sind nicht gerade begeistert."

Ich warf einen Blick auf Landon, der aussah, als würde ihm schlecht, während er seinen ehemaligen Lehrer finster anstarrte, aber nichts sagte.

„Moment. Angesichts dessen, dass zwei Werwölfe in meinen ersten zwei Monaten hier ermordet wurden, würden sie nicht ein Gesetz wollen, das sie schützt?"

Annabel und Jackie kicherten, und ich entschied mich, sehr erwachsen zu reagieren und ihnen für ihr nerviges Verhalten nicht auf den Kopf zu schlagen.

„Meine Damen", warnte Hunter, bevor er seine Aufmerk-samkeit wieder auf mich richtete. Er verbarg sein eigenes Amüsement über meine scheinbar naive Frage schlecht.

„Das Werwolf-Schutzgesetz wurde geschrieben, um die Leute von Eastwind vor den Werwölfen zu schützen."

Ah. Okay. Ich sah, was hier los war. Sowas hatte ich schon mal gehört, und ich war nicht an Bord.

Glücklicherweise war Hunters Unsinn leicht zu entkräften. Panikmache meistens nicht. „Also schützt es Werwölfe. Weil sie ja auch ‚die Leute von Eastwind' sind."

Er schauderte geradezu und bewegte seinen Kopf in einer langsamen Acht. „Man könnte so argumentieren, ja."

„Ein sehr gutes Argument. Aber hey, da ich ein Neuling hier bin und Sie außergewöhnlich intelligent, können Sie mir vielleicht bei ein paar rechtlichen Fragen helfen."

Er nahm das Kompliment an, ohne den Sarkasmus zu bemerken. „Gern."

„Ist es illegal, jemanden absichtlich körperlich zu verletzen?"

„Natürlich. Die Anklagen könnten von Körperverletzung bis Mord reichen."

Ich nickte, als hielte ich die Antwort für faszinierend. „Da das schon festgelegt ist, warum brauchen wir zusätzliche Gesetze speziell für Werwölfe?"

„Ah." Er schlug die Beine übereinander und legte die Hände in den Schoß, machte es sich bequem. „Weil wir Verbrechen verhindern wollen, bevor sie passieren. Körperverletzung und Mord sind Anklagen, die erst nach einer Verletzung erhoben werden. Wir wollen proaktiver sein und Maßnahmen ergreifen, die verhindern, dass so was irgendwem in Eastwind passiert."

Oh Mann, dem Typen hatte ein Einhorn ins Gehirn geäpfelt. Seine Bigotterie, verhüllt als Intellektualismus und vorgetäuschte Sorge, brachte die Übelkeit zurück, die ich vor einer halben Stunde losgeworden war. Ich wünschte, Liberty Freeman wäre hier, um meine offensichtlichen Einwände gegen Hunters schrecklich fehlerhafte Herangehensweise in Worte zu fassen. Der Dschinn hätte ein paar interessante Dinge zu sagen, wenn es darum ging, die Rechte jedes Einzelnen zu schützen, und er wüsste, wie er es ausdrücken muss, damit jeder ihn am Ende noch mehr mochte, selbst die, die anfangs nicht seiner Meinung waren.

Aber Liberty war nicht im Necro Coffee, also musste ich mein Bestes geben. „Und welche Art von Maßnahmen legt das Werwolf-Schutzgesetz fest, um das zu erreichen?"

„Oh, das ist alles schrecklich kompliziert", sagte er, wedelte vage mit der Hand. „Kein Grund, hier drauf einzugehen. Aber ich glaube, es gibt eine offizielle Kopie des vorgeschlagenen Gesetzes in den Pergament-Katakomben, also kann Landon Ihnen vielleicht später helfen, sie zu finden. In der Zwischenzeit glaube ich, Sie sind hergekommen, um uns nach Grace zu fragen."

Alles schrecklich kompliziert? Konnte unmöglich Absicht sein, um den Durchschnittsbürger davon abzuhalten, zu verstehen, was zum Henker überhaupt in dem Gesetz stand. Politik war Politik, egal in welchem Reich.

„Wo waren wir?", fragte ich und akzeptierte, dass das Gespräch von der Politik weggelenkt werden musste, wenn ich Graces Verschwinden auf den Grund gehen wollte. „Richtig. Sie haben gesagt, ein zufälliger Werwolf hat sie wahrscheinlich ermordet."

Er nickte. „Ja. Jetzt weiß ich, Sie verbringen Ihre Tage in den Outskirts, und deswegen denken Sie, Sie verstehen die Werwolf-Kultur. Es tut mir leid, Sie zu enttäuschen, aber ich habe zwei Sommer damit verbracht, Werwolf-Hilfsarbeit in den Outskirts zu leisten und die sogenannten ‚alten' Werwolf-Familien persönlich kennenzulernen. Und ich kann Ihnen ohne jeden Vorbehalt sagen, dass sie freundlich genug waren, wenn ich Essen und Vorräte für sie hatte, aber sie hätten mich in

Stücke gerissen, wenn ich ihnen die kleinste Gelegenheit dazu gegeben hätte. Sie mögen denken, Sie kennen sie, aber Sie kennen nur ihre beste Seite, die, die sie der Welt zeigen, um alle dazu zu bringen, zu vergessen, was sie wirklich sind. Versuchen Sie mal, so sentimental zu sein, wenn sie anfangen, sich zu verwandeln. Diese wilde Wut ist genauso Teil von ihnen wie das Gesicht, das sie der zivilisierten Gesellschaft zeigen. Vergessen Sie das nicht."

Sein Argument ergab auf gewisse Weise Sinn, und für einen Moment kaufte ich es ihm ab. Dann schüttelte ich meinen Kopf frei von seiner Rhetorik und antwortete: „Aber wie ist das anders als bei jedem anderen? Wir alle versuchen, der Welt um uns herum unsere beste Seite zu zeigen, und wir sind alle zu schrecklichen, unvorstellbaren Dingen fähig. Doch das heißt nicht, dass wir jeden als potenziellen Mörder betrachten und wen auch immer als Bürger zweiter Klasse behandeln dürfen."

Hunter runzelte bedauernd die Stirn, und in seinen Augen lag ein herablassendes Mitgefühl. „Ich weiß, was Sie meinen. Und ich wünschte, es wär nicht so. Wirklich, das tue ich. Ich habe Familienmitglieder, die Werwölfe sind, und ich würde alles geben, um zu glauben, dass sie genau wie Sie und ich sind. Die Tatsache, dass ich das nicht glauben kann, ist ein Beweis dafür, wie sehr Werwölfe sich auf einer grundlegenden Ebene von allen anderen unterscheiden."

Du meine Güte! Ich hatte genug von Hunter. Und ich hatte nicht ein einziges nützliches Fitzelchen Information über Grace aus ihm herausbekommen. Versuchte er absichtlich, mich aufzustacheln, damit ich ging, ohne zu bekommen, was ich brauchte?

Das war durchaus möglich, und wenn das sein Ziel war, hatte er es erreicht.

„Toll", sagte ich und stand auf. „Vielen Dank für all die wertvollen Informationen. Ich denke, wir sollten gehen. Ich habe später heute Abend noch einen Drink mit meiner besten Freundin geplant, einer Werwölfin, deren Werwolf-Ehemann nicht von einem anderen Werwolf ermordet wurde." Ich nickte Landon zu, der mehr als glücklich schien aufzubrechen, und wir steuerten ohne einen einzigen Handschlag auf den Ausgang zu. Aber bevor wir die Tür erreichten, sagte ich: „Oh, warte, ich habe vergessen, meine Rechnung zu zahlen."

„Ich dachte, du hast schon bezahlt!", rief Landon mir nach.

Er hatte nicht unrecht.

Ich stellte mich an den Tresen und überflog die Karte. Perfekt. Ich wusste, so ein Café würde auch Wein servieren. Ich zeigte auf die teuerste Flasche auf der Karte, deren Preis selbst Graf Malavic zusammenzucken lassen könnte, als Tiffany, die Barista, fragte, womit sie mir helfen könne.

„Hatten Sie eine offene Rechnung?", fragte sie in diesem typischen Service-Tonfall, der mir verriet, dass sie auf Autopilot war.

„Nein", sagte ich. „Aber mein Freund, bei dem ich gesessen habe, hat darauf bestanden, dass ich sie auf seine Rechnung setze."

Sie beugte sich vor, um an mir vorbeizuspähen. Vielleicht war es Hunters teurer Blazer, der sie überzeugte. „Erinnern Sie mich bitte an den Nachnamen?"

„Hardy."

Sie nickte, und ich lächelte sie an, und sobald sie mir den Rücken zuwandte, schlenderte ich aus dem Restaurant.

Wir waren Grace keinen Schritt nähergekommen, aber das hieß nicht, dass ich bei meinem Besuch nichts erreicht hatte.

Kapitel Acht

„Du hast schon davon gehört?“, fragte ich Jane an der Bar in Franco's Pizza. Es war ein toller Ort, um entspannt was zu trinken, und obwohl sie es nicht ausdrücklich gesagt hatte, als sie es vorgeschlagen hatte, war es auch der einzige Ort, an dem ich mir keine Sorgen machen musste, Tanner zu begegnen. Zumindest nicht, solange Donovan arbeitete. Soweit ich wusste, hatten die beiden nicht mehr gesprochen, seit die Wahrheit ans Licht gekommen war. Meine Vermutung war, dass Tanner immer noch zu wütend war, um Kontakt aufzunehmen, und Donovan, auf seine eigene Art, die Bestrafung genoss.

Jane nippte an dem Gin-Cocktail, den Donovan für sie gemixt hatte. „Oh ja. Dieses blöde Werwolf-Schutzgesetz braut sich schon seit Jahren zusammen. Keine Ahnung, warum es jetzt plötzlich an Fahrt aufnimmt, aber ich bin nicht allzu besorgt.“

„Nicht? Weil ich nicht weiß, was drinsteht, aber es klingt nach einem schlecht verhohlenen Versuch, Werwölfe zu unterdrücken.“

Sie kicherte. „Das liegt daran, dass es das ist. Aber so was flammt immer mal wieder auf. Die Hexen denken, Werwölfe kommen nicht über den Krieg hinweg, aber in Wirklichkeit ist es umgekehrt. Sie können sich nicht damit abfinden, dass sie fast verloren hätten, dass eine Gruppe von Leuten – Werwesen – sich nicht einfach umgedreht und den allmächtigen Hexen den Bauch gezeigt hat." Sie griff nach einer Käse-Salami-Rolle auf unserem Teller auf dem Tresen und steckte sie sich in den Mund. „Egal. Sollen sie doch versuchen, dieses Stück Hass durch den Hohen Rat zu drücken. Das wird nie funktionieren. Dazu braucht es eine Mehrheit, und nie im Leben würden Darius Pine oder Liberty Freeman für diesen Müll stimmen. Ich kann mir auch nicht vorstellen, dass Octavia Pantagrual dafür stimmt; die Hexen haben Oger früher für dumm gehalten wegen ihrer stockenden Sprache und haben sie fast zum Spaß ausgerottet."

„Das ist lächerlich", sagte ich. „Ich kenne niemanden, der mehr Bücher gelesen hat als Anton. Er lebt praktisch in der Bibliothek." Ich hielt inne. „Wenn ich so darüber nachdenke, vielleicht lebt er tatsächlich in der Bibliothek." Hatte er ein Zuhause? Ich hatte nie dran gedacht, zu fragen.

„Natürlich ist das lächerlich", sagte Jane. „Vorurteile sind das so gut wie immer. Das Problem ist, wenn du dir eine Geschichte zurechtlegst und dann nach Fakten suchst, die sie stützen. Du findest immer, was du suchst, und ignorierst alles, was nicht in deine Geschichte passt. Jeder anständige Bürger lässt seine Geschichte aus Fakten entstehen. Und sie dann immer wieder neu anpassen. Das nennt man ‚lernen und wachsen'. Aber viel Glück, jemanden wie Springsong oder Hunter davon zu überzeugen."

„Bist du sicher, dass das nicht an Fahrt aufnehmen wird?", fragte ich.

„Na ja, vielleicht ein bisschen. Aber es bräuchte was Großes. Vielleicht mehr. Ein paar große Sachen."

Ein Kribbeln kroch meinen Rücken hinauf. Hallo, Einsicht. Lange nicht mehr gefühlt. „Was Großes wie ein Werwolf, der eine süße, schüchterne Nordwindhexe kaltblütig ermordet?"

Sie trank den Rest ihres Drinks aus. „Ja, das könnte reichen. Also hoffen wir einfach, dass dem nicht so ist. Aus einer Menge Gründen. Was ist dein nächster Schritt, was das angeht?"

„Weiß nicht."

Donovan lehnte sich über die Bar. „Worüber redet ihr Ladys?"

„Mord", sagte Jane.

Donovan nickte. „Dachte ich mir. Noch eine Runde?"

„Natürlich", sagte Jane.

Als Donovan zurückkam, sagte sie: „Darf ich dich was fragen? Wenn ich schlecht über die Hexen rede, die diese Stadt gegründet haben, fühlst du dich als Ostwindhexe dann angegriffen?"

Donovan schob die Unterlippe vor und schüttelte den Kopf. „Nein, die waren furchtbar. Das weiß jeder."

Sie grinste. „Nur so zur Sicherheit."

„Wie wäre es mit der verrückten Idee", sagte er, „dass wir uns weiter als Individuen behandeln, unabhängig von unserer Art, und wenn, zum Beispiel, du was sagst, das mich beleidigt, gebe ich dir einen Vertrauensbonus und bitte dich, das zu klären. Und umgekehrt."

Er hatte Jane angesprochen, aber ich mischte mich trotzdem ein. „Kann ich da mitmachen? Klingt nach was, das dieser ausgestoßene Fünfte Wind unterstützen könnte."

Donovan nickte und griff nach seinem Wasserglas hinter der Bar, und wir drei stießen an.

Während ich spätabends ein bisschen Speck für Grim und mich briet, versuchte ich, leise zu sein, um Ruby nicht zu wecken. Aber man kann nicht viel gegen das Zischen von Speck in einer Grillpfanne tun. Zur Vorsicht legte ich ein paar extra Stücke darauf, damit ich, falls sie doch aufwachte, ein fettiges Friedensangebot für sie hatte.

Ich beschränkte mich auch aufs Flüstern und bat Roland, der mir in der Küche Gesellschaft leistete, dasselbe zu tun.

Natürlich stimmte er zu, sagte, er würde alles für mich tun, und so weiter. Die Schwüre seiner unsterblichen Liebe gingen mir ehrlich gesagt auf die Nerven. Ich war sicher, wenn ich wieder auf diesem Klippenrand im smaragdgrünen Feld mit ihm wäre, würde sich mein Gefühl dazu ändern, aber so, wie es war, stachen seine endlosen Versprechen und romantischen Gesten heraus und wirkten zu übertrieben im normalen Leben, selbst für Eastwinds seltsame Version davon.

„Ich habe sie nicht gesehen", sagte Roland. „Falls ich jemandem namens Grace über den Weg laufe, lasse ich es dich sicher wissen."

„Wie läuft's mit dem Speck?", fragte Grim von seinem üblichen Platz am Kamin. Es brannte kein Feuer, aber es war trotzdem ein guter Hunde-Aussichtspunkt, mit einer Wand im Rücken und einem Blick auf den ganzen unteren Bereich, um sicherzustellen, dass niemand einen Krümel fallen ließ, ohne dass er es merkte.

„Noch ein paar Minuten. Keine Sorge, du bekommst auch was."

„Ich denke nicht, dass sie tot ist", sagte ich und kehrte zum Gespräch mit Roland zurück. „Ich versuche, mich in ihre Lage zu versetzen, und wenn ich durch Schmeicheleien oder wer weiß was in diesen schrecklichen Zirkel gelockt worden wäre, würde ich wahrscheinlich die erste Chance nutzen, abzuhauen, und nicht zurückblicken."

„Ist sie eine willensstarke Frau wie du?"

Ich wendete den Speck in der Pfanne. „Weiß ich nicht. Sie ist eine organisierte Person und hält sich strikt an die Regeln, deshalb hat sie sich in den Katakomben so gut gemacht."

„Dann vermute ich, dass ihr ein starker Wille fehlt. Diejenigen, die an ihrer Fähigkeit zweifeln, ihren eigenen Überzeugungen zu folgen, halten sich strikt an die Gesetze anderer."

Ich nahm meinen Kamillentee in beide Hände, genoss die Wärme, und lehnte mich gegen die Arbeitsplatte. „Du sagst, du denkst nicht, dass sie abgehauen ist?"

„Scheint unwahrscheinlich. Aber Leute überraschen mich immer", sagte er mit einem halben Grinsen. „Wenn du jemanden kennenlernen willst, ist der schnellste Weg, sein Umfeld kennenzulernen."

„Ich bin schon mit Eastwind vertraut", sagte ich.

„Nein, ich meine ihr unmittelbares Umfeld. Die, die sie kontrollieren kann. Die Objekte, mit denen wir uns umgeben, erzählen eine Geschichte darüber, wer wir sind."

Ich warf einen Blick auf die Dutzende von seltsamen Stücken, die von der Salondecke hingen. „Ich hoffe wirklich, dass das nicht stimmt. Du sagst, ich sollte ihr Zuhause besuchen, richtig?"

Eine Stimme, die nicht Rolands war, nicht einmal die eines Mannes, meldete sich zu meiner Rechten, von der Richtung der Treppe. „Ich glaube nicht, dass ich das Vergnügen hatte."

Ruby stand am Fuß der Treppe, ein verblichenes schwarzes Nachthemd hing ihr bis knapp unter die Knie, ihre flauschigen roten Hundepfoten-Hausschuhe wirkten riesig an ihren Füßen.

Das Hintergrundgeräusch des bratenden Specks musste verhindert haben, dass ich ihre Schritte auf der knarrenden Treppe gehört hatte, und jetzt befand ich mich in einer Alles-oder-Nichts-Situation. Ruby wusste nichts von Roland, und ich hatte nicht vorgehabt, ihr davon zu erzählen, obwohl er unter ihrem Dach lebte – na ja, nicht wirklich lebte, aber Sie wissen schon, was ich meine.

Dieser Plan war jetzt in tausend Stücke gesprengt. „Ruby, das ist, ähm." Wie stellte ich ihn vor? Ich hatte keine Ahnung. „Na ja, das ist –"

Roland ersparte mir die Mühe und sorgte für noch mehr Mühe. „Mylady, mein Name ist Roland O'Neill, und ich habe viele Leben durchquert, auf der Suche nach meiner einzig wahren Liebe, der Frau, mit der ich zuerst die fleischlichen Freuden der Liebe gekostet habe, und der einzigen Frau, mit der ich je wieder ein Bett teilen möchte. Ich freue mich zu sagen, dass ich sie gefunden habe" – er deutete mit einer ausladenden Geste auf mich – „und sie hat mich in diese seltsame Welt zurückgebracht. Ich entschuldige mich, ohne Ihre Zustimmung in Ihr Haus eingedrungen zu sein, aber es war der einzige Weg für mich, bei meiner wunderbaren Diana zu sein, und wenn der Tod mich nicht von ihr fernhalten konnte, wird nichts das tun. Sie und ich waren seit dem Zeitalter der Götter füreinander bestimmt. Ich hoffe, Sie verstehen."

Fänge und Klauen, konnte er noch dicker auftragen? Ich schloss die Augen und wimmerte leise. Er gab wirklich alles, oder?

Das war definitiv mehr, als ich ihr hatte erzählen wollen. Wenn ich schneller bei Verstand gewesen und ihm zuvorgekommen wäre, hätte ich vielleicht sowas gesagt wie: „Das ist Roland. Er ist nur auf der Durchreise."

Mit anderen Worten, ich hätte glatt gelogen. Ich habe keinen Zweifel, dass Ruby das durchschaut hätte, aber sie hätte es wahrscheinlich nicht angesprochen, hätte die Gelegenheit bevorzugt, das nicht zu ihrem Problem zu machen.

Ich versuchte, Rubys Reaktion auf den Monolog einzuschätzen. Ihr Ausdruck gab nichts preis, und sie starrte ihn mit verschlafenen Augen an, als hätte er genauso gut nichts sagen können.

Dann blinzelte sie ein paarmal, verschränkte die Arme vor der Brust und sagte: „*Oh,* Fänge und Klauen, Nora. Du schläfst doch jetzt nicht mit einem Geist, oder?"

„Was? Nein. Ich habe ihn von irgendeiner Ebene, die ich nicht ganz verstehe, hergebracht, aber so ist das nicht. Er ist nur – warte, könnte ich mit einem Geist schlafen?"

Ruby antwortete nicht. Stattdessen drehte sie sich um, kehrte dem Salon und der Küche den Rücken zu und setzte einen Hundepfotenpantoffel auf die erste Stufe. „Ich werde so tun, als wäre das ein Traum gewesen. Ja. Ein sehr unglücklicher Traum." Dann verschwand sie nach oben.

„Wenn ich es nicht besser wüsste", sagte Roland, „würde ich sagen, du bist an der Aussicht interessiert, wie sie es nannte, mit mir zu schlafen. Hat sich etwas mit deinem Liebhaber geändert?"

„Nein", sagte ich schnell. „Nichts hat sich geändert."

„Aber wenn dem so wäre", sagte Roland, und ein kleines Lächeln verriet seine Freude, mich zappeln zu sehen, „würdest du die Möglichkeiten erkunden wollen, dass eine Hexe und ein Geist miteinander schlafen?"

„Weißt du was?", Grim stand auf. „Ich brauche doch keinen Speck. Tatsächlich werde ich vielleicht nie wieder essen." Während er die Treppe zu meinem Schlafzimmer hinauftrottete, sah ich ihm nach, bevor ich mich wieder Roland zuwandte.

Nur war Roland nicht mehr da.

Toller Zug. So eine Idee vorbringen und mich dann mit meinen Gedanken allein lassen. Also gut.

Ich nippte an meinem Tee und konzentrierte mich stattdessen darauf, dass ich den Speck jetzt ganz für mich allein hatte.

Siehst du? Es hat Vorteile, seine Nächte völlig allein zu verbringen.

Kapitel Neun

„Ich kann nicht glauben, dass mir nicht eingefallen ist, zu ihr nach Hause zu gehen“, sagte Landon am nächsten Nachmittag, als wir uns auf den Weg nach Erin Park machten. „Das ist wirklich schlau gedacht.“

„Danke.“

„*Ist das so, ja?*“, fragte Grim, der neben mir hertrottete. „*Willst du die Lorbeeren für Rolands Idee einheimsen?*“

„*Was soll ich denn machen? Landon davon erzählen? Du hast gesehen, wie schnell er rot wird. Wenn ich ihm auch nur das Kleinste über meine Beziehung mit Roland erzähle, explodiert sein Kopf vielleicht wirklich.*“

„*Wo du recht hast. Und wir wollen nicht, dass das passiert?*“

„*Böser Hund!*“ Ich schnipste Grim hinters Ohr.

„Was hat er gemacht?“, fragte Landon.

„Mach dir keine Sorgen darüber.“

Landon hatte einen Ersatzschlüssel von Graces ordentlich organisiertem Schreibtisch in den Katakomben besorgt. Offenbar gehörte zu ihrer fast zwanghaften Ordnungsliebe, dass sie von allem eine Sicherungskopie hatte. Sie war schließlich eine der besten Mitarbeiterinnen der Katakomben, und die Katakomben lebten und starben mit Dreifachkopien, auch wenn sie selten eine davon fanden, wenn Anfragen eingereicht wurden, um sie einzusehen.

Ihr Zuhause war ein kompaktes Steinhäuschen, eingekeilt in eine lange Reihe von Häusern. Landon behauptete, er habe es nur besucht, um sie nach der Arbeit nach Hause zu begleiten, wenn sie beide spät dran waren, aber ich fing an zu vermuten, dass zwischen ihnen mehr gelaufen war, als er mir erzählte. Vielleicht war es immer nur einseitig gewesen.

Ein kühler Herbstwind wehte seitlich die Straße entlang, und ich zog meinen Mantel zu, um mich vor der Kälte zu schützen.

Ich wartete ein paar Meter hinter Landon auf der Türschwelle, während er den Schlüssel ins Schloss steckte und innehielt. „Ist das eine Verletzung ihrer Privatsphäre?"

„Nein", versicherte ich ihm, obwohl es tatsächlich eine Verletzung ihrer Privatsphäre war. Aber wenn sie tot wäre, würde es sie nicht stören, und wenn sie ohne ein Wort gegangen wäre, was konnte sie von ihrem Freund erwarten?

Wir betraten das Haus. „Grace?", rief er. Keine Antwort. „Hm."

„Was?"

„Normalerweise begrüßt mich Daisy, ihre Vertraute, wenn ich reinkomme. Sie scheint auch nicht hier zu sein."

„*Vielleicht sind beide tot*", bot Grim wenig hilfreich an.

„Sollen wir uns umsehen?", fragte ich.

Landon nickte, und wir teilten uns auf, um das einstöckige Haus zu durchsuchen. Es dauerte nicht lange, und eine Minute später traf ich ihn in ihrem Schlafzimmer wieder. „Was gefunden?", fragte ich.

„Nein, aber, ähm, würde es dir was ausmachen, einen Blick in ihre Kommode zu werfen?" Er deutete auf das große Eichenholzmöbelstück, und ich nickte. Der arme Kerl war zu nervös, um ihre Unterwäscheschubladen zu öffnen.

Ich fing unten an, wo sie ihre schwereren Sachen aufbewahrte – Jeans, ein paar dicke Pullover und eine Decke. Alles war ordentlich gefaltet, obwohl sie nicht viele Klamotten hatte. Während ich das absolut respektieren konnte, unterschied sie sich damit wahrscheinlich stark vom Rest ihres oberflächlichen Zirkels.

Als ich die oberste Schublade öffnete, blieb mein Mund offenstehen. Ich konnte nicht glauben, was ich sah.

„Was? Was ist?", fragte Landon ängstlich, als er meine Reaktion sah. Er trat zögernd auf mich zu.

„Sie faltet ihre Unterwäsche", hauchte ich. „Wer macht das?"

Landon trat schnell zurück und wandte die Augen ab. „Wer macht das nicht?"

Ich warf ihm einen Blick zu. „Du auch?"

Er nickte, als wäre das selbstverständlich.

„Ist das was, das Leute machen?"

„Erwachsene", sagte er. „Ja."

Auf keinen Fall. Das kaufte ich ihm nicht ab. Ich war schon eine Weile erwachsen, und nie hatte ich die Zeit oder Lust gehabt, meine Unterwäsche ordentlich zu falten. Grace hatte sich sogar die Mühe gemacht, sie nach Stoff und Farbe zu sortieren.

„Bist du fertig damit, ihre Unterwäsche anzustarren?", fragte Landon ungeduldig. „Das ist *definitiv* eine Verletzung ihrer Privatsphäre."

„Jetzt mach dir nicht ins Höschen", sagte ich und kicherte. „Wenn du verstehst, was ich meine?"

„Man müsste ein Idiot sein, um das nicht zu kapieren."

Ich warf Grim einen bösen Blick zu, wo er in der Tür zu Graces Schlafzimmer wartete.

„Ja, ich verstehe. Würdest du jetzt bitte –"

Etwas stach mir ins Auge. Wenn sie sich nicht die Mühe mit dem Farbsortieren gemacht hätte, hätte ich es wohl übersehen, aber so stach das weiße Papier hervor, wo es zwischen zwei gefalteten schwarzen Höschen steckte.

„Oh, hallo", sagte ich und zog es heraus. Es war genauso ordentlich gefaltet wie der Rest des Schubladeninhalts, und ich klappte es vorsichtig auf. Jedes Papier, das es wert war, in einer Unterwäscheschublade aufbewahrt zu werden, war es wert, gelesen zu werden.

„Was ist das?", fragte Landon.

Ich sah die erste Zeile und antwortete: „Ein Brief."

Landon stellte sich hinter mich, um über meine Schulter zu lesen, aber nicht, ohne vorher die Schublade zu schließen.

Grace,

du kannst mir das nicht immer wieder antun. Sie müssen es nicht akzeptieren. Wenn du das nicht weitermachen willst, kann ich dich nicht zwingen, aber sag mir nicht, wie ich fühle. Ich habe gemeint, was ich gesagt habe. Wir können das hinbekommen. Diese Stadt kann von mir aus abbrennen, solange ich dich habe.

In Liebe,

Fritz

„Das ist interessant", sagte ich und drehte mich, um Landons Reaktion zu sehen. Seine Augen waren weit aufgerissen, und er schluckte schwer. „Landon", sagte ich, „du heißt doch nicht zufällig Fritz, oder?"

Seine Augen sprangen vom Brief zu meinem Gesicht. „Was? Nein! Der ist nicht von mir."

„Kennst du einen Fritz in der Stadt?"

Er schüttelte den Kopf. „Ich wusste nicht einmal, dass sie jemanden trifft."

Armer Kerl! Dieses Rätsel zu lösen sollte ihm helfen, sich besser zu fühlen – Maßnahmen zu ergreifen war oft wichtiger, als das Problem zu lösen. Aber ich fing an zu vermuten, dass es kurzfristig nur dazu führen würde, dass er sich schlechter fühlte, besonders, wenn wir mehr Geheimnisse aus Graces Leben aufdeckten. Vielleicht war sie nicht die, für die alle sie hielten. Das konnte passieren. Leute bauen ständig Mauern um sich herum.

Ich wusste das. Ich war selbst eine emotionale Maurermeisterin.

„Das könnte alt sein", sagte ich. „Vielleicht ist der Brief von einem Ex."

„Vielleicht", sagte Landon.

Es würde einige Zeit brauchen, um die genaue Bedeutung des Briefs zu entschlüsseln. „Wir sollten den mitnehmen", sagte ich. „Wir können ihn noch ein paarmal durchlesen und —"

„Nein!", rief er entsetzt und riss mir den Brief aus der Hand. „Wir können ihre persönlichen Sachen nicht mitnehmen. Was, wenn sie zurückkommt? Wie erklären wir das?"

Ich wusste genau, wie wir das erklären würden: *Oh hey, Grace. Du bist verschwunden und hast niemandem gesagt, wohin du gehst, also haben wir uns selbst auf die Suche gemacht, für den Fall, dass du in Schwierigkeiten warst. Dabei haben wir deine persönlichen Sachen durchgesehen und ein paar Dinge gefunden, die wie Hinweise aussahen. Um fair zu sein, hätten wir das nicht tun müssen, wenn du einfach jemandem gesagt hättest, wohin du gehst.*

Aber Landons steinerne Miene machte klar, dass er da nicht nachgeben würde. Ich hatte jedoch eine Idee. „Donovan hat mal so ein Copy-and-paste-Ding mit seinem Zauberstab gemacht. Könntest du das nicht machen, damit wir später eine Kopie zum Nachsehen haben?"

Er zögerte, nickte dann aber leicht. „Ja, gut." Er strich den Brief glatt, zog seinen Zauberstab hervor und extrahierte die

Worte von der Seite, sodass sie in der Luft schimmerten. Mit einem Schlenker verschwand die Handschrift in seinem Zauberstab. „Da." Er faltete den Brief ordentlich und reichte ihn mir, dann nickte er in Richtung Schublade.

Ich schaffte es, nicht die Augen zu verdrehen angesichts seiner Weigerung, sich auch nur in die Nähe ihrer Unterwäsche zu begeben, und steckte den Brief dorthin zurück, wo ich ihn gefunden hatte.

Wir setzten die Durchsuchung ihres Schlafzimmers noch ein paar Minuten fort, aber Landons Herz war nicht mehr dabei. Wahrscheinlich wollte er nichts finden, das bewies, dass Grace nicht genau die Frau war, für die er sie hielt.

Das schien nicht fair. Es war, als wollte Landon, dass sie leicht definierbar war. In einer idealen Welt hätte Grace aber die Art von Person sein dürfen sollen, die Ersatzschlüssel hatte, die Regeln befolgte und ihre Unterwäsche faltete und nach Farben sortierte, und gleichzeitig eine Frau mit einem erfüllten Liebesleben. Selten jedoch fühlten sich Frauen so, als könnten wir offen so vielschichtig sein, wenn wir respektiert werden wollten.

Aber gleichzeitig konnte ich Landon keinen Vorwurf daraus machen, enttäuscht zu sein, dass die Frau, für die er sie hielt, vielleicht nicht die ganze Geschichte war. Es ist nie schön zu entdecken, dass jemand, der dir wichtig ist, Dinge vor dir verborgen hat.

Armer Tanner!

Ich meine, *Landon*.

Ich Dummerchen.

Es schien, als hätte Roland recht. Um jemanden zu kennen, musste man das Umfeld kennen, das sie sich geschaffen haben. Und die Tatsache, dass Grace das einzige offensichtliche Zeichen ihrer Romanze mit diesem Fritz tief in einer Schublade in ihrem eigenen Zuhause versteckt hatte, sagte mir, dass diese Affäre, die sie hatten oder gehabt hatten, eine war, für die sie sich schämte. Es war etwas, das sie verstecken musste, sogar vor sich selbst, in gewisser Weise. Sie lebte allein; sie hätte den Brief auf der Küchenzeile liegen lassen können, und niemand hätte ihn gesehen. Aber das hatte sie nicht. Sie hatte ihn weggepackt, versteckt vor den Blicken in ihrem Alltag.

Landon machte einen letzten Durchgang im Büro, entweder weil er meiner Gründlichkeit nicht traute oder weil er sich wohler fühlte, mögliche Geheimnisse im Zimmer von Arbeitsleben-Grace zu entdecken. Wie alles andere in ihrem Zuhause war das Büro ordentlich, organisiert, minimalistisch.

„Das ist seltsam", sagte Landon und starrte auf den großen Kalender auf ihrem Schreibtisch.

Ich trat näher und sah, worauf er zeigte. Während der Rest des Kalenders bis zu dem Datum, das er anzeigte, eine detaillierte Aufschlüsselung ihrer Aktivitäten enthielt, hauptsächlich Arbeit, waren alle danach leer. Das hatte ich nicht bemerkt, also hatte er vielleicht recht, dass ich gründlicher hätte sein können.

Und in dem Feld, auf das er zeigte, stand nichts weiter als das Datum in der oberen Ecke und eine einzige Zeit: 6:47 Uhr.

Kein Name oder Ort dabei. Nur die Zeit.

„Das ist der Tag, nachdem sie zuletzt gesehen wurde?", fragte ich.

„Ja."

„Was auch immer an dem Tag mit ihr passiert ist, es war geplant."

„Ich würde es nicht anders erwarten."

Diese genaue Zeitangabe setzte sich in meinem Kopf fest. Sie war penibel mit ihrem Zeitplan, aber sie hatte jeden anderen Tag in mindestens Fünf-Minuten-Schritten aufgeteilt. Da war 6:10 Frühstück machen und 7:45 zur Arbeit gehen.

Keine der Zeiten endete auf was anderem als einer Fünf oder Null, außer dieser einen.

„Was denkst du?", fragte ich.

„Ich weiß nicht. Es kommt darauf an, wie weit im Voraus sie ihre Zeitpläne schreibt. Wenn sie das nur am Ende jedes Tages für den nächsten Tag macht, ergibt es Sinn, dass der Rest leer ist. Aber wenn sie weit im Voraus plant, was ich vermute, heißt das, sie hatte nach diesem Datum keine Pläne."

„Ich weiß nicht, was ich davon halten soll", sagte ich.

„Ich auch nicht. Aber wenn es dir nichts ausmacht, denke ich, wir haben genug gestört, und ich könnte wahrscheinlich einen Drink gebrauchen."

Da wir schon in Erin Park waren, war das Sheehan's nur einen kurzen Spaziergang entfernt, und während wir Graces Zuhause hinter uns ließen, grübelte ich über das, was wir bisher wussten. Landon ging schweigend neben mir, die Hände in den Taschen, und Grim nahm meine andere Flanke ein.

„Wir müssen rausfinden, wer dieser Fritz ist", sagte ich. „Wenn wir das nur in Erfahrung bringen könnten, könnten wir mit ihm oder ihr reden und –"

„Du denkst, es könnte eine Sie sein?", sagte er schnell und wurde munter. „Ja, vielleicht war es nur eine Freundin. Vielleicht heißt Annabel oder Jackie mit Nachnamen Fritz."

Ich wollte die Hoffnung in seiner Stimme nicht zerstören, also erwähnte ich nicht, dass es genauso gut möglich war, dass Grusel-Onkel Hunter diesen Namen trug und die Dynamiken in Graces Zirkel noch seltsamer waren, als wir ursprünglich angenommen hatten.

„Guter Gedanke, Landon. Das könnte definitiv sein."

„Irgendwas stinkt hier nach Einhornäpfeln", sagte Grim.

„Ich weiß, aber sei nicht so streng mit ihm. Wir können ihn später auf den Boden der Tatsachen zurückholen."

„Oder ihre Leiche kann das.“

„Es ist, als würdest du wollen, dass sie tot ist. Warum?“

„Geteiltes Leid ist halbes Leid.“

„Ich glaube, du bist einfach nicht mutig genug, auf das Beste zu hoffen.“

Grim wedelte bei dem mit dem Schwanz. *„Erwischt. Totaler Feigling. Schuldig im Sinne der Anklage. Ich habe den Eingang des gruseligen Tunnels in einem anderen Reich in den Deadwoods markiert, aber ich habe zu viel Angst, um zu denken, dass eine nerdige Hexe mit einer wilden Ader vielleicht lebt. Das ergibt einen Haufen Sinn. War das deine mächtige Einsicht am Werk, oder warst das alles du und dein überlegenes Verständnis von Gefühlen?“*

„Schon gut, schon gut. Hör auf.“

„Warum sollte ich? Außerdem denke ich, du hast Angst, zuzugeben, dass sie tot sein könnte.“

„Und warum sollte ich davor Angst haben, o Meister der komplexen Gefühle?“

„Weil es bedeuten würde, dass du Landon da reingezogen hast, um mit deinem eigenen Schmerz fertigzuwerden, und er sich deshalb falsche Hoffnungen macht, die ihm noch schlimmere Qualen bereiten werden, wenn das Unvermeidliche enthüllt wird.“

Wir erreichten die Terrasse des Sheehan's. Grim wollte nicht mit reinkommen, und ich war nicht traurig darüber. *„Musst du nicht mal wieder deine Genitalien sauberlecken?“*

Er wedelte wieder mit dem Schwanz. *„Ja, danke, dass du fragst. Aber ich hebe mir das gern für das Ende des Tages auf. Hilft mir, runterzukommen.“*

Als ich würgte, protestierte er: *„Was? Du hast angefangen.“*

Kapitel Zehn

Als Zoe Clementine und Oliver Bridgewater am nächsten Tag zum Mittagessen ins Medium Rare kamen, eilte ich zu ihnen, um den Tisch zu übernehmen, bevor Tanner es konnte. Zoe war eine großzügige Trinkgeldgeberin, und Oliver gab immer exakt fünfundzwanzig Prozent Trinkgeld (der Standard in Eastwind, ein weiterer Grund, warum ich diesen Ort liebte), aber es war nicht das Trinkgeld, das ich wollte.

Es war ein Tipp.

Genauer gesagt, ein Hinweis, wer dieser Fritz aus dem Brief sein könnte.

Nachdem ich sie begrüßt und ihre Getränkebestellung aufgenommen hatte, fragte ich: „Hey, du gehst zu Zirkeltreffen, oder, Oliver?"

„Oft. Oder besser gesagt, immer, wenn ich nicht unterrichte, was in letzter Zeit nicht so oft ist."

„Würdest du sagen, du kennst die meisten Hexen im Zirkel?"

Er nickte. „In- und auswendig. Überlegst du, aktiver zu werden?"

Ich kicherte. „Höllenhunde, nein. Aber erinnerst du dich an den Überraschungsbesuch neulich Abend?" Ich lächelte Zoe an und hoffte, ihr zu vermitteln, dass ich, nein, nicht näher darauf eingehen würde, und ja, es tat mir leid.

„Ich erinnere mich", sagte er knapp.

„Also, ich befasse mich jetzt doch damit. Und ich frage mich, ob du einen Hexenmeister namens Fritz kennst."

„Hm." Er schüttelte den Kopf. „Nein, ich kenne niemanden mit diesem Namen."

„Auch kein Nachname oder Spitzname?"

„Wie wäre es mit Fitzgerald?", mischte Zoe sich ein. „Das ist doch ziemlich nah dran."

„Ja! Erzähl mir von Fitzgerald", sagte ich. Es war kein großer Sprung von dort zu Fritz. Ich konnte das Spitznamenpotenzial sehen.

„Da gibt es nicht viel zu erzählen", sagte Oliver. „Skipper Fitzgerald ist ein Westwindhexenmeister um die hundert, der auf einer Farm neben Whirligig's Garden Center lebt. Bleibt meistens für sich."

Zoe nickte zustimmend und lächelte breit. „Er lässt einige der älteren großen Tiere in ihren letzten Tagen aus dem Heiligtum auf seinem Land grasen. Sehr süßer Mann."

„Hört sich ganz so an", sagte ich, „aber das ist wahrscheinlich nicht der, den ich suche." Grace mochte voller Geheimnisse sein wie das Meer voller Wasser, und ich hätte trotzdem Schwierigkeiten zu glauben, dass sie eine Romanze mit einem Farmer hatte, der um die hundert Jahre alt war.

Als ich die Getränke zurückbrachte, war Zoe zur Toilette verschwunden, also konnte ich ein anderes Thema bei Oliver ansprechen, eines, das ich größtenteils vergessen hatte, bis ich ihn mit seiner anderen Privatschülerin sah. „Hast du's schon gemacht?"

Mein Timing war nicht ideal; er trank gerade Wasser durch

einen Trinkhalm, und meine Frage ließ ihn husten. Ein Rinnsal Wasser lief ihm über das Kinn.

Er schaffte es zu schlucken. „Was gemacht?“

„Ihr gesagt, was du für sie empfindest?“

Er warf mir einen finsteren Blick zu. „Nora, ich glaube, ich habe offensichtlich gezeigt, was ich empfinde, als ich sie geküsst habe, und sie hat mir glasklar gezeigt, was sie empfindet, als sie mich weggestoßen hat. Jetzt weiß ich, dass du denkst, sie steht auf mich, aber wenn das so ist, warum verbringen wir dann die ganze Zeit damit, über den Lehrplan zu reden, wenn wir uns treffen?“

„Wahrscheinlich, weil du nie lang genug die Klappe hältst, damit sie das Thema wechseln kann.“

Seine Augen weiteten sich angesichts meiner Direktheit. Ich hätte wahrscheinlich behutsamer mit ihm umgehen sollen, aber der Morgen hatte meine Neigung dazu nicht gefördert. Und außerdem, wollte er wirklich rumsitzen und nichts tun und sich eine möglicherweise tolle Beziehung entgehen lassen? Ich vermutete immer stärker, dass das genau das war, was Landon mit Grace gemacht hatte, und Sie sehen ja, wohin es ihn gebracht hatte.

„Sag ihr einfach, wie du fühlst. Es muss nicht kompliziert sein. Fang klein und spezifisch an. ‚Hey, Zoe, du siehst heute wunderschön aus‘, und ‚Mir gefällt, wie du dich um deine Tiere kümmerst‘, und ‚Lass uns das intellektuelle Vorspiel überspringen und einen ganzen Zirkel voll Babys machen‘.“

„Nora!“, zischte er entsetzt.

„Ich sag’ ja nur. Man weiß nie, was passieren könnte. Ich dachte, ihr Nahtoderlebnis würde reichen, aber scheinbar brauchst du einen extra Schubs.“

„Und du bist die, die schubst?“

„Wenn’s sonst keiner versucht, ja.“

Zoe rutschte zurück in die Nische. „Was hab’ ich verpasst?“

„Wir haben nur über die Tagesangebote geredet."

„Oh." Sie winkte das ab. „Brauchen wir nicht. Ich nehme den Arellio-Herzen-Salat, und Oli nimmt ..." Sie kniff die Augen zusammen. „Richtig! Den Sunrise-Burger, mit Speck-Rosenkohl anstatt Pommes. Stimmt das?" Sie richtete ihre Frage an ihn, und er nickte.

„Verstanden", sagte ich, ziemlich zufrieden mit mir. „Sonst noch was, das ich für dich bringen kann, Oli?"

Er grunzte und gab offenbar zu, dass ich vielleicht recht hatte und er sich zusammenreißen und die arme Frau, die seine Lieblingsgerichte auswendig kannte, auf ein richtiges Date einladen sollte.

„Das reicht", sagte er.

Sobald die Bestellung abgegeben war, räumte ich ein paar Tische ab, und herein kam Stu Manchester, etwas später als sonst, aber trotzdem da. Mir fiel ein, dass, wenn Stu eines Tages nach seiner Schicht nicht vorbeikommen würde, ich sofort annehmen würde, er sei tot.

„Morgen, Miss Ashcroft." Er ließ sich auf seinen üblichen Platz am Tresen fallen.

„Echte Geschäfte oder Stadtdrama?", fragte ich und wischte mit einem Lappen über die Fläche vor ihm, um ein paar Krümel vom vorherigen Gast zu beseitigen.

„Stadtdrama. Luanne Juventus schwört beim Grab ihrer Mutter, dass sie heute früh einen kleinen Schwarm Phönixe über ihr Haus fliegen sehen hat." Er schüttelte den Kopf. „Phönixe!", schnaubte er. „Wir hatten hier seit, na ja, ich weiß nicht genau wie vielen Jahren keinen Schwarm mehr. Ich habe sicher noch keinen gesehen."

Ich warf einen schnellen Blick in die hintere Ecke, wo Ted, der schon bezahlt hatte, seinen letzten Kaffee austrank, und tatsächlich, der Sensenmann war sichtlich alarmiert. Ich nickte ihm kurz zu, um ihm zu signalisieren, dass ich nichts sagen würde, und wandte meine Aufmerksamkeit wieder Stu zu.

„Einfach lächerlich", fuhr er fort. „Ich habe ihr gesagt, es war wahrscheinlich ein Meteor, der den Himmel erleuchtet hat, kein feuriger Vogelschwarm, aber sie wollte nicht hören. Sie hat mich eine Meile quer durch die Stadt geschleppt, um dem Pfad zu folgen, den sie gesehen hat, und als wir nicht das Geringste in Flammen vorgefunden haben, hat sie endlich aufgegeben. Aber auf dem Rückweg hat uns dann Janet Timberhelm abgefangen und darauf bestanden, dass sie auch einen Schwarm Phönixe gesehen hat."

„Zwei Leute?", fragte ich. „Denken Sie, beide könnten sich vertan haben?"

Das fand er lustig, und seine Schultern entspannten sich, als er lachte. „Miss Ashcroft, es können viel mehr als zwei Leute denselben Fehler machen."

„Stimmt."

„Und zwei Punkte ergeben vielleicht eine Linie, aber noch kein Muster. Einfache Polizeiarbeit. Das würden Sie alles lernen, wenn Sie sich uns anschließen würden."

Ich schüttelte den Kopf, während ich ihm seinen Kaffee und Kuchen holte. „Keine Chance", sagte ich über die Schulter. Als ich ihm sein Übliches vorsetzte, sagte ich: „Hey, kennen Sie zufällig jemanden namens Fritz?"

Stu hörte auf, das Besteck auszuwickeln, und sah mich besorgt an. „Nein. Sollte ich?"

„Oh, ich weiß nicht. Ich habe nur gehört, wie jemand einen Fritz erwähnt hat, und dachte, wenn jemand weiß, wer das ist, dann Sie."

Von hinten sagte Jane, die für Tanner einsprang, der „krank zu Hause" war (fangen Sie erst gar nicht an): „Hast du Fritz gesagt?"

Ich drehte mich um und sah, wie sie aus der Küche herüberkam und sich die Hände an der Schürze abwischte.

„Ja, kennst du einen?"

Sie nickte. „Oh ja. Ist aber nicht sein richtiger Name. Sein richtiger Name ist Javier."

Stu kniff die Augen zusammen, während er kaute, wischte sich schnell die Kirschfüllung aus dem Mundwinkel und sagte: „Dein Javier?"

Ich sah zwischen ihnen hin und her. Jane hatte einen Javier?

„Ganz sicher", sagte sie. „Er hatte ehrlich gesagt nie das beste Gedächtnis. Wir haben immer gescherzt, dass sein Gehirn wie *frittiert* ist – na ja, *Fritz* eben. Der Name ist dann irgendwie hängengeblieben. So läuft das in den Outskirts, schätze ich."

„Warte", unterbrach ich. „Wer ist dieser Fritz?"

„Fritz Scandrick", sagte Jane. „Früher Fritz Saxon, aber hat eine Scandrick geheiratet."

„Warte, heißt das ...?"

Sie nickte. „Ja. Fritz ist mein Bruder."

Kapitel Elf

„Na ja, genau genommen ist er mein Halbbruder", korrigierte Jane. „Aber wir sind zusammen aufgewachsen, bis zu dem Moment, als ich meinen pelzigen Hintern aus den Outskirts rausbekommen und mit Bruce weglaufen konnte."

„Dir ist schon bewusst", bemerkte Manchester, „dass dein pelziger Hintern direkt wieder in die Outskirts zurückgekommen ist, oder?"

„Es ist wie im *Hotel California*", sagte ich, bevor ich ihre unvermeidlichen Fragen abwinkte und nachhakte: „Du hast gesagt, sein Nachname ist jetzt Scandrick. Heißt das, er ist verheiratet?"

Ich hatte einige Zeit gebraucht, mich an die matriarchale Struktur der Werwolfgesellschaft zu gewöhnen, als ich neu hier war, aber langsam war das normal für mich; männliche Werwesen nahmen den Nachnamen ihrer Frauen an, nicht umgekehrt.

„Ja. Und mit einer der Halbschwestern des guten alten Lucent." Dann fügte sie hinzu: „Werwolf-Stammbäume verzweigen sich nicht immer nach außen."

„Lebt er immer noch in den Outskirts?“

„Natürlich. Für uns Werwölfe ist es meistens entweder die Outskirts oder Hightower Gardens. Von uns sind nicht viele in der Mittelklasse unterwegs. Ich bin eine der wenigen Ausnahmen. Der Rest hat entweder eine andere Art geheiratet oder ist in ein ganz anderes Reich gezogen.“

„Besteht die Gefahr, dass er so gefährlich ist wie Lucent?“, fragte ich.

Jane zog eine Augenbraue hoch, aber Stu war derjenige, der antwortete. „Sie wollen auf irgendwas hinaus, Miss Ashcroft. Gibt es da was, das wir wissen sollten?“

Ich schenkte ihm ein hauchdünnes Lächeln. „Nein.“

Jane verdrehte die Augen. „Sagen wir einfach, wenn jemand mit ihm über ein Verbrechen reden will, sollte dieser Jemand Verstärkung mitbringen.“

Stu schüttelte den Kopf und seufzte schwer. „Miss Ashcroft, Sie müssen aufhören, das allein zu machen. Oder Sie machen das irgendwann zum letzten Mal. Nehmen Sie wenigstens ihren Freund mit.“

Ich spürte, wie meine Muskeln sich anspannten. Starrte Jane mich an? Jane starrte mich wahrscheinlich an. Ich hätte mich angestarrt, wenn ich sie wäre, um rauszufinden, ob ich Stu, was meinen Beziehungsstatus anging, korrigieren würde.

Ach, es war nur Stu. Was soll’s, oder? „Er ist nicht mehr mein Freund“, murmelte ich, sodass nur Stu und Jane es hören konnten.

Der Deputy lehnte sich in seinem Stuhl zurück, legte den Kopf in den Nacken und sah mich von oben herab an. „Ach so?“ Er beugte sich dann vor und flüsterte: „Liegt’s an dem“ – sein Blick huschte zu Jane – „was Sie mir erzählt haben?“

„Sie weiß Bescheid“, sagte ich. „Und ja.“

Stu streckte sich über den breiten Tresen und legte eine Hand auf meine Schulter. „Tut mir leid, das zu hören. Er wird sich aber wieder einkriegen." Er zog seine Hand zurück und nutzte sie, um seinen Kaffeebecher an die Lippen zu heben, hielt aber inne, bevor er trank. „Er wär ein echter Idiot, wenn er es nicht täte."

„Das habe ich auch schon zu ihr gesagt", fügte Jane hinzu.

„Ich bleibe trotzdem dabei", fuhr Deputy Manchester fort. „Sie brauchen Verstärkung. Und sobald Sie und Culpepper das geklärt haben, wird er Ihr Mann sein. Ich kann nicht immer der sein, der Ihnen den Rücken freihält, wenn Sie in Schwierigkeiten geraten, wissen Sie? Ich muss auch mal schlafen." Er seufzte schwer. „Wenigstens habe ich nach heute ein bisschen mehr Hilfe."

„Nach heute?", fragte ich.

Stu sah mich schief an. „Natürlich. Ich dachte, Sie wüssten, wo er heute ist, nachdem er nicht hier ist."

Es klickte wie ein Schlag auf meinen Kopf. „Tanner?"

Stu nickte. „Er hat heute sein Vorstellungsgespräch bei Sheriff Bloom. Eigentlich genau jetzt."

Ich drehte mich zu Jane um. „Wusstest du davon?"

Sie presste die Lippen fest zusammen und warf mir einen klaren „Fang nicht mit mir an"-Blick zu. „Natürlich nicht. Er hat mir nur gesagt, er sei krank und bleibt zu Hause."

„Er hat gelogen", sagte ich, vollkommen baff. Bis zu dem Punkt war mir nicht bewusst gewesen, dass Tanner lügen konnte. Nicht so eine unverschämte Lüge.

„Natürlich hat er gelogen", sagte Jane. „Niemand sagt seinem Arbeitsplatz, wo er ist, wenn er sich für einen anderen Job bewirbt."

„Arbeitsplatz? Der Laden gehört ihm."

„Ihnen auch", korrigierte Stu mit dem Mund voll warmem Kuchen.

Ich zeigte auf den Deputy. „Werden Sie nicht frech! Ich

habe Ihnen gesagt, Sie sollen meine Leute nicht abwerben, Manchester.“

Stu winkte ab. „Habe ich gar nicht. Culpepper wollte schon seit Jahren in diesen Beruf. Ich habe nur eine Tür geöffnet, und er ist reingerannt.“

Das war wahrscheinlich wahr, aber es tat trotzdem weh.

Ich wandte mich Jane zu. „Hast du die Adresse deines Bruders?“

„Ist er in irgendwas verwickelt?“

„Ja.“

„Ich gebe dir seine Adresse, wenn du mir eine Sache versprichst.“

Ich wartete.

„Wenn Fritz auch nur ein bisschen schuldig wirkt, sag sofort Stu Bescheid, damit wir seinen Pelz einsperren können. Das ist schon lange überfällig für ihn.“

„Und nehmen Sie Verstärkung mit“, sagte Stu. „Muss nicht ich oder Culpepper sein, aber nehmen Sie jemanden mit.“

Ich sah Jane hoffnungsvoll an, doch sie lachte nur. „Du musst mich mit jemand anderem verwechseln. Wenn ich Fritz nie wiedersehen würde, wär das immer noch zu früh.“

„Na dann“, sagte ich. „Ich habe jemand anderen, den ich mitnehmen kann.“

„Stringfellow?“, fragte Stu.

Jane und ich platzten gleichzeitig heraus: „Was?“

„Auf keinen Fall“, zischte ich.

Stu, der zurückgewichen war, als wir uns beide auf ihn gestürzt hatten, hob beschwichtigend die Hände. „Schon gut, schon gut. Es ist nur so, dass er Ihr Ansprechpartner für Ärger zu sein scheint. Und hören Sie mir zu, Miss Ashcroft: Wenn Sie in die Outskirts gehen, um einen Scandrick zu konfrontieren, können Sie sicher sein, dass Sie direkt in Ärger reinlaufen.“

„Das weiß ich", sagte ich. „Und ich habe eine tolle Verstärkung im Kopf. Ich bin nicht dumm, wissen Sie."

Jane und Stu tauschten einen Blick, der ein bisschen zu viel Zweifel verriet.

„Wie du meinst", sagte Jane, bevor sie ging, um Peter und Zeke Abernathy, zwei Werpanther-Brüdern mittleren Alters, die Land jenseits des Halbmonds der Outskirts bewirtschafteten, Speisekarten zu bringen.

„Er wird sich einkriegen, Miss Ashcroft. Versprochen."

Ich sah Stu nicht in die Augen, während ich den Tresen neben ihm abwischte. „Ich denke nicht einmal daran", antwortete ich, was eine Lüge war. Ich dachte andauernd daran.

Oder besser gesagt, immer, wenn ich nicht aktiv daran arbeitete, mich abzulenken. Und wo wir schon dabei sind, in naher Zukunft wartete eine fantastische Ablenkung auf mich, wenn ich nur meine angedachte Verstärkung dazu bringen konnte, zuzustimmen.

Obwohl ich aus irgendeinem Grund nicht glaubte, dass das Konfrontieren eines instabilen Werwolfs in seinem eigenen Zuhause in einem gefährlichen Teil der Stadt genau die Art war, wie Landon seinen Abend verbringen wollte ...

Kapitel Zwölf

„Ernsthaft, Landon. Das wird schon", sagte ich, während wir die verlassene Straße in den Outskirts entlanggingen.

Hinter uns folgten unsere Vertrauten, hielten aber Abstand voneinander. Grim war nicht besonders begeistert, dass Landons Vertraute Hera, ein Rotluchs, mitkam.

Landon war nicht besonders begeistert, mich zum Scandrick-Camp in den äußersten Randgebieten der Outskirts zu begleiten, was bedeutete, dass niemand von diesem Abstecher begeistert war. Nicht einmal ich.

Okay, ich war ein bisschen begeistert. Wenigstens hielt es meinen Kopf beschäftigt.

Ich hatte die Outskirts nie erkundet, denn warum sollte ich? Ich mochte es, am Leben zu sein (meistens), und während das Medium Rare und der Block drumherum sicher genug waren, ließ der Rest des Viertels einiges zu wünschen übrig; vor allem persönliche Sicherheit.

Als Jane den Ort, an dem Fritz lebte, als ein Camp beschrieben hatte, wusste ich, dass es schwierig werden würde, Landon zum Mitkommen zu überreden, also erwähnte ich dieses Detail nicht. Es war streng genommen nicht so, dass er ein Feigling war. Er bevorzugte einfach die geistige Arena der Verschwörungen mehr als das gefährliche Klein-Klein von Ermittlungen.

Und ich? Mochte ich das Gefährliche?

Ich bin geneigt, Nein zu sagen, doch wenn man sich oft genug in derselben Situation wiederfindet, muss man annehmen, dass es irgendeine Art von Befriedigung gibt, die einen immer wieder zurückbringt.

Ich dachte an Dr. Phils Spruch: „Und das funktioniert für dich?", wenn Leute dieselbe Dummheit immer wieder machten.

Ehrlich gesagt funktionierte das mit den gefährlichen Situationen für mich ganz gut. Hatte mich noch nicht umgebracht, und es hatte zu wünschenswerten Ergebnissen geführt, wie Mordfälle zu lösen und ... mit Tanners bestem Freund rumzumachen, was zur Trennung geführt hatte, über die ich so eifrig nicht nachzudenken versuchte.

Also, wie gesagt, alles bestens.

„Erinnere mich nochmal an deinen Plan", sagte Landon, seine Stimme ein leises Flüstern, obwohl wir die Einzigen auf der unbefestigten Straße zwischen zunehmend heruntergekommenen Gebäuden waren.

„Wir reden einfach mit Fritz und sehen, ob er von ihr gehört hat. Wir wissen, dass die beiden ..." Ich warf Landon einen Seitenblick zu und überlegte meine Worte neu. „Wir wissen, dass er in sie verliebt war, also ist vielleicht was mit ihrem Zirkel passiert, und sie musste untertauchen. Wer weiß, vielleicht ist sie hier draußen. Selbst wenn jemand daran gedacht hat, das Camp zu überprüfen, bezweifle ich, dass sie's wirklich getan haben."

„Warte einen Moment. Camp?"

Fänge und Klauen! „Anwesen. Oder, ähm, eine Ansammlung von Häusern. Nicht wirklich ein Camp-Camp, sozusagen. Nur eine geschlossene Gemeinschaft.“

Landon verdrehte die Augen. „Oh, sicher. Ich wette, es gibt kaum einen Unterschied zwischen dem, wo wir hingehen, und Hightower Gardens.“

„Na ja, an beiden Orten gibt es eine Menge Werwölfe“, sagte ich und grinste verlegen.

„Richtig. Hightower Gardens hat Werwölfe, die viel zu verlieren haben, wenn sie zwei Hexen und ihre Vertrauten töten, und die Scandricks haben nichts zu verlieren, wenn sie das tun. Aber du hast recht. Absolut dasselbe.“

„Sorry“, sagte ich. „Ich habe dir nicht alle Details erzählt, weil ich wusste, dass du dann nicht mitkommen würdest.“

Er hob eine Hand zwischen uns. „Oh, ich weiß, warum du es mir nicht erzählt hast. Aber du irrst dich. Ich wäre mitgekommen. Sonst wär ich der Typ, der Nora Ashcroft allein in die Outskirts gehen und sich umbringen lässt, weil er zu feige war, mitzukommen.“

Wir bogen um eine enge Kurve an einem langen, fensterlosen Schlachthaus vorbei und hatten sofort freie Sicht auf das Camp am Ende der langen Straße.

„Siehst du?“, sagte ich und deutete darauf. „Genau wie Hightower Gardens.“

Es war in der Tat überhaupt nicht wie Hightower Gardens. Zum einen sah Hightower Gardens keinen Bedarf an Wachen. Und die Zäune waren schmiedeeisern, nicht undurchdringlicher Stein, der sich in beide Richtungen vom Haupttor weiter erstreckte, als wir von unserem Standort aus sehen konnten.

„Ich wusste nicht einmal, dass das existiert“, sagte Landon. „Ich habe noch nie Volkszählungsdaten gesehen, die das als Wohnsitz angeben. Und nach der Größe zu urteilen, könnten leicht Hunderte Eastwinder da drin leben.“

„Wenn die Volkszähler hier so sind wie die, wo ich

herkomme, bekommen sie nicht annähernd genug bezahlt, um sich mit einem Ort wie diesem zu beschäftigen." Ich rollte die Schultern zurück und öffnete meine Lungen für einen tiefen Atemzug. „Wollen wir?"

„Nein, danke", sagte Grim. „*Viel Spaß, ihr Kinder!*"

Ich drehte mich um und starrte meinen Vertrauten böse an. „*Du wusstest, worauf du dich einlässt. Ich habe dir direkt gesagt, dass es ein Camp ist.*"

„*Richtig, aber – ohhh ... du kannst all das frische Blut nicht riechen, oder?*"

„Frisches Blut?" Der Schock ließ es mich laut sagen, und Landon gab hinter mir ein wackeliges Wimmern von sich. „Ich – äh – ich meinte *Blumen*. Frische Blumen. Oder war's Schlamm? Grim liebt frischen Schlamm. Wirklich!" Über meine Schulter fügte ich für Landon hinzu: „Grim wollte sich nach dem hier im frischen Schlamm wälzen. Hunde halt!"

„*Kein Hund*", korrigierte Grim. „*Ein Grim. Nicht einmal ansatzweise dasselbe.*"

Landon kaufte es mir nicht ab. „Wir sind schon hier, Nora. Ich drehe nicht um. Außerdem hat Hera mir schon vor ein paar hundert Metern vom Blut erzählt. Sie hat versprochen, nichts zu kosten, aber ich bin mir nicht so sicher. Lass uns das einfach schnell machen. Rein und raus, okay?"

Ich nickte, und wir näherten uns dem Tor.

Als wir etwa zwanzig Meter entfernt waren, brüllte eine raue Männerstimme von einer kleinen Plattform über dem Tor zu uns hinunter: „Sagt, was ihr hier wollt!"

Ich übernahm die Führung. „Wir sind hier, um mit Fritz zu reden."

„Seid ihr vom Zirkel?"

„Dem Mond sei Dank, nein!", sagte ich.

Das Lachen des Mannes klang wie Stahlwolle auf Ziegel, aber einen Moment später begann sich das Tor zu öffnen.

„Gut gemacht", sagte Landon, „das mit dem ‚Mond sei Dank'. Auf die Hauptgemeinsamkeit zwischen Hexen und Werwesen zurückzugreifen. Schlau!"

„Kling nicht so überrascht", sagte ich. „Ich höre gelegentlich zu. Besonders, wenn es nützlich sein könnte, um nicht zerfetzt zu werden."

Wir näherten uns, und der Mann von der Plattform wartete schon am Boden auf uns, als wir die Schwelle des Camps erreichten. „Namen?"

„Ich bin Nora Ashcroft, und das ist Landon Hawker. Das sind unsere Vertrauten, Grim und Hera."

Er musterte jeden von uns misstrauisch. „Die Katze wird diesen Ort vielleicht nicht mögen."

„Nichts für ungut", sagte Landon, „aber ich glaube, keiner von uns wird diesen Ort mögen."

Der Mann lachte. „Verständlich. Die Hälfte der Wölfe, die hier leben, mag ihn selbst nicht. Wenn es irgendeinen anderen Weg gäbe, vor euch Siedlern sicher zu sein, würden wir ihn einschlagen, das garantiere ich euch."

„Wir sind nicht hier, um Ärger zu machen", versicherte ich ihm. „Übrigens, ich habe Ihren Namen nicht mitbekommen."

Er blinzelte schnell, bevor er die Augen zusammenkniff. Fragte niemand je nach seinem Namen? Oder hatte das Camp so wenige neue Besucher, dass es keinen Anlass für Vorstellungen gab?

„Rufus Boone."

„Boone? Gibt's ein Boone-Rudel?"

Er nickte. „Sicher gibt's das. Wir entfernen uns aber nicht weit von unserem Zuhause, also überrascht es mich nicht, dass du noch nichts von uns gehört hast. Ach ja, kannst ruhig du sagen, wir nehmen's hier nicht so förmlich."

„Danke. Ich habe von euch gehört", sagte Landon. „Ihr seid

eine der ursprünglichen Familien. Die Boones haben im Krieg gekämpft."

„Und die Boones sind im Krieg gestorben", fügte Rufus hinzu. „Die meisten von uns zumindest. Deshalb halten wir uns bedeckt. Und deshalb schicken wir die meisten Besucher weg ... besonders Hexen." Er warf Landon einen finsteren Blick zu, und ich trat näher, um seine Aufmerksamkeit von dem armen Nordwindhexenmeister abzulenken.

„Wir wollen nur mit Fritz reden. Es gibt Gerüchte über ihn, die wir nicht für wahr halten. Wir wollen der Sache auf den Grund gehen, damit wir dem Zirkel sagen können, dass sie sich zurückziehen sollen. Wir versuchen, Ärger zu vermeiden."

Rufus schwieg einen Moment, seine Augen wanderten über meinen Körper. „Weiß nicht, für wen du dich hältst. Wenn du die Macht hast, den Zirkel dazu zu bringen, einen Werwolf in Ruhe zu lassen, den sie zerstören wollen, bist du vielleicht eine mächtigere Hexe, als ich in diese Mauern lassen sollte. Ich könnte uns beiden eine Menge Ärger ersparen und dir sagen, dass, egal welche Gerüchte du über Fritz gehört hast, sie wahrscheinlich stimmen. Er ist nicht einer unserer strahlenden Sterne. Wie er bis ins Erwachsenenalter überlebt hat, kann hier keiner nachvollziehen."

„Ich verstehe", sagte ich. „Wir würden trotzdem gern mit ihm reden. Es dauert nur eine Minute."

Rufus verlagerte sein Gewicht, legte den Kopf in den Nacken und seufzte schwer. „Ja, okay. Ich schicke eine Eule voraus, um es ihn wissen zu lassen." Als er einen Arm ausstreckte, verging kaum eine Sekunde, bevor eine Eule darauf landete. Kein Briefkasten, keine Glocke zum Läuten. Es war fast wie Telepathie, aber soweit ich wusste, hatten Werwölfe keine Vertrauten.

„Hast du das schon mal gesehen?", fragte ich Grim.

„Ja. Dachtest du, Hexen hätten das Eulen-System erfunden?"

„Ich schätze schon."

„Nein. Werwölfe und Eulen arbeiten seit längst vergessenen Zeiten zusammen. Hexen haben die Methode übernommen, aber sie hat nie so gut funktioniert."

Rufus zog einen Zettel aus der Tasche, steckte ihn in die Krallen der Eule, sagte dann „Fritz", und der Vogel flog los. Dann trat der Torwächter zur Seite, damit wir hineingehen konnten, und beschrieb den Weg zu Fritz' Haus. „Er sollte da sein, da es Nachmittag ist und er eh nicht arbeitet."

Ich dankte ihm, und Landon rief Hera näher zu sich. Die Spannung zwischen ihr und Grim war scheinbar vergessen, als wir vier zu einer engen Formation zusammenrückten. Wann war das letzte Mal gewesen, dass eine Hexe das Scandrick-Camp betreten hatte? War Grace hierhergekommen? Oder war Fritz zu ihrem Haus gegangen?

Nach dem, was ich über Grace wusste und was ich auf Bildern von ihr gesehen hatte, würde sie hier ziemlich Aufmerksamkeit erregen. Wenn sie also hier war, könnte ich wahrscheinlich jeden der Werwölfe fragen, deren neugierige Blicke Landon und mir die Straße entlang folgten.

Das Camp war wie ein Mini-Eastwind aufgebaut, mit Läden, Restaurants und Reihen von Häusern.

Nur war es bei Weitem nicht so makellos oder freundlich wie die Innenstadt von Eastwind, und ich bezweifelte, dass sie das Äquivalent zum Fulcrum Park hatten. Jedes Gebäude schrie nach Renovierung, und wir wirbelten bei jedem Schritt auf den unbefestigten Straßen Staub auf.

Gespräche stockten und verstummten dann, als jeder Werwolf sich von seinen täglichen Aktivitäten abwandte, um uns vier misstrauisch anzustarren.

Es fühlte sich ein bisschen an, wie durch ein feindliches Munchkin-Land zu laufen. Ich suchte nach Ablenkung. Landon suchte nach Hoffnung. Grim wollte einfach lange genug überleben, um den Speck zu genießen, den ich ihm fürs Mitkommen versprochen hatte, und Hera, wenn ich das richtig verstand, suchte nach einer Gelegenheit, jemanden zu fressen und damit das Chaos auszulösen, das Landon durch ihre strikt vegetarische Ernährung sorgfältig vermieden hatte.

Als wir endlich das Ende der braunen Staubstraße erreichten und vor der Tür von Fritz' kastenförmigem Holzhaus ankamen, klopfte ich an und wartete. Was, wenn er die Eule noch nicht bekommen hatte? In Texas konnte das unangekündigte Anklopfen an jemandes Tür schlimme Folgen haben, und die „Stand-your-ground"-Gesetze wurden hier im Scandrick-Camp wahrscheinlich noch lockerer ausgelegt als zu Hause.

Aber dann hörte ich eine Stimme tief drinnen rufen: „Ja, ich komme, ich komme!", und ich erlaubte meinen Schultern, sich ein kleines bisschen zu entspannen.

Der Werwolf, der öffnete, sah nicht im Geringsten so aus, wie ich es mir vorgestellt hatte. Basierend auf dem Zustand der Fassade, Janes Verachtung für ihren Halbbruder und Rufus' weniger schmeichelhafter Charakterbeschreibung hatte ich erwartet, dass Fritz in einem fleckigen weißen Shirt auftauchen, sich am Bierbauch kratzen und mit einem Kopfschütteln die langen Seite eines Vokuhila über seine Schulter werfen würde.

Aber es gab kein Kratzen und, zum Glück, keinen Vokuhila. Stattdessen war Fritz ein echter Hingucker, groß und muskulös. Grüne Augen sahen auf mich herab, als er sich gegen die Fliegengittertür lehnte, sie mit der Schulter offen hielt, auf eine Weise, die die dicken Sehnen an seinen Armen zur Schau stellte. Er trug ein fleckenloses weißes T-Shirt, und während seine Aufmerksamkeit zwischen jedem in unserer Gruppe hin und her huschte, versuchte ich zu erraten, welches Elternteil Jane und Fritz teilten. Seine Haut war dunkler als die von Jane, nicht ganz so dunkel wie Ansels, doch ich konnte deutliche Sommersprossen sehen, die über seinen Nasenrücken und seine Wangen verstreut waren, wie Steine, die einen Berghang hinunterrollen.

„Fritz?", sagte Landon.

„Ja."

„Ich bin Landon Hawker, und das ist Nora Ashcroft, und wir –"

Fritz legte eine große Hand auf Landons Schulter und brachte ihn sofort zum Schweigen.

„Warte, warte", sagte Fritz. „Du hast Nora Ashcroft gesagt?"

Oje! Das war kein Ort, an dem ich wollte, dass mein Ruf mir vorauseilte. Nicht, nachdem ich dafür verantwortlich war, dass sowohl Slash als auch Lucent, zwei Scandricks, im Gefängnis gelandet waren. Ich hätte mir ein Alias zulegen sollen.

„Ja", sagte ich. Zu spät, um zurückzurudern. „Das bin ich."

Er beugte sich vor, inspizierte mich und, wenn ich mich nicht täuschte, schnupperte er an mir. „Ich hab' von dir gehört", sagte er; seine Stimme war tief.

„Oh ja?" Zeig keine Angst, Nora! Sie können das riechen. Moment, stimmte das?

„Ja. Du hast den Mord an Bruce Saxons aufgeklärt. Hast meine Schwester aus dem Knast rausgehalten, soweit ich mich erinnere."

„Oh, richtig. Das. Ja." Ich fing wieder an zu atmen.

Fritz richtete sich auf und nahm seine Hand von Landons Schulter. „Und du hast geholfen, den Mord an Heather Lovelace zu klären. Hast meinem Kumpel Lucent auch ein bisschen Frieden gegeben, habe ich gehört."

Ich hatte nicht erwartet, dass es in die Richtung gehen würde, aber okay. Ich war dabei.

„Ja, das war auch ich." Ich lächelte.

„Und dann hast du ihn hinter Gitter gebracht", fügte Fritz abrupt hinzu.

Ich räusperte mich und trat einen halben Schritt von dem großen Werwolf zurück. „Ja. Das war auch ich. Aber zu meiner Verteidigung –"

Er brachte mich mit einer Handbewegung zum Schweigen. „Keine Sorge, musst dich nicht verteidigen. Ich kenne deinen Typ. Dir geht's um die Gerechtigkeit, und bla, bla, bla. Muss schön sein, zu glauben, dass die noch existieren kann. Du hältst Leute aus Ironhelm raus, wenn sie unschuldig sind, und steckst sie rein, wenn sie Mist machen. Und, Junge, hat Lucent Mist gebaut! Und Slash. Überrascht, dass die so lange durchgehalten haben, bevor sie eingesperrt wurden. Die zwei hätten nie aus dem Camp rausgelassen werden sollen." Er zuckte die Schultern. „Na ja, was kann man machen? Dummheit kann man nicht heilen. Hey, Miez-Miez!" Er beugte sich vor, streckte einen Arm zu Hera aus, die zwischen Landon und mir kauerte. Die Rotluchsin fauchte und machte einen Buckel, und Fritz lachte. „Schlaue Vertraute, die du da hast." Er öffnete die Fliegengittertür weiter und trat zur Seite. „Warum kommt ihr nicht rein und erzählt mir, welche Art von Gerechtigkeitsmission euch zwei heldenhafte Selbstjustizler an meine Tür gebracht hat?"

Ich wusste, so ungern ich sein Haus betreten wollte, wollte Landon es wahrscheinlich noch weniger, also übernahm ich die Führung, wusste, dass er mich nicht allein reingehen lassen würde.

Grim und Hera dagegen ...

„Komm schon", sagte ich zu meinem Vertrauten.

„Jemand muss die Haustür bewachen."

„Nein, das muss eigentlich niemand tun."

„Du hast recht. Ich schätze, ich bin einfach so ein Gentleman.

Viel Spaß und lass dich nicht fressen." Er ließ sich fallen, und sobald sein Kinn auf seinen Pfoten landete, wusste ich, dass es keine Debatte mehr gab.

Ich wandte meine Aufmerksamkeit Landon zu, der Hera böse Blicke zuwarf, vermutlich während er ein ähnliches Gespräch mit ihr führte. Sobald sie sich in sicherem Abstand zu Grim auf der Veranda zusammenrollte, zuckte ein Muskel in Landons Kiefer, und sein Blick wanderte von seiner Vertrauten zu mir. Ich nickte, dass wir hineingehen sollten.

Dass Fritz keine nennenswerte Einkommensquelle hatte, war offensichtlich, sobald wir das Wohnzimmer betraten. Ein niedriges Sofa, das auf einer Seite nach unten kippte, stand zwei Bodenkissen gegenüber, die wohl Sessel ersetzten.

Als Fritz sich auf das tiefere Ende des Sofas setzte, ließen Landon und ich uns unbeholfen auf den Kissen nieder. Ich versuchte, meine Beine vor mir auszustrecken, aber das brachte sie zu nah an Fritz' Beine, also zog ich die Knie Richtung Brust.

„Also los. Sagt, was euch hierher bringt."

Ich sah mich um. Ein Flur führte in die Dunkelheit, und ich fragte mich, ob wir Privatsphäre hatten oder nicht. „Ist deine Frau zu Hause?"

„Missy? Ach, wer weiß das schon? Sie kommt und geht. Wollt ihr mit ihr sprechen? Die Eule war für mich, also dachte ich –"

„Nein, wir sind deinetwegen hier", sagte ich. „Es ist nur so, dass wir über Grace Merryweather reden wollen, und ..." Ich zog die Augenbrauen hoch, in der Annahme, er würde sehen, worauf ich hinauswollte.

Doch das tat er nicht.

„Und?"

„Und ..." Ich versuchte, mir zu überlegen, was ich als

Nächstes sagen sollte. Ohne sicher zu wissen, ob seine Frau zu Hause war oder nicht, musste ich diskret bleiben. „Und ich war mir nicht sicher, ob du lieber ein privates Gespräch darüber führen willst oder nicht, angesichts der Natur eurer Beziehung."

Fritz kniff die Augen zusammen, als hätte er Mühe, mir zu folgen. „Meinst du, weil wir was miteinander hatten?"

Ein fernes Quietschen rasselte in Landons Kehle.

„Ja", sagte ich. „Das."

Fritz lehnte sich auf dem wackeligen Sofa zurück. „Aah! Du machst dir Sorgen, dass Missy das hören könnte."

Ich nickte, erleichtert, dass er verstand, was ich meinte. „Ich nehme an, sie weiß es nicht."

„Nein, glaube ich nicht." Er hielt inne. „Missy!", rief er dann über die Schulter.

Eine Sekunde später kam eine müde Stimme aus dem dunklen Flur. „Was ist jetzt schon wieder?"

„Wusstest du, dass ich was mit einer Hexe namens Grace hatte?"

Mein Mund blieb offen stehen, und ich schloss ihn schnell wieder.

Missy antwortete prompt: „Nein. Arme Kleine. Hätte sie vor dir gewarnt, wenn ich es gewusst hätte."

Fritz drehte sich wieder zu uns um und zuckte die Schultern. „Jetzt weiß sie's."

„Sie ... hörst sich nicht sauer an", sagte Landon.

„Gibt ja auch keinen Grund, warum sie sauer sein sollte", antwortete Fritz. „Sie liebt mich nicht, und ich liebe sie nicht. Wir sollten uns paaren, um Nachwuchs zu zeugen, und als klar wurde, dass das nicht passieren würde, haben wir beschlossen, unsere Ehe auf die nächste Stufe zu bringen und Mitbewohner zu werden. Und als das öde wurde, haben wir beschlossen, den Rest unserer Tage damit zu verbringen, den anderen langsam zu zerstören." Er zuckte die Schultern. „Schätze, wir sind doch ein typisches Ehepaar geworden."

„Warum lasst ihr euch nicht scheiden?", fragte Landon.

„Nur weil Jane ihr Recht auf Scheidung ausübt, heißt das nicht, dass wir hier alle damit einverstanden sind. Außerdem könnte keiner von uns die Miete allein bezahlen. Und, sag' ihr nicht, dass ich das gesagt habe, aber Missy ist gar nicht so übel, wenn man nicht versucht, Nachwuchs mit ihr zu zeugen. Manchmal macht sie Frühstück."

Was ich sagen wollte, war: „Anton Gargantua kocht jeden Tag Frühstück für mich, und ich musste ihn nicht heiraten, damit das passiert", aber damit wollte ich nicht anfangen. War sowieso nicht der Punkt.

Landon sagte: „Weißt du, wer von euch keine Kinder zeugen kann, du oder Missy?"

Oh, wow! Wir legten direkt mit den persönlichen Fragen los, oder? Also gut.

„Liegt an ihr", sagte Fritz selbstsicher. „Glaub mir. Ich hab' schon ein Baby gemacht. Ein paarmal sogar."

„O-kay, ich glaube, wir sind mit dem Thema durch", sagte ich und versuchte, nicht zu schaudern. „Wie wäre es, wenn du uns deine Beziehung zu Grace beschreibst? Aus deiner Sicht. Was war sie für dich, und was glaubst du, warst du für sie?"

Er überlegte und starrte an die Decke. „Oh, sie war Spaß. War schön, mal rauszukommen und eine Frau um sich zu haben, die nicht so kontrollierend war. Den ganzen Tag von Bitches umgeben zu sein, ist anstrengend. Jede von ihnen benimmt sich, als würde sie hier alles leiten. Zugegeben, alles wird von den Bitches geleitet."

Ich schluckte meine Abneigung gegen den Begriff „Bitches" herunter, den er in einer präziseren Weise nutzte, als meine alten Angestellten in Texas, als sie mich so beschrieben hatten. Ich sagte: „Also war sie nur ein guter Zeitvertreib?"

Er schob die Lippen vor, nickte. „Ja, das war's in etwa. Sie wollte es ernst machen, was verlockend war, aber ich konnte auf lange Sicht nicht mit diesem Maß an Naivität umgehen. Außerdem hätte ein Scandrick nie mit einer Nordwindhexe aus so einem Zirkel wie ihrem landen können. Blauer Mond, die waren schrecklich! Die lassen euch zwei verklemmte Hexen wie rauschende Partylöwen wirken."

Ich beschloss, den Seitenhieb als Kompliment aufzufassen. „Wir haben sie kennengelernt. Wir wissen Bescheid."

„Ich war bereit, die Beziehung noch eine Weile weiterzuführen", sagte er, „weil, warum nicht? Sie war 'n guter Zeitvertreib, und sie wirkte nicht besonders verrückt, aber sie hat Schluss gemacht."

„Und wie lange ist das her?", fragte ich.

„Ungefähr einen Monat. Aber sie hat vorher schon ein paarmal Schluss gemacht. Hat immer Schluss gemacht, dann kam sie zurückgerannt. Fast so zuverlässig wie der Vollmond."

„Und hast du seitdem mit ihr gesprochen?"

„Nein."

„Keine Eulen, nichts?"

Er schüttelte langsam den Kopf.

Landon sprang praktisch von seinem Kissen. „Wir wissen, dass du ihr einen Brief geschrieben hast. Wir haben ihn gesehen. So wussten wir, dass wir mit dir reden mussten."

Fritz blinzelte schnell in Landons Richtung, als würden Puzzleteile für ihn zusammenpassen. „So wusstet ihr, dass ihr mit mir reden musstet? Ich dachte, Grace hätte euch gesagt, dass ihr ... Moment. Wo ist Grace?"

Die übliche Röte breitete sich über Landons Wangen aus und drohte, sein ganzes Gesicht zu übernehmen. „Das fragen wir dich. Sie ist verschwunden. Niemand weiß, wo sie ist. Wir haben ihr Zuhause durchsucht und einen Brief von dir gefunden, in dem du sie bittest, es sich mit dem Schlussmachen nochmal zu überlegen. Und jetzt sind wir hier. Also, wo ist sie? Hast du ihr wehgetan?"

Ich bemerkte, dass Landons Hände sich zu Fäusten geballt hatten, also räusperte ich mich und unterbrach seinen Ausbruch, bevor er Fahrt aufnahm. „Wir machen uns Sorgen um sie", sagte ich. „Es sieht ihr nicht ähnlich, einfach so zu verschwinden. Wir versuchen nur rauszufinden, ob sie dir vielleicht gesagt hat, wohin sie geht."

Fritz wirkte ehrlich erschüttert. „Nein, wenn ich was wüsste ... Wie lange ist sie schon weg?"

„Über eine Woche", sagte Landon. Der Zorn in seiner Stimme ließ nach. „Sie hat aufgehört, zur Arbeit zu kommen, und ihr Zirkel weiß nicht, wo sie ist."

Fritz verdrehte die Augen. „Oh, sicher, die wissen es nicht. Wahrscheinlich waren sie es, die sie haben verschwinden lassen!" Er hielt inne, biss sich auf die Lippe. „Ihr solltet bei ihnen an der Türschwelle auftauchen und diese Fragen stellen. Die waren der Grund, warum sie mit mir Schluss gemacht hat. Sie hatte Angst, was passieren könnte, wenn eine von ihnen von uns erfährt. Sie hatte generell Angst. Jedes Rudel hat seinen Schwächling, den, den alle anderen schikanieren und ansehen können, um zu denken: Wenigstens bin ich besser als die. Grace war der Schwächling in diesem Zirkel, kein Zweifel. Ich weiß nicht, ob die Frauen sich dessen bewusst waren, aber dieser Hunter-Typ, nach allem, was ich über ihn gehört habe, hat Grace nur für den Zirkel ausgewählt, weil er wusste, dass sie einen Schwächling brauchen." Risse erschienen in seinem zuvor selbstbewussten Ton, und er hielt inne, um sich zu sammeln. Aber als er wieder sprach, war der brodelnde Zorn unter der Oberfläche unverkennbar. „Wenn dieser armen Kleinen was passiert ist, merkt euch meine Worte: Es war ihr Zirkel, der das getan hat."

Kapitel Dreizehn

Die Tage wurden im September schnell kürzer, und als wir das Scandrick-Camp verließen und durch die Outskirts gingen, war es schon fast dunkel.

Es gab nach unserem Gespräch mit Fritz viel, über das ich nachdenken musste. Leider sind die Outskirts bei Nacht nicht der sicherste Ort zum Grübeln, also gingen wir zum nächsten Ort, der uns etwas Sicherheit bot, aber wichtiger noch: günstiges Essen.

„Bist du sicher, dass es okay ist, wenn Hera mit reinkommt?", fragte Landon, als ich nach der Eingangstür griff.

„Solange du versprichst, dass sie niemanden jagt", sagte ich.

„Ich kann das nicht versprechen."

Ich hielt inne und kaute auf meiner Lippe. „Wie stehen die Chancen? Siebzig Prozent, dass es kein Blutvergießen gibt?"

Er zuckte schüchtern zusammen. „Vierzig."

Mein Magen knurrte, und das traf die Entscheidung für mich. „Ich habe schon schlechtere Chancen gehabt und bin gut weggekommen." Ich zog die Tür auf und ließ Landon und Hera vor Grim und mir das Medium Rare betreten.

Da Tanner früher am Tag die Schicht mit Jane getauscht hatte, um zu seinem Vorstellungsgespräch zu gehen, war er da, und seine hochgezogenen Augenbrauen, als er Landon und mich zusammen reinkommen sah, entgingen mir nicht.

Gut. Sollte er ruhig ein bisschen eifersüchtig sein (und wahrscheinlich verwirrt, denn, bitte, das war Landon). Wenn er nicht mit mir über was anderes als Arbeit reden wollte, musste mein Privatleben für ihn ein Rätsel bleiben, eines, das ihn hoffentlich ein bisschen verrückt machte.

Wir setzten uns in eine Nische, und Grim schlenderte sofort hinter den Tresen und in die Küche, um um Essensreste zu betteln. Hera saß wie ein Wächter neben Landons Sitzbank, ihre Ohren zuckten und drehten sich wie hyperaktive Satellitenschüsseln in höchster Alarmbereitschaft.

Greta, Ansel Fontaines Teenager-Nichte, kam eine Minute später mit zwei Wassern und stellte sie auf den Tisch. „Hey, Landon", sagte sie fröhlich.

„Hi, Greta", sagte er und zwang sich zu einem Lächeln.

Nach dem Gespräch im Scandrick-Camp war Landon niedergeschlagen, aber ich war froh, dass er sich für Greta anstrengte, die den Nordwindhexenmeister anstarrte, als hätte sie ein Poster von ihm an ihrer Schlafzimmerwand.

„Oh. Hi, Nora", fügte sie nachträglich hinzu. „Was kann ich euch –" Sie hielt inne und schnupperte in meine Richtung. Es war leicht zu vergessen, dass Greta ein Werbär war, bis sie so etwas tat. „Wo kommt ihr zwei gerade her? Ihr riecht, als hättet ihr euch in einem Haufen Werwölfen gewälzt."

„Nicht weit daneben", sagte ich, „aber wir reden lieber nicht drüber."

Sie tat es mit einem Schulterzucken ab, wie nur ein Teenager das kann. „Wollt ihr mit Queso anfangen?"

„Ja, bitte", sagte ich, und sie ging.

„Was ich nicht verstehe", begann Landon, als wären wir schon mitten im Gespräch, „ist, warum sie genau dann mit Fritz Schluss gemacht hat. Ist was mit ihrem Zirkel passiert, das sie dazu gezwungen hat?"

„Vielleicht. Wir müssten sie fragen, aber ich weiß nicht, ob wir was Konkretes oder Nützliches rausbekommen können. Nicht, solange Papa Hunter seine Gedankenkontrollspiele spielt."

Landon, der auf die glitzernde rote Tischplatte gestarrt hatte, sah zu mir auf. Ich hatte die geschwollenen Tränensäcke unter seinen Augen bis zu diesem Moment nicht bemerkt. Wie viel Schlaf hatte er deswegen verloren? „Ich will deine ehrliche Meinung", sagte er, und ich nickte ihm zu, fortzufahren. „Denkst du, Grace ist tot?"

Ich atmete tief durch die Nase ein und verschaffte mir einen Moment, um meine Gedanken zu sammeln. „Wenn sie's ist, hat sie mich nicht besucht. Das würde bedeuten, dass sie einen gewissen Frieden gefunden hat und weitergezogen ist. Oder die Tatsache, dass sie mich nicht besucht hat, bedeutet, dass sie lebt und vielleicht nur weggelaufen ist. Immerhin hat niemand ihren Vertrauten erwähnt, und ich könnte es ihr nicht verdenken, wenn sie diesem schrecklichen Zirkel entkommen wollte."

Er nickte, und seine Kiefermuskeln zuckten, aber er sagte nichts, also fuhr ich fort.

„Und ja, sie schien Spaß mit Fritz zu haben, aber wenn sie so ist, wie du sie beschrieben hast, hätte sie erkannt, dass er nicht das ist, was sie braucht. Sie klingt wie eine sanfte Seele, und Fritz könnte auf Dauer nicht mit so jemandem umgehen. Ehrlich gesagt, hätte sie mit jemandem wie dir zusammen sein sollen, Landon."

Er schluckte, und sein Blick fiel sofort auf die Tischplatte.

„Wir sind miteinander aufgewachsen", sagte er. „Wir haben jeden Nachmittag draußen gespielt. Wir haben unsere Nordwind-Fähigkeiten zusammen entdeckt." Er hielt inne. „Eines Tages fing es an zu regnen, als wir in einem Feld in Erin Park waren. Der Tag war perfekt und sonnig gewesen, also hatten wir uns auf Harrison O'Neills Grundstück geschlichen, um seine Einhörner zu streicheln. Der Regen kam in großen, heißen Tropfen runter, und es fühlte sich einfach falsch an. Normalerweise mag ich Regen, aber nicht an so einem Tag. Es war, als sollte es nicht regnen, als wäre ein Fehler passiert. Sie nahm mitten auf der smaragdgrünen Wiese meine Hände in ihre, und dann passierte es einfach. Ich konnte die Verbindung zwischen uns spüren, und plötzlich öffnete sich ein Loch in den Wolken über uns, ließ die Sonne durch. Überall in Eastwind goss es, aber nicht über uns." Er seufzte.

„Hast du es ihr je gesagt?", fragte ich. „Wusste sie, wie du fühlst?"

„Nein." Er pulte an einem Kratzer auf der Tischplatte. „Sie hat nie Interesse gezeigt. Und dann waren wir aus der Schule raus und haben zusammen gearbeitet und ..." Er seufzte. „Ich schätze, du wirst mir sagen, dass zusammenzuarbeiten keine akzeptable Ausrede ist, oder?"

Meine Augen huschten zu Tanner weiter unten in der Reihe der Nischen, wo er mit James Bouquet herumscherzte, während Hyacinth auf der Toilette war. „Nein, ich denke, da steckt ein bisschen Weisheit drin. Besonders, wenn es nicht funktioniert."

Greta kam mit dem Queso und den Chips zurück und nahm unsere restliche Bestellung auf. Landon wurde sichtbar wacher, nachdem er ein paar Bissen geschmolzenen Käse gegessen hatte. „Ich habe die Hoffnung auf eine Zukunft mit Grace vor langer Zeit aufgegeben. Ich hab's einfach nicht in mir, der Mann zu sein, mit dem eine Frau ihr Leben verbringen will. Ich weiß das. Ich bin zu sehr in meinem Kopf. Ich habe Schwierigkeiten, mit Leuten in Kontakt zu kommen. Ich bin praktisch, logisch. Es ist, als wär ich dafür gemacht, allein zu sein."

Vielleicht weil seine Worte unangenehm vertraut klangen, sagte ich: „Sei nicht dumm."

Seine Aufmerksamkeit schoss zu mir und hielt den Chip, den er gerade eingetaucht hatte, in der Luft inne. „Was?"

„Du klingst, wie ich früher geklungen habe, und, süßes Baby-Jackalope, das ist nervig. Du verdienst es, mit jemandem zusammen zu sein, Landon, auch wenn's nicht Grace ist. Hör einfach auf, dumm zu sein."

„Danke?", sagte er vorsichtig.

„Gern geschehen. Wir werden rausfinden, was mit ihr passiert ist, und wenn's was Schlimmes war, werden wir Gerechtigkeit suchen und finden. Und wenn's was Gutes war, dann machen wir beide weiter und benutzen Eastwinds Äquivalent von Tinder, um dich mit jemandem zusammenzubringen. Hörst du mich?" Er nickte, obwohl ich wusste, dass er keinen blassen Schimmer hatte, was Tinder war. „Merk dir meine Worte, Hawker, ich werde nicht ruhen, bis du verheiratet bist und einen ganzen Zirkel voll Babys mit der Liebe deines Lebens hast."

„Was, wenn ich keine Kinder will?"

Ich stach mit einem Chip auf ihn ein. „Dann behältst du das für dich. Falls du es nicht gemerkt hast, hier geht's schon lange nicht mehr um dich."

Er lachte und hob kapitulierend die Hände. „Also gut. Du gewinnst. Ich werde so viele Babys machen, wie du mir sagst."

Ein Räuspern hinter mir ließ mich herumfahren, und ich sah Tanner dort stehen, der mit großen Augen auf Landon starrte. In seiner Hand war ein Wasserkrug. Er blinzelte schnell, dann fragte er: „Ähm, Nachfüllen?"

Fänge und Klauen, dachte er allen Ernstes, ich versuchte, Landon zu überreden, mit mir Kinder zu kriegen?

„Oh, hi, Tanner!“, sagte ich und wusste sofort, dass ich übertrieb.

„Sorry“, sagte er und füllte unsere Gläser nach. „Wollte nicht stören.“

Landon begann zu stottern, und ich mischte mich ein mit: „Wir haben nur darüber geredet, Landon mit jemand … anderem zu verkuppeln. Nicht mit mir.“ Ich drehte mich zu Landon. „Richtig? Nicht mit mir.“

Er schüttelte heftig den Kopf. „Nicht mit dir.“

Tanner füllte das Wasser fertig nach und sagte schulterzuckend: „Könnte auch du sein.“ Dann ging er in die Küche.

Während ich gute Lust hatte, ihm zu folgen und ihn anzuschreien – worüber genau, war ich mir nicht sicher –, traf ich die reife Entscheidung, stattdessen sitzenzubleiben und lautlos zu schmollen. Ich spürte, wie mein Gesicht heiß wurde. Tat er so, als wäre es ihm egal, ob ich mit jemand anderem Babys hätte, oder war es ihm wirklich egal?

„Hey, Nora“, sagte Landon leise.

Ich starrte ihn böse an – eine Nachwirkung meiner Gedanken über Tanner – und wurde weicher, als ich die Angst des armen Jungen sah. „Ja?“

„Wie lange dauert es, bis eine Frau weiß, dass sie schwanger ist?“

Die Frage warf mich um. „Was?“

„Wie lange nach … du weißt schon, dauert es, bis eine Frau merkt, dass sie schwanger ist?“

„Normalerweise etwa einen Monat. Ihre Periode kommt nicht und dann fängt sie an zu – o meine Göttin!“

Landon nickte langsam, runzelte die Stirn.

„Du denkst, Grace …?“

Er zuckte die Schultern. „Würde Sinn ergeben. Denk über

das nach, was wir wissen. Fritz konnte Kinder zeugen. Graces Zirkel hätte sie bestenfalls verstoßen, wenn sie von ihr und Fritz erfahren hätten. Und wenn sie nicht nur was mit ihm hatte, sondern auch noch schwanger war ...“

Ich beugte mich über den Tisch und senkte meine Stimme. „Aber ich dachte, in Eastwind gäbe es keine ungeplanten Schwangerschaften.“

„Gibt es nicht“, sagte er. „Ein Baby wäre geplant gewesen.“

Ich dachte darüber nach, bevor ich was sagte.

Jane hatte erwähnt, dass, wenn zwei verschiedene Arten ein Kind haben, das Kind entweder das eine oder das andere ist, keine Mischung. Also könnte Graces Baby entweder eine Hexe oder ein Werwolf sein, aber kein ... Hexenwolf? Werhexe?

Ich stellte die nächste Frage laut, wusste, dass Landon, mit einem Kopf für so was, mir Meilen voraus war. „Du denkst, sie versteckt sich vielleicht irgendwo und wartet ab, ob das Baby ein Werwolf ist?“

„Sie ist definitiv schlau genug, so weit vorauszudenken und dafür zu planen.“

„Und wenn’s eine Hexe wird, dann –“

„Könnte sie zurückkommen“, beendete er.

„Warum um alles in der Welt sollte sie von Fritz schwanger werden wollen?“

Er schüttelte den Kopf, seufzte schwer. „Ich kann’s dir nicht sagen. Ich schätze, ich kannte sie nicht so gut.“

„Zu deiner Verteidigung, wenn’s um die Gründe von Frauen geht, ein Baby zu wollen, kennen wir uns selbst auch nicht sehr gut. Das ist mehr Instinktsache. Entweder du hast ihn, oder du hast ihn nicht.“

„Zu welcher Gruppe gehörst du?“, fragte er.

Ich lachte trocken. „Dreimal darfst du raten. Du bist nicht der Einzige, der keine Wärme hat. Du bist ein Hexenmeister des Winters, ich bin eine Hexe der Nacht. Dunkelheit ist nicht unbedingt ideal, um Kinder großzuziehen."

Greta brachte meinen Burger und Landons Club-Salat. Während er ein paar Tomaten in Heras Richtung warf, sagte ich: „Wie können wir unsere Theorie überprüfen? Wohin würde eine Frau gehen, wenn sie sicher wissen will, dass sie schwanger ist?"

„Ich bin nicht gerade ein Experte in solchen Dingen", gab er zu. „Aber wahrscheinlich ins Pixie Mixie. Ich bin sicher, Kayleigh und Stella haben da irgendeinen Test dafür."

„Dann wissen wir, was wir morgen Nachmittag machen", sagte ich.

„Hast du keine Mittagspause?", fragte er.

„Theoretisch habe ich eine direkt vor dem Mittagsansturm, aber –"

„Und bist du nicht theoretisch die Besitzerin dieses Ladens, also könntest du theoretisch deine Mittagspause für was wirklich Wichtiges nehmen?"

Drängel, drängel.

Ich war so stolz auf ihn. „Schau, wer plötzlich keine Zeit für meine Einhornäpfel hat."

„Ich hab' nie Zeit dafür", sagte er und stach die Gabel in seinen Salat. „Ich mache früh Mittagspause und treffe dich um viertel nach elf im Pixie Mixie. Keine Ausreden."

Kapitel Vierzehn

Als ich am nächsten Tag in meiner Mittagspause im Pixie Mixie ankam, war Landon schon da. Hera war nicht bei ihm, was sinnvoll war nach der Beinahekatastrophe am Ende des Abendessens gestern, als ein Stück Schinken aus seinem Salat gefallen war und sie es verschlungen hatte. Genau wie er gesagt hatte, löste der Geschmack von Fleisch etwas in ihr aus, und als sie anfing, eines der Tomlinson-Kinder zu stalken, hatte Landon sie sofort aus dem Diner geworfen.

Grim hatte sich auch geweigert, mitzukommen – aus seinem üblichen Grund: Faulheit. Und das war in Ordnung, da es nur ein kurzer Gang in meiner Mittagspause war und ich nicht in Gefahr war, wenn ich Stella und Kayleigh Lytefoot in ihrer Apotheke besuchte.

„Freut mich, dass du's geschafft hast", sagte Landon.

„Ja, na ja, Tanner zu bitten, meine Tische zu übernehmen, war nicht das lustigste Gespräch, das ich diese Woche hatte, aber ich bin hier, also lass uns das machen. Ich habe ihm gesagt, ich bin in einer halben Stunde zurück."

„Aber es ist eine Viertelstunde zu Fuß zurück", sagte Landon.

„Richtig. Ich hab' gelogen." Ich nickte Richtung Laden. „Lass uns loslegen."

Als wir eintraten, flüsterte Landon: „Übernimmst du die Führung, da es um, ähm, du weißt schon geht?"

„Mädchenkram?", neckte ich ihn. „Klar, kein Problem."

„Nora! Landon!", rief Kayleigh, die zwischen zwei langen Holzregalen hervorkam. Die Fee hielt eine Phiole mit einer knallpinkfarbenen Flüssigkeit in der Hand, während sie zu uns emporflatterte, um uns zu begrüßen. „Kann ich euch bei irgendwas helfen? Stella hat gerade eine fantastische neue Charge Konzentrations-Tränke gemacht, und ich habe sofort an dich gedacht." Sie sprach Landon an. „Nichts zu Starkes, nur genug, um den Geist am Wandern zu hindern, dich schneller in den Flow-Zustand zu bringen und ihn länger anhalten zu lassen."

„Toll", sagte er unbeholfen, „den muss ich mir nächstes Mal näher ansehen."

„Oh", sagte sie, riss die Augen weit auf und sah zwischen uns hin und her. „Ihr seid eindeutig auf einer Mission. Wobei kann ich euch helfen?"

Ich übernahm die Führung, wie versprochen. „Habt ihr sowas wie einen Schwangerschaftstest?"

Kayleighs Mund öffnete sich leicht, und sie flatterte ein paar Zentimeter von uns weg. „Ähm, ja, natürlich. Und ich versichere euch", sagte sie und senkte ihre Stimme, damit der Mann, der zwei Gänge weiter Liebestränke durchstöberte, es nicht hörte, „dass ich die Privatsphäre meiner Kunden in höchstem Maße respektiere." Sie nickte und zwang ihre Lippen mit großer Anstrengung zu einem freundlichen Lächeln.

„Ähm. Danke", sagte ich.

„Ich lebe schon ziemlich lange, und Herzensangelegenheiten können manchmal, ähm", – ihre Augen huschten zu Landon – „kompliziert werden. Aber das heißt nicht, dass wir ignorieren sollten, was unsere Herzen uns sagen."

Was sollte dieses Gestammel?

Landon platzte plötzlich heraus: „Oh, nein! Das ist nicht für – wir sind nicht –"

„Oh, Höllenhunde, nein", sagte ich und begriff plötzlich. „Nein, das ist nicht für mich. Und definitiv nicht für uns."

Landon schüttelte heftig den Kopf, als wollte er sein blondes Haar lufttrocknen.

Kayleigh lachte, und ihre Erleichterung war offensichtlich. „Oh, okay. Na, das ist wahrscheinlich am besten so."

„Es ist absolut am besten", sagte ich. „Wir sind hier, weil wir uns fragen, ob du kürzlich einen Schwangerschaftstest an Grace Merryweather verkauft hast."

Kayleigh runzelte die Stirn. „Wie gesagt, ich lege großen Wert auf die Privatsphäre meiner Kunden und ihrer Einkäufe."

„Sie wird vermisst", sagte Landon leise, trotz des dringlichen Tons darin. „Sie ist seit einer Woche verschwunden. Wir vermuten, sie könnte schwanger gewesen sein, und dass deshalb irgendwas mit ihr passiert ist. Aber wir müssen wissen, ob das eine Möglichkeit ist, wenn wir rausfinden wollen, was mit ihr geschehen ist."

„Oh, nein", sagte Kayleigh, und sank ein paar Zentimeter tiefer. „Grace wird vermisst? Warum habe ich nichts davon gehört?"

„Der Zirkel versucht, es geheim zu halten", erklärte Landon.

„Das ist verdächtig", sagte sie, und eine Falte erschien zwischen ihren Brauen.

„Finden wir auch", sagte ich. „Und wir wollen der Sache auf den Grund gehen, wenn wir irgendeine Chance haben wollen, sie zu finden und sicher zurückzubringen." Ich fügte nicht hinzu, dass das wahrscheinlichere Ergebnis in diesem Stadium des Spiels war, dass wir eine Leiche finden und posthum Gerechtigkeit für sie suchen müssten.

Aber Kayleighs Ausdruck machte klar, dass sie diesen Teil schon verstanden hatte. „Es tut mir wirklich leid, aber ich kann euch nicht sagen, ob sie vor etwa zehn Tagen hier war und den Little Witch Schwangerschafts-Stick gekauft hat. Das würde ihre Privatsphäre verletzen."

Botschaft erhalten.

Ich sah Landon an, doch ich konnte seine Miene nicht deuten. Mann, war er noch besser darin, seine Gefühle zu verbergen als ich?

Kayleighs Information musste für ihn bittersüß sein. Einerseits bedeutete es, dass Grace vielleicht weggelaufen war und irgendwo in Eastwind oder darüber hinaus in Sicherheit war und ihre Schwangerschaft abwartete, um herauszufinden, ob das Baby sie zur Ausgestoßenen machen würde oder ob der Zirkel sie zurücknehmen und so tun würde, als würden sie den Vater nicht für etwas anderes als eine Hexe halten.

Und andererseits war Landons erste Liebe wahrscheinlich mit dem Kind eines anderen Mannes schwanger.

„Danke", sagte ich.

Kayleigh nickte, ich legte eine Hand auf Landons Rücken und führte ihn aus dem Pixie Mixie. Draußen in der kühlen Herbstluft gab ich mein Bestes, ihn zu trösten. „Sie ist wahrscheinlich okay, weißt du? Wenn sie schwanger ist, heißt das, sie hat es absichtlich gemacht. Es besteht die Chance, dass sie gerade glücklicher ist, als sie je war."

Er seufzte schwer und nickte. „Du hast recht. Wenn das stimmt, sollte ich mich freuen."

Sollte ich mich freuen waren Worte, die mir nur allzu vertraut waren.

Was tun wir, wenn wir wissen, dass wir glücklicher sein

sollten, als wir uns fühlen, weil die Dinge, auf die wir gehofft haben, eintreten, aber sie uns nicht so berühren, wie wir erwartet hatten? Ich hatte noch keine Antwort, also würde ich Landon sicher nicht sagen, was er denken sollte oder nicht. Das Beste, was ich für meinen Freund tun konnte, war, ihm zu helfen, die Enttäuschung zu bewältigen.

„Glaubst du, du könntest den Nachmittag freinehmen?", fragte ich.

Er zuckte die Schultern. „Ich bin sicher, ich könnte. Sie haben eine ganze Woche lang nicht bemerkt, dass Grace weg war. Es würde ihnen wohl nicht auffallen, wenn ich mir ein paar Stunden freinehme. Warum?"

„Weil wir im Medium Rare gerade eine riesige Ladung Pralineneis reingekriegt haben. Ich habe noch nicht rausgefunden, was ich genau damit machen will, aber ich wette, es würde ziemlich gut auf einem Stück warmem Apfelkuchen schmecken. Besonders, wenn der Kuchen aufs Haus geht."

Ein kleines Lächeln hob seine Mundwinkel. „Ja, ich denke, ich könnte mir ein bisschen emotionales Essen leisten."

„Leisten?", sagte ich. „Landon, ich glaube nicht, dass du es dir leisten kannst, das nicht zu tun." Ich legte einen Arm um seine Schulter und lenkte ihn zurück Richtung Outskirts. Ich konnte die Sache mit Grace nicht richten, aber ich konnte ihm Zucker und Kohlenhydrate aufdrängen, um den Stachel etwas zu mildern, also, bei Gaia, würde ich das tun!

Wir bogen um die Ecke, und als das Diner in Sicht kam, öffnete ich gerade den Mund, um zu fragen, wie spät es war (ich war neugierig, wie genervt Tanner von meiner Verspätung sein würde), als Lot Flufferbum an mir vorbeirannte und mich dabei fast streifte.

Ich schoss Dolche auf seinen Hinterkopf, während er die Straße hinunterrannte, weg vom Medium Rare, tiefer in die Outskirts. Warum rannte er? Verfolgte ihn irgendwas? Ich sah über meine Schulter zurück, konnte aber keinen klaren Jäger entdecken, nur eine kleine Horde harmloser Eastwinder, die besorgt, aber nicht bösartig aussahen, während sie in dieselbe Richtung wie Lance hasteten.

„Was ist los?", fragte Landon. „Ich habe Leute aus den Outskirts wegrennen sehen, aber noch nie hinein."

„Ja, irgendwas stimmt nicht."

Ich suchte in den Gesichtern der Vorbeigehenden nach jemandem, den ich fragen konnte, um eine klare Antwort zu bekommen. Von der anderen Seite, aus Richtung des Medium Rare, hörte ich eine autoritäre Stimme, die Befehle rief, dass die Leute zur Seite treten sollen. Diese Stimme würde ich überall erkennen. Ich eilte ihm nach, als er an mir vorbeirauschte, und joggte neben ihm her, als ich ihn eingeholt hatte. „Stu, was ist los?"

„Keine Zeit, Miss Ashcroft", sagte er. Ein Klecks Kirschfüllung hing in seinem Schnurrbart, den er unter normalen Umständen sorgfältig mit einer Stoffserviette abgetupft hätte. Er musste in Eile gerufen worden sein. Schien sinnvoll, da er auch in Eile weg war.

„Was ist passiert?", fragte ich.

„Noch nicht sicher. Ich muss gehen." Er ging schneller, und ich wurde langsamer und sah der Schar von Eastwindern nach, die ihm folgten.

Dann hastete ein weiteres bekanntes Gesicht aus derselben Richtung wie der Deputy vorbei. „Tanner!", rief ich.

Im Gegensatz zu Stu ging Tanner langsamer und ließ mich aufholen. „Was ist los?", fragte ich. „Wohin gehen alle?"

Sein Gesicht war rot, und seine haselnussbraunen Augen waren von Sorge getrübt. „Stu hat gerade eine Nachricht bekommen. Draußen beim Scandrick-Camp. Ein anonymer Tipp kam herein. Sie haben eine Leiche gefunden."

Kapitel Fünfzehn

Einen Moment lang blieb mein Herz stehen. „Wessen Leiche?",
fragte ich.

„Nicht sicher. Aber die Nachricht hat sich schnell verbrei-
tet. Ich gehe besser, Stu könnte ..." Tanner hielt inne. „Ich
könnte vielleicht helfen."

„Ich weiß von deinem neuen Job, Tanner. Geh ruhig. Wenn
er sonst nichts braucht, wird Manchester zumindest Hilfe bei
der Kontrolle der Neugierigen brauchen."

Tanner biss die Zähne zusammen, nickte und eilte der
Menge hinterher.

Ich drehte mich um, um nach Landon zu suchen, musste
aber nicht weit schauen. Er stand direkt hinter mir, sein
Gesicht aschfahl, jede Farbe aus seinen Wangen gewichen.

„Es muss nicht sie sein", sagte ich.

Er knurrte und schüttelte den Kopf. „Nein, das ist sie. Es
muss sie sein."

„Warum bleibst du nicht hier, und ich schau's mir mir
selbst an?"

Er starrte mich böse an. „Machst du Witze? Hierbleiben? Nein. Du kannst mich nicht abwimmeln. Ich komme mit."

Trotz meines überwältigenden Wunsches, Landon vor dem möglicherweise grausigen Anblick zu schützen, war er ein Erwachsener und mein Freund, und ich konnte seine Entscheidungen nicht für ihn treffen. „Na gut, lass uns gehen."

Ich weiß nicht, ob die Outskirts je so eine bunte Mischung von Leuten auf einmal gesehen haben. Vielleicht hatte der Erfolg des Medium Rare die Leute gegenüber der potenziellen Gefahr des Herumstreifens in die äußeren Bereiche von Eastwind, die an die Deadwoods grenzten, abgestumpft. So sehr, dass nicht einmal ein möglicher Mord sie genug erschütterte, um wegzubleiben.

Das Tor des Scandrick-Camps stand einen Spalt offen, wahrscheinlich ein Versehen, da so viele seiner Bewohner herausströmten, um die Leiche selbst zu sehen. Werwölfe, Hexen, Elfen, Kobolde, Feen und dergleichen drängten sich Schulter an Schulter und versuchten, einen Blick auf das Grauen zu erhaschen.

Es war bedauerlich, dass nicht etwas Erhebenderes alle zusammenbringen konnte. Selbst das Lunasa-Festival wurde von den Bewohnern des Camps ausgelassen. Aber hier waren sie alle, vereint in ihrer Neugier und dem Wunsch zu gaffen.

Ich griff nach Landons Hand, damit ich ihn nicht verlor, und drängte mich durch die Menge nach vorn. Ich war überrascht, wie leicht es war. Die Leute traten zur Seite, als sie sahen, wer sich durchdrängte, und ich übersah nicht, wie ihre Blicke auf die Stelle fielen, wo meine Hand Landons hielt.

Das war jedoch irrelevant. Alles fühlte sich irrelevant an, außer die Leiche zu sehen und hoffentlich zu erfahren, dass es nicht Grace war.

Ich fühlte mich ein wenig schuldig deswegen, denn wenn es nicht ihre war, bedeutete das, es war die von jemand anderem, und egal, wer es war, es würde Leute in dieser Stadt geben, die den Tod betrauern würden. Aber egoistischerweise hoffte ich, dass Landon nicht zu diesen Leuten gehören musste.

„Macht Platz!", befahl Tanner und klang dabei autoritärer, als ich ihm zugetraut hätte. Er hielt seinen Zauberstab an der Seite, während ein orangefarben schimmerndes Lichtband sich ausbreitete, um die vorn an der Spitze der Gruppe davon abzuhalten, näher zu kommen. „Lasst ihm ein bisschen Platz!"

Ich drängte mich ganz nach vorn. „Wir müssen durch", sagte ich.

Tanner stellte keine Fragen, nickte nur und schnippte mit dem Handgelenk, wodurch eine kleine Öffnung im leuchtend orangefarbenen Band entstand, die Landon und mir den Durchgang erlaubte.

Stu Manchester kniete wenige Meter entfernt mit dem Rücken zu uns, und ein Teil von mir wollte nicht sehen, was sein massiger Körper vor meinem Blick verbarg.

Ich schluckte schwer und ging herum, um neben ihm stehenzubleiben. Aber mein Verstand konnte nicht erfassen, was ich sah. „Was ist hier passiert?", fragte ich.

Er drehte sich zu mir um und stand auf, stemmte die Fäuste in die Hüften. „Sieht so aus, als wäre, wer auch immer hier war, nicht mehr hier." Er zeigte auf den Boden, wo das Gras in einem langen Streifen in Richtung Deadwoods niedergedrückt war. „Etwas oder jemand muss die Leiche weggezogen haben, zwischen dem Zeitpunkt, als es gemeldet wurde, und unserer Ankunft."

Es war ein kleiner Segen, dass uns das Blutbad erspart blieb. Oder zumindest ein Großteil des Blutbads. Eine Spur frischen Blutes färbte das Gras entlang der Spur in die Bäume.

„Was ist das?", fragte Landon, zeigte auf etwas am Boden, nur einen Moment, bevor er darauf zustürzte.

Stu rief: „Nicht anfassen –", aber zu spät. Landon hielt das gefaltete Stück Papier hoch, und bevor er es fertig entfaltet hatte, war ich sicher, dass ich wusste, was es war.

Er bestätigte meinen Verdacht einen Moment später, als er sich langsam zu mir umdrehte, nichts sagte und mir den Brief reichte.

Meine Augen fanden die Unterschrift am Ende. *In Liebe, Fritz.*

Ich blickte zum Scandrick-Camp, wo wir erst gestern gewesen waren. Waren wir in größerer Gefahr gewesen, als wir gedacht hatten?

Die Menge wurde jetzt unruhig, da die, die der Szene am nächsten waren, einen offensichtlichen Hinweis in meiner Hand entdeckt hatten. Was würde passieren, wenn sich das herumsprach?

Was würde mit dieser Stadt passieren, wenn alle erführen, dass ein Werwolf eine Hexe kaltblütig ermordet hatte?

„Sollten wir nicht der Spur folgen?", fragte Landon verzweifelt. „Vielleicht lebt sie noch. Was, wenn sie Hilfe braucht?"

„Whoa, whoa, whoa", sagte Manchester. „Warte einen Moment. Ich verstehe, dass du aufgewühlt bist, Junge, aber bevor du in die Deadwoods stürmst, sag mir eins: Von wem redest du?"

Landon wandte seine Aufmerksamkeit von der Blutspur ab, um sich dem strengen, aber nicht unfreundlichen Ausdruck des Deputys zu stellen. „Grace", sagte er abwesend. „Grace Merryweather."

Ich schloss die Augen und versuchte, nicht zu stöhnen. Der arme Landon war so durcheinander, dass er nicht merkte, welches Wespennest er gerade beim Deputy angestochen hatte.

Stu wusste sofort, dass er nur die Spitze dieses Informations-Eisbergs gehört hatte. Anstatt Landon nach mehr Informationen zu fragen, wandte er sich mir zu. „Ich denke, wir beide sollten ein kleines Gespräch führen, Miss Ashcroft. Würde Ihnen das was ausmachen?"

„Ich denke, ob mir das was ausmacht, ist hier irrelevant, Stu."

Er nickte. „Da stimme ich Ihnen zu, Miss Ashcroft. Folgen Sie mir. Sie auch, Mr. Hawker." Er näherte sich der Menge, aber nur, um nah genug an Tanner zu kommen und zu sagen: „Mach den Zauber, den du gelernt hast. Wir brauchen Bloom hier, sofort."

Tanner nickte und zeichnete mit der Spitze seines Zauberstabs ein leuchtendes Symbol in die Luft, und einen Moment später teilte sich die Menge, um Sheriff Bloom durchzulassen. Sie brauchte Tanner nicht, um den Barrierezauber aufzuheben, bevor sie direkt hindurchmarschierte. Sie hielt an der Stelle inne, wo die Leiche gelegen hatte, und breitete ihre Flügel aus, um die Sicht der Gaffer zu verdecken, während sie in die Hocke ging und eine Hand darüber schweben ließ.

Landon, Stu und ich warteten schweigend, bis sie aufstand und uns winkte, näher zu kommen. „Was weißt du, Nora?"

„Grace Merryweather wird seit über einer Woche vermisst."

Ihr weiches Gesicht wurde härter, und das Leuchten, das ich normalerweise um sie herum spürte, verblasste. „Warum höre ich erst jetzt davon?"

„Der Zirkel hat mich gebeten, es unter Verschluss zu halten."

Bloom schloss die Augen und sog Luft durch die Nase ein. „Und warum hast du auf sie gehört?" Als sie die Augen wieder öffnete, lag ein Hauch Racheengel in der Schwärze ihrer Pupillen.

Das war nicht die Seite von Gabby Bloom, mit der ich zu

tun haben wollte. „Ich weiß nicht. Ich hatte vor, der Sache nachzugehen und dir oder Stu Bescheid zu geben, wenn ich was finde."

Sie gestikulierte mit dem Arm breit in Richtung des Blutes. „Na, ich würde sagen, du hast was gefunden. Jetzt ist es Zeit, uns zu sagen, was du weißt."

Landon nickte und gab mir subtil sein Einverständnis, alles auszupacken, selbst wenn es einige seiner persönlichen Details beinhaltete, da war ich sicher. Aber ich musste das nicht hinzufügen. Stattdessen reichte ich Sheriff Bloom den Brief. „Fritz Scandrick. Der Brief ist von ihm."

Nachdem Blooms Augen über die Worte gewandert waren, faltete sie den Brief ordentlich und steckte ihn in die Brusttasche ihrer Uniform. „Ist er hier?", fragte sie und ließ den Blick über die Menge schweifen.

Ich scannte ebenfalls die Gesichter. „Ich sehe ihn nicht", sagte ich. „Er muss noch im Camp sein."

„Oder damit beschäftigt, die Leiche entsorgen." Sie wandte sich ihrem Deputy zu. „Ruf Ted her. Er hat einen guten Riecher dafür, Leichen zu finden. Er könnte helfen. In der Zwischenzeit lass niemanden auch nur einen Schritt näher kommen. Und wenn du kannst, schick sie alle nach Hause. Besonders Flufferbum. Das ist schon jetzt ein Chaos, ohne dass die Eastwind Watch genug Informationen hat, um eine überzeugende Falschmeldung zusammenzustricken."

Sie drehte sich zu Landon und mir um. „Ich muss später noch mehr mit euch reden, wenn die Zeit für unmittelbare Maßnahmen vorbei ist, aber für jetzt müsst ihr hier weg und dürft keiner Seele sagen, was ihr wisst, verstanden?"

Wir nickten beide, weil, äh, Sheriff Bloom verdammt furchterregend war.

Und sie war nicht weniger furchterregend, als sie mit den Flügeln schlug und in den Himmel abhob. Mein Mund blieb offen stehen, als ich sie beobachtete. Was hatte ich erwartet? Sie war ein Engel. Sie hatte riesige Flügel. Doch mir vorzustellen, dass sie diese Flügel tatsächlich benutzte, um zu fliegen, war ein Bild, das mein Verstand zuvor nicht angegangen war.

Sie schoss in den dämmerigen Himmel und tauchte hinter der Mauer des Scandrick-Camps ab, ohne ein weiteres Wort an uns zu richten.

Ich wandte mich dem Nordwindhexenmeister zu, in der Erwartung, dass er Bloom mit demselben Maß an Ehrfurcht beobachtete, aber was ich stattdessen fand, war ein Ausdruck, so bar jeder Hoffnung, so überwältigt von Verzweiflung, dass nicht einmal Apfelkuchen mit Pralineneis den Schmerz lindern konnte. „Komm, Landon", sagte ich. „Lass uns dich nach Hause bringen."

Es gab nichts mehr zu sagen. Das Geheimnis von Graces Verschwinden war so gut wie gelöst. Es sah so aus, als wäre es einfacher gewesen, als wir dachten. Sie war ermordet worden, und der Mörder würde bald verhaftet werden.

Einfachheit konnte so gnadenlos sein.

Kapitel Sechzehn

Mein Plan war gewesen, Landon nach Hause zu bringen, zu schweigen und ihm Raum zu geben, über seine Gefühle zu reden, wenn er wollte. Sobald er zu Hause war, würde ich ins Medium Rare gehen und den Rest meiner Schicht arbeiten.

Aber das war offenbar nicht sein Plan. Wir schwiegen, bis wir die Outskirts weit hinter uns gelassen hatten, und als wir durch den Fulcrum Park im Zentrum der Stadt gingen, sagte er: „Ich brauche einen Drink.“

„Ich wette, wir können dir einen besorgen.“ Ich war mir nicht sicher, ob außer Anton jemand im Diner arbeitete, aber es gab dort gerade wahrscheinlich sowieso keine Kunden, nicht bei der Aufregung direkt die Straße runter.

Wir bogen links ab, wo wir normalerweise geradeaus gegangen wären, und fanden uns vor Sheehan's Pub wieder.

Ich glaube nicht, dass Alkohol eine gute Methode ist, mit den Härten des Lebens umzugehen. Meiner Erfahrung nach schafft er mehr Probleme, als er löst.

Aber die Jugendliebe des Jungen war ermordet worden … und wahrscheinlich schwanger gewesen. Ich meine, wow!

Wenn es je einen Moment für einen absichtlichen Blackout gegeben hat, dann jetzt. Er hatte den ganzen morgigen Tag und jeden anderen Tag für den Rest seines Lebens, um sich der Realität zu stellen.

Ich war mir nicht sicher, ob er schon alt genug war, um diese weltbewegenden, lebensverändernden Kater zu haben, aber einer davon würde morgen reichen, um ihn für eine Weile vom Alkohol fernzuhalten und zu verhindern, dass sich Gewohnheiten bildeten.

Während ich nicht sonderlich begeistert war, dass meine Ablenkung vom Nachdenken über Tanner so gut wie abgeschlossen war, hatte ich nicht vor zu trinken. Ich hatte meine Ablenkung gehabt, und jetzt war es Zeit, mich der Realität zu stellen.

Außerdem musste jemand auf Landon aufpassen.

Die Nachricht von der Leiche hatte den Pub vor uns erreicht. So viele Leute in Eastwind arbeiteten zu ungewöhnlichen Zeiten, dass ich nicht überrascht war, den Laden am Nachmittag leicht belebt vorzufinden. Als Landon und ich uns auf zwei freie Barhocker schoben, eilte Fiona Sheehan herbei und stieg auf die Trittleiter hinter dem Tresen, damit sie uns sehen konnte. „Ihr wisst wahrscheinlich schon davon.“

„Wovon?“, sagte Landon trübsinnig.

„Von der Leiche, die gefunden wurde. Ich hab' noch nicht gehört, wessen Leiche es ist, aber ich habe gehört, dass es eine Hexe war, ermordet von einem Werwolf.“

Landon stöhnte fast unhörbar, und ich antwortete für ihn. „Wir haben versprochen, vorerst nicht darüber zu reden“, sagte ich. „Wie hast du schon davon gehört? Wir waren gerade erst dort. Bloom hat die Verhaftung erst vor zwanzig Minuten vorgenommen.“

Fiona kniff die Augen zusammen. „Bist du sicher? Hm. Ich dachte, ich habe Leute schon vor einer Stunde darüber reden hören, aber" – sie zuckte die Schultern – „ich verliere hier immer jedes Zeitgefühl. Es ist, als würde man den ganzen Tag in einer Höhle verbringen. Sag, das Opfer war nicht etwa eine Freundin von euch, oder?"

Ich warf einen Blick auf Landon, dessen Kiefer zu angespannt schien, um den Mund zu öffnen.

„Landon kannte sie", sagte ich.

Fiona lehnte sich über den Tresen und legte eine Hand an Landons Wange. „Oh, du Armer. Ich seh's jetzt. Ihr zwei wart Freunde. Es tut mir so leid, Sweetie." Sie strich ihm eine Strähne seines blonden Haars aus der Stirn, bevor sie sich aufrichtete und hinzufügte: „Hier. Lass mich dir was holen, um den Schmerz zu lindern."

„Nur Wasser für mich", sagte ich leise und nickte in Landons Richtung. Fiona machte diesen Job schon lange und wusste sofort, was Sache war.

„Natürlich", sagte sie und eilte davon.

Während die Berührung der Hand einer wunderschönen Kobold-Frau an seiner Wange Landons Schmerz für einen Moment gemildert hatte, zogen sich, sobald sie ging, um unsere Getränke zu holen, wieder Gewitterwolken über seinem Kopf zusammen.

„Ich sollte nicht so traurig sein", sagte er und stützte seinen Kopf mit einem angewinkelten Ellbogen auf den Tresen. „Wir waren nur Schulfreunde. Ich habe kaum noch mit ihr geredet. Wir haben uns nur ab und zu in der Essenshöhle gesehen und ein bisschen geplaudert. Das war's. Warum fühle ich mich so leer?"

„Weil du in sie verliebt warst."

„War ich nicht."

„Oh, hör auf. Warst du schon. Ich seh's in deinen Augen und hör's in deiner Stimme. Ich habe monatelang so getan, als wär ich nicht in Tanner verliebt, bevor ich es endlich zugegeben habe."

„Und schau, wie viel Glück dir das gebracht hat", brummte er.

„Ich lass dir das durchgehen, weil du trauerst."

Fiona brachte die Getränke, und Landon bemerkte mein Wasser zum ersten Mal. „Du musst nicht auf mich aufpassen, weißt du?"

„Stimmt. Muss ich nicht."

Er verstand, was ich meinte, ohne dass ich es aussprechen musste, was gut war. Ich dachte nicht, dass ein „Ich mach mir Sorgen um dich"-Herz-zu-Herz-Gespräch das war, was er gerade brauchte ... oder was ich gerade wollte.

„Nora", kam eine vertraute männliche Stimme hinter mir. Als ich mich umdrehte, kamen Donovan und Eva zusammen von der Eingangstür herüber. „Was ist passiert?"

„Oh, ihr habt es gehört?", fragte ich trocken.

Eva schob sich zwischen Landon und mich und legte sanft eine Hand auf Landons Schulter. „Du warst mit ihr befreundet, oder?"

Landon nickte.

„Es tut mir so leid." Sie zog ihn an sich, sodass die Seite seines Kopfes an ihrer Brust ruhte, und hielt ihn dort.

Oh, Sie können sicher sein, dass ich den Anflug von Eifersucht in Donovans Gesicht genossen habe.

Dann fiel mir ein zu fragen: „Woher weißt du, dass sie Freunde waren?"

Eva ließ Landon los und drehte sich zu mir um. „Aurische Energie. Ich werde besser darin."

„Ist das ein Südwindhexen-Ding?", fragte ich.

„Ja. Es ist ziemlich nützlich, aber ich rede nicht viel darüber, weil viele Leute es unangenehm finden."

„Was kannst du über mich aus meiner Aura sagen?“, fragte ich.

Sie räusperte sich unbehaglich, dann sagte sie schnell: „Das willst du hier nicht hören.“ Ihre Augen huschten kurz zu Donovan.

„Ja, okay. Vielleicht später“, sagte ich schnell. „Wir sind sowieso überfällig für einen Mädelsabend unter Erdenmenschen.“

Sie schmunzelte, aber was auch immer sie sagen wollte, wurde unterbrochen, als jemand hinter Donovan vorbeiging und ihn nach vorn gegen sie stieß. Ich streckte die Hand aus und stützte sie, bevor sie gegen die Kante des Tresens stolpern konnte.

„Hey“, sagte Donovan und wirbelte herum. „Pass doch auf!“

Ich erkannte den Mann nicht, und ich war mir nicht sicher, ob irgendwer in unserer Gruppe ihn erkannte. Er hielt in seinem Vorbeigehen inne und drehte sich langsam um. „Sorry, hab’ dich da nicht gesehen, Junge.“

Donovan plusterte seine Brust auf, und für einen Moment sah es aus, als wollte er antworten: „Ich bin ein Mann!“ Tat er aber nicht, was auch besser war, denn nichts lässt jemanden weniger wie einen Mann wirken, als darauf bestehen zu müssen.

Stattdessen sagte er: „Bist du neu hier?“

Der Mann lachte und zeigte scharfe, verfärbte Zähne. „Nein, mein Junge. Ich bin schon länger hier als du. Und meine Art wird noch lange hier sein, nachdem deine Art ausgelöscht ist. Merk dir meine Worte.“

Selbst Landon saß jetzt aufrecht, die Augen auf den angespannten Austausch gerichtet.

„Ah“, sagte Donovan. „Werwolf also?“

„Darauf kannst du deinen Pelz verwetten. Apropos, pass

besser auf deinen Pelz auf. Ich weiß, was du mit Lucent und Slash gemacht hast. Wir vergessen sowas nicht."

Donovan verdrehte die Augen. „Ich hab' denen nichts getan. Ich habe Seamus quer durch den Raum geblitzt, weil er ein Widerling war. Es waren deine Kumpels, die beschlossen haben, sich mitten in einem privaten Etablissement zu verwandeln." Er schüttelte den Kopf und wandte dem Werwolf den Rücken zu.

Das kam mir unglaublich dumm vor.

Und wie sich herausstellte, war es das auch.

Der Werwolf war sofort hinter ihm und legte eine Hand auf Donovans Schulter mit einem „Wag es ja nicht, mir den Rücken –"

Donovan wirbelte herum, seinen Zauberstab schon gezogen. Er drückte ihn in den Bauch des Werwolfs und sagte: „Nimm deine Hand von mir."

Jede Bewegung im Sheehan's kam abrupt zum Stillstand, als der Ausbruch von Feindseligkeit von den zwei Männern ausging und eine schwere Decke der Stille schuf.

Dann folgte Bewegung in einer Ecknische, und vier weitere Männer, die Lucent, Slash und diesem Strolch nicht unähnlich sahen, traten aus den Schatten und schlichen auf uns zu.

Zu Landons Ehre muss gesagt werden, dass er vom Hocker glitt und sich so groß wie möglich hinter Donovan aufbaute, um seine Solidarität zu demonstrieren.

Der Werwolf ließ seine Hand auf Donovans Schulter und beugte sich nah zu ihm heran, dann knurrte er: „Denkst du, das ist nur zwischen dir und mir, Junge? Nur zu, versuch's. Wir jagen als Rudel, und wir sind bereit, als Rudel zu sterben. Sag mir, bist du bereit, einen Krieg anzufangen?"

Donovan sagte nichts, während er dem Werwolf in die Augen sah. Seine Nasenflügel zuckten, dann senkte er seinen Zauberstab. „Wenn ich einen Krieg anfangen würde, würde deine Seite verlieren, genau wie beim ersten Mal. Aber nein, ich gebe dir nicht die Genugtuung, dich den Märtyrer spielen zu lassen." Dann schlug er die Hand kräftig von seiner Schulter. „Außerdem, so wie es aussieht, hat einer von euch schon einen Krieg angefangen, indem er eine Hexe kaltblütig ermordet hat. Ich weiß, Lesen ist nicht der bevorzugte Zeitvertreib in den Outskirts, aber ihr solltet vielleicht mit den aktuellen Ereignissen Schritt halten. Ihr habt euch das Werwolf-Schutzgesetz gerade selbst eingebrockt, indem ihr eure Köter im Scandrick-Camp nicht an der Kette gehalten habt." Er schnaubte. „Warum kriechst du nicht zurück nach Hause und räumst den Saustall auf?"

Donovan drehte sich wieder um, aber diesmal tat der Werwolf nichts. Stattdessen knurrte er leise und ging zur Tür, gab seinen Freunden mit einem Ruck seines Kopfes ein Zeichen, ihm zu folgen.

Sobald die Tür hinter ihnen zuschlug, stellte Fiona einen Shot mit bernsteinfarbener Flüssigkeit vor Donovan auf den Tresen, und er kippte ihn ohne zu zögern runter. Dabei bemerkte ich, dass seine Hand zitterte.

Er lehnte sich neben mir gegen den Tresen, während Bewegung und Geräusche um uns herum in den Pub zurückkehrten. „Fänge und Klauen", fluchte er. „Diese Idioten haben keine Ahnung, wie tief sie im Mist sitzen."

„Was zum Höllenhund sollte all das Gerede von einem Krieg?", fragte ich. War die Spannung zwischen Hexen und Werwölfen die ganze Zeit da gewesen? Hatte die Tatsache, dass ich ein Außenseiter war, verhindert, die Tiefe der Feindseligkeit zu sehen, die knapp unter der Oberfläche brodelte, von einer Generation zur nächsten weitergegeben?

Landon und Eva lehnten sich näher, während Donovan erklärte: „Versteht ihr nicht? Der Zirkel hat lange auf sowas wie diesen Mord gewartet. Das Lagerfeuer war bereit, als Bürgermeisterin Esperia das Werwolf-Schutzgesetz vorgeschlagen hat. Dieser Mord gießt Öl auf die Scheite. Jetzt brauchen wir nur noch einen einzigen Funken, und die ganze Stadt wird in Flammen aufgehen."

„Er hat recht", sagte Landon. „Der Mord an Grace war genau das, was der Zirkel gebraucht hat, um seine Agenda durchzudrücken." Er seufzte und sah noch trostloser aus als zuvor. „Als ob das noch schlimmer werden müsste."

„Ich schätze, ich habe im Medium Rare in einer Blase gelebt", sagte ich.

„Das hast du", sagte Donovan bestimmt.

„Ich wusste immer, dass Tanner es aus diesem Grund vermieden hat, seinen Zauberstab zu zücken, wenn möglich, aber ich schätze, ich hatte keine Ahnung, wie tief die Spannung reicht."

„Das Medium Rare ist die Ausnahme", erklärte Donovan. „Jane ist auch die Ausnahme. Für jede Hexe, die keine Werwölfe diskriminiert, und jeden Werwolf, der keine Hexen diskriminiert, gibt's in dieser Stadt drei andere, die es tun. Du hast es geschafft, dich mit den Tolerantesten in Eastwind zu umgeben, was auf eine Weise schön ist, aber jetzt siehst du, warum das nicht immer in deinem besten Interesse ist."

Eva schob sich zwischen Donovan und mich und sagte. „Willst du dich setzen?"

Er nickte, und die beiden gingen zu einem kleinen Zweiertisch in der Nähe der Scufflepuck-Tische.

Landon und ich ließen uns wieder auf unseren Barhockern nieder. „Es ist, als würde man aus einem angenehmen Traum aufwachen", sagte ich.

Er nickte. „Unwissenheit ist ein Segen, bis sie keiner mehr ist." Er nahm einen großen Schluck aus seinem Krug. „Kannst du sie erreichen?"

Ich wusste sofort, was er meinte. „Ich kann's versuchen.

Wie gesagt, sie hat mich nicht besucht, aber ich kann sie ein bisschen suchen gehen, wenn ich irgendwo bin, wo es ruhiger ist. Es ist möglich, dass sie außerhalb meiner Reichweite ist."

Er nickte. „Das ist okay. Danke."

Ein eisiger Schauer lief mir den Rücken hinunter, einen Moment, bevor Ted sagte: „Hey, Landon." Der Sensenmann war rücksichtsvoll genug, Landon nicht zu berühren, was das Gegenteil von Trost gewesen wäre. „Hi, Nora", fügte er in einem fröhlicheren Ton hinzu. „Lang nicht gesehen, was?"

Ich hatte ihn heute Morgen gesehen, wie immer, wenn er ins Medium Rare kam und die erste Hälfte des Tages damit verbrachte, Kaffee zu schlürfen, ein Buch zu lesen, Kreuzworträtsel zu lösen oder irgendeiner anderen stillen, einsamen Aktivität nachzugehen, die ihm die Zeit vertrieb, bis seine Sensenmanndienste gebraucht wurden.

„Ja", sagte ich und zwang mir ein Lächeln ab.

„Sag mal, Landon, Lust auf eine Runde Scufflepuck? Wir können Doppel spielen. Graf Malavic ist auf dem Weg hierher, und er denkt, er und Liberty können uns schlagen."

Es war genau das, was der Arzt für Landon verordnet hatte, der sichtlich auflebte und sagte: „Nur, wenn Liberty verspricht, keine Magie zu benutzen."

„Ich sorge dafür, dass er die Regeln versteht", sagte Ted und trat zur Seite, damit Landon an ihm vorbeigehen konnte. Ted blieb einen Moment, bis Landon außer Hörweite war. Dann sagte er: „Warum gehst du nicht und ruhst dich aus? Nimm dir ein bisschen Zeit für dich. Ich kann auf ihn aufpassen."

Ich zögerte, fragte mich, ob es das war, was eine echte Freundin tun würde, Landon in die Obhut des Sensenmannes zu übergeben. Aber das hier war Ted. Er hatte Landon schon lange gekannt, bevor ich nach Eastwind gekommen war. Und ich war unglaublich müde, obwohl es nicht später als sechzehn Uhr sein konnte.

„Danke. Kannst du ihn später nach Hause bringen?“

„Natürlich.“

„Und wenn du das tust, kannst du vielleicht kurz reingehen und Hera ein bisschen Salat aus dem Kühlschrank zuwerfen?“

Er nickte. „Seine Vertraute macht mir Angst, aber ich mach’ das. Jetzt geh nach Hause und versuch, den Rest des Tages nicht an mich zu denken. Ha!“

„Ähm.“

„An den Tod“, fügte er schnell hinzu. „Das war ein Scherz. Ich sagte, denk nicht an mich und meinte, denk nicht an den Tod. Weil, du weißt schon, der Mord ...“

„Richtig. Verstanden.“

Als ich vom Hocker rutschte und zum Ausgang ging, wünschte ich, ich könnte Teds Vorschlag folgen, aber nach Hause zu gehen, bedeutete in letzter Zeit, dem Tod ins Gesicht zu sehen ...

In Gestalt eines schönen Iren.

Kapitel Siebzehn

Bevor ich nach Hause gehen konnte, musste ich im Medium Rare vorbeischauen und mich vergewissern, dass in meiner Abwesenheit niemand den Laden geplündert hatte. Als ich reinkam, stand Tanner hinter dem Tresen und rollte Besteck ein. Das Diner war leer, abgesehen von einem jungen Feenpaar, das sich hinten in der Ecke leise ein Stück Kuchen teilte.

Als Tanner zu mir aufblickte, schien er nicht wütend. Vielleicht verlor ich den Verstand, aber es sah fast so aus, als wäre er froh, mich zu sehen. „Mach dir keine Sorgen", sagte er, als ich den Mund öffnete, um eine Ausrede zu erfinden. „Ich verstehe. Du hast wegen Grace ermittelt. Ich wusste immer, was er für sie empfunden hat, also ... Es ist gut von dir, ihm zu helfen, einen Abschluss zu finden." Er hielt inne und legte die Hände flach auf ein Besteckset, bevor er es einrollte. „Gah ... ich wünschte nur, es wäre nicht so ausgegangen. Arme Grace. Armer Landon."

„Armes Eastwind", sagte ich. „Ich war gerade mit Landon im Sheehan's, und die Spannung da konnte man mit einem Messer schneiden. Irgendein Werwolf kam rein und hat versucht, Streit mit ...“ *Warnung, Nora! Gefahr!* „... mit einem Hexenmeister anzufangen, ohne Grund.“

„Ich wünschte, es wäre nicht so“, sagte Tanner und seufzte. „Aber ich schätze, deshalb habe ich mein Erwachsenenleben im Medium Rare verbracht und versucht, so zu tun, als wäre ich keiner. Hier ist es anders. Und ich mag das, aber ...“ Er schüttelte den Kopf und ging nicht näher darauf ein.

Die Küchentür schwang auf, und Greta kam heraus. Sie hielt inne und sah sich die leeren Tische an. „Sieht so aus, als würde ich heute keine fetten Trinkgelder verdienen“, kommentierte sie. „Zur Kenntnis genommen.“

Tanner sagte zu mir: „Geh und ruh dich aus. Ich seh’ dich morgen.“

Es gab so viel, was ich ihm sagen wollte, aber ich begnügte mich mit: „Mach ich. Wir sehen uns morgen früh.“

Bevor ich mich umdrehte, um zu gehen, pfiff ich, und einen Moment später trottete Grim aus der Küche, die Tür schwang hinter ihm zu. *„Muss eine Höllenhund-Mittagspause gewesen sein“*, sagte er.

„Oh, das war es. Lass uns nach Hause gehen und einen Tag lang schlafen, hm?“

„Dachte schon, du fragst nie.“

Ruby blickte von ihrem Buch auf, als Grim und ich das Haus betraten. Wenn ich nicht schon vermutet hätte, dass ich nicht gerade toll aussah, nachdem sowohl Ted als auch Tanner mir gesagt hatten, ich solle mich ausruhen, hätten Rubys Worte den Ausschlag gegeben. „Na, ich glaub’, mich laust ein Basilisk! Sieh an, was der Grim reingeschleppt hat.“

„Ich hatte einen langen Tag.“

Ruby markierte ihre Stelle im Buch und legte es auf den

Tisch neben ihrem Sessel. „Sieht eher danach aus, als hättest du ein langes Jahrzehnt gehabt. Was ist passiert?"

„Sie haben Graces Leiche gefunden."

Ruby runzelte die Stirn. „Wirklich?"

„Ja. In den Outskirts. Sieht so aus, als hätte ihr ehemaliger Liebhaber es getan. Sie haben zumindest einen Brief von ihm am Tatort gefunden."

Ihr Ausdruck war beunruhigt. „Ich verstehe das nicht. Warum sollte der Mörder einen Brief, den er dem Opfer geschickt hat, am Tatort zurücklassen?"

Ich zuckte die Schultern. „Wer weiß? Vielleicht wollte er die Beweise seines Verbrechens loswerden und hat ihn aus Versehen fallen lassen, als er die Leiche entsorgt hat."

„Und diese Leiche, war sie frisch tot?"

Ich blickte zur Küche und überlegte kurz, mir einen Tee zu machen. Nein, ich war zu müde. Selbst als mein Magen knurrte, weil ich das Mittagessen ausgelassen hatte, hatte ich nicht die Energie, mir was zu machen, bevor ich ins Bett kroch. „Weiß nicht. Die Leiche wurde in die Deadwoods geschleift."

„Aber ich dachte, du hast gesagt, sie wurde gefunden."

„Wurde sie auch. Jemand hat es gemeldet, aber als Manchester und die anderen ankamen, war sie schon weggeschleift worden."

Ruby kniff die Augen zusammen. „Mm-hm ..."

„Was?"

Sie winkte ab. „Oh, nichts. Es ist nur so, dass nichts an dieser Geschichte mit meiner Einsicht im Einklang ist. Kein Hauch von Wahrheit. Wenn du nicht so erschöpft wärst, vermute ich, hättest du das auch bemerkt. Keine Sorge, die Wahrheit kommt bald genug ans Licht. Das tut sie meistens." Sie griff nach ihrem Buch und schlug es wieder auf, und so sehr ich sie auch fragen wollte, was sie meinte, wollte ich lieber nicht länger über die blutige Situation nachdenken. Zumindest nicht, bis ich ein bisschen Ruhe gefunden hatte.

Mein neuer Mitbewohner war nirgends zu sehen, als ich mein Schlafzimmer betrat, und ich ging direkt zur Kommode, zog einen Pyjama raus und sehnte mich danach, mich bequem unter die Decke zu kuscheln.

Aus Gewohnheit wandte Grim den Blick ab, als es Zeit war, meinen BH loszuwerden und in mein weites T-Shirt und die dünne Baumwollhose zu schlüpfen. Als ich mich umdrehte, hatte ich jedoch ein Publikum. „Fänge und Klauen, Roland! Wir haben darüber gesprochen!"

Die wunderschöne Liebe meines früheren Lebens saß im Sessel in der Ecke des Zimmers, gegenüber dem Fußende meines Betts.

Er schien nicht im Geringsten beschämt. „Diana, sind wir nicht längst über diesen Punkt hinaus? Wir teilen uns seit Wochen das Schlafzimmer. Wir waren in der Vergangenheit intim."

„Richtig, aber –"

„Du hast einen Freund, ich weiß."

Grims Kopf schoss hoch. *„Er weiß es immer noch nicht?"*

„Nein! Und ich werde es ihm nicht sagen."

Während Grim Kreise auf seinem Hundebett drehte, sagte er: *„Liegt das daran, dass du Angst hast, du könntest mit ihm in die Deadwoods abhauen und ‚Entitäten verbannen', überall aufeinander?"*

„Das ist nicht einmal ein guter Euphemismus", fauchte ich und starrte ihn böse an.

„Du bist kein guter Euphemismus." Er ließ sich auf das Kissen fallen.

„Ich – das ergibt keinen Sinn!"

„Du sprichst mit ihm, oder?", fragte Roland. „Ist es heute Abend besonders schwierig? Du siehst angespannt aus."

„Ja", sagte ich. „Es ist heute Abend besonders schwierig. Oder besser gesagt, er ist heute Abend besonders schwierig."

„Darf ich dich was fragen, Diana?"

„Nora", korrigierte ich genervt. Er hatte gesagt, er würde mich mit meinem richtigen Namen anreden, nicht mit dem, den ich in meinem früheren Leben hatte, als er und ich uns einander versprochen hatten.

„Dich scheint in letzter Zeit etwas zu beschäftigen. Würdest du mir vertrauen, die Last mit dir zu tragen?"

Ich kroch ins Bett und zog die Decke bis über meinen Bauch, während ich mich gegen das Kopfteil lehnte. „Du willst, dass ich dir sage, was mich beschäftigt?"

Er nickte und schwebte langsam zum Bett, wo er sich ans Fußende setzte. Es war der Platz, wo er normalerweise saß, während ich schlief, was gruselig klingt, und anfangs war es das auch. So ungern ich das zugab, fand ich es nach einer Weile irgendwie schön, zu wissen, dass jemand über mich wachte.

Ich hasste und liebte es zugleich, ihn so nah bei mir zu haben. Die Emotionen, die er in mir auslöste, negativ oder positiv, waren immer intensiv und grenzten an überwältigend.

Du könntest einfach nachgeben, flüsterte eine leise Stimme in mir. *Du bist Single. Du bist ein Fünfter Wind. Wenn jemand eine Chance auf eine funktionierende Romanze mit einem Geist hat, dann du.*

„Ich würde nichts lieber wissen, als was dich beschäftigt, Nora", sagte er. Ich könnte mich in diesem wunderschönen Gesicht verlieren. Die Erinnerung daran, mit ihm auf diesem Klippenrand gestanden zu haben, ihn berühren zu können, meine Hand auf seine sonnengeküsste Wange zu legen, die Stoppeln an seinem starken Kiefer zu fühlen, das Türkis seiner Augen, das in meine Seele blickte ...

„Es ist ein Mord passiert", sagte ich. „Ich habe einem

Freund versprochen, zu versuchen, den Geist des Opfers zu erreichen.“

„Hat es funktioniert?“

„Ich habe es noch nicht versucht.“

Ein Hauch von verstecktem Schalk lag in seinem Blick, vielleicht ein Anflug eines Lächelns um seine Mundwinkel, als er sagte: „Warum versuchst du es nicht jetzt?“

Ich zuckte die Schultern. „Ich bin todmüde. Und ich mache mir Sorgen, dass es nicht klappt, und ich will ihm nicht noch mehr niederschmetternde Neuigkeiten überbringen müssen.“

„Versuch's jetzt“, ermutigte er mich, und wer könnte diesem sanften Halblächeln, diesem melodischen Akzent, diesem durchdringenden Blick widerstehen?

„Na gut. Aber sei bitte still. Ich bin besser darin geworden, aber es ist eine Weile her, seit wir das in unseren Lektionen geübt haben.“

Ich schloss die Augen, um die Beschwörung einzuleiten. Langsam breitete sich das Bild, das ich sorgfältig aus der Erinnerung rekonstruiert hatte, aus der Mitte der Dunkelheit aus. Das war mein Beschwörungsort. Ich wusste nicht genau, wo er in Raum oder Zeit lag, nur dass es eine spirituelle Zwischenstation zwischen den Ebenen war, ein Ort, an dem ich mit den ruhelosen Geistern interagieren konnte, die blieben, anstatt ganz in eine andere Existenz überzugehen, vielleicht in ein anderes Leben.

Ruby hatte mich angewiesen, dieses Land zwischen den Ebenen an einem Ort zu platzieren, den ich gut kannte. Es war nicht schwer gewesen, diesen Ort auszuwählen.

Zilker Park bei Sonnenuntergang. Es war ein Ort, den ich an meinen freien Tagen in Austin gern besucht hatte. Ich konnte an einem Hang sitzen, grüne Wiesen rund um mich und den Sonnenuntergang hinter der Skyline der Innenstadt beobachten. Es war auch ein Ort, an dem ich unter Menschen sein konnte und doch anonym blieb. Niemand brauchte dort etwas von mir. Ich konnte allein sein, was ich unglaublich gut konnte, ohne mich einsam zu fühlen. Hunde ohne Leine begrüßten mich schwanzwedelnd und mit einem albernen Lächeln, und dieses Glück war ansteckend.

Ich hatte immer einen Hund gewollt, aber meine langen Arbeitszeiten wären nicht gut für einen gewesen. Und jetzt, wo ich wusste, dass ich nicht lange in jener Welt geblieben bin, war es besser, dass ich keinen besten Freund adoptiert hatte, nur um ihn oder sie zurückzulassen.

Und jetzt hatte ich Grim. Ein perfektes Beispiel für „Sei vorsichtig mit dem, was du dir wünschst", wenn ich je eines gesehen habe.

Obwohl ich nicht genau wusste, wie der Beschwörungs-prozess in irgendeinem logischen Sinne funktionierte, hatte Ruby ausführlich über Astralprojektion schwadroniert und dass das darunterfiel, also hinterfragte ich es nicht zu sehr. Es gab kaum Überlappung in einem Venn-Diagramm von Logik und Astralprojektionen.

Ich nahm meine Umgebung im Park wahr und suchte nach jemandem, der Grace sein könnte. Ich hatte nur Bilder von ihr gesehen, aber ihr weißblondes Haar würde auffallen.

Ein Basset watschelte auf mich zu, sein Schwanz ließ den Rest seines langen Körpers mit wedeln, während er an meinen Schuhen schnupperte. Ich war mir nicht sicher, ob die Hunde an diesem Ort Geisterhunde waren oder nur Teil meiner Visua-lisierung, aber das hielt mich nicht davon ab, mich zu bücken und ihn hinter den Schlappohren zu kraulen.

Sobald er gelangweilt war und mit einer hypnotischen Schaukelbewegung einem flauschigen Hund hinterhereilte, der halb so groß war, stand ich wieder auf und sah mich in alle Richtungen um. Es waren wahrscheinlich ein paar hundert Leute über die Wiesen verteilt, aber niemand sprang mir ins

Auge. Ich seufzte. „Ich schätze, sie ist schon übergegangen“, murmelte ich.

„Falsch, fürchte ich. Das Mädchen ist nicht tot.“

Ich wirbelte herum, und mein Mund blieb offen stehen, als mein Blick Roland begegnete ... der sehr lebendig wirkte. „Wie bist du hierhergekommen?“

„Ich bin ein Geist. Ich musste dir nur folgen.“

Ich streckte vorsichtig die Hand nach seinem Gesicht aus. Mein gesunder Menschenverstand hoffte, dass meine Hand direkt durch ihn hindurchgreifen würde. Der Rest von mir war überwältigend erfreut, als das nicht passierte.

„Das ist nicht gut“, sagte ich und ließ meine Hand auf seiner Wange ruhen, bevor meine Fingerspitzen seinen Hals hinab zu seiner Brust glitten. Er griff nach meiner Hand und drückte sie an seinen Körper.

„Ich dachte mir, dass du das sagen würdest, meine Liebe.“ Er hob seine freie Hand an mein Gesicht, strich mir das Haar hinter mein Ohr, bevor ich seine starke Hand spürte, die meinen Hinterkopf hielt. „Also habe ich mir vorgenommen, deine Meinung zu ändern.“

„Ich muss Grace finden“, wimmerte ich.

„Sie ist nicht hier. Aber wir sind es.“

Und eine ganze Schar anderer voyeuristisch veranlagter Geister, dachte ich. Die Idee störte mich nicht so, wie ich gehofft hatte. Mir gingen schnell die Ausreden aus, um Rolands Annäherungen zu widerstehen. Ich war jedoch nicht bereit. Ihm jetzt auch nur einmal zuzustimmen, wäre wie den Ereignishorizont zu überschreiten, ein Schritt ohne Wiederkehr.

„Antworte mir, Diana.“ Gute Göttin, sein Körper fühlte sich unglaublich an meinem an. „Warum hast du mir nichts von deiner Trennung von Tanner erzählt?“

Sofort war der Zauber gebrochen. Ich trat schnell einen

halben Schritt von ihm zurück. „Warte, du weißt davon? Wer hat dir das erzählt?“

„Niemand. Ich war da, als es passiert ist.“

„Du hast mich gestalkt?“

„Wenn du es so nennen willst. Und ich muss sagen, für einen Moment habe ich befürchtet, du könntest direkt in Donovans Arme fallen.“

Roland hatte mir gerade einen sehr guten Grund gegeben, ihn von mir fernzuhalten, und ich ergriff ihn. Kleine Segnungen! Jetzt konnte ich ihn weiter auf Abstand halten und so tun, als wäre es aus einem anderen Grund als meiner Unfähigkeit, jemanden so nah kommen zu lassen, wie er es wollte.

„Du hast mich ausspioniert. Ich fass’ es nicht!“

„Ab und zu, ja. Aber es ist ja nicht so, als hättest du was zu verbergen, meine Liebe. Diese neue Inkarnation von dir fasziniert mich, und ich will alles über dich wissen. Wirklich, du hast dich als weitaus lohnender herausgestellt, als ich ursprünglich dachte, über mehrere Leben hinweg.“ Er näherte sich mir wieder, und ich wich nicht zurück. Unsere Körper waren nur Zentimeter voneinander entfernt, aber er berührte mich nicht. „Das Einzige, was ich nicht ergründen kann, ist, warum du es mir nicht erzählt hast. Ich weiß, dass du mich immer noch liebst. Ich glaube, das wirst du immer, egal, wie sehr du versuchst, diesen Teil deiner Seele wegzusperren. Warum nicht einfach nachgeben, Diana? Warum dich nicht dem hingeben? Ich versichere dir, es werden nur die exquisitesten Dinge folgen, und sie können für immer uns gehören.“

Ich schluckte das Verlangen runter zu sagen: „Ach, was soll’s. Du hast recht. Lass uns das machen.“ Das Verlangen ließ sich nicht leicht runterschlucken. „Ich bin noch nicht bereit dafür.“

Er nickte und setzte ein verschmitztes Grinsen auf,

während er zurücktrat. „Okay dann. Dann warte ich noch ein bisschen länger."

Ich räusperte mich und versuchte, das Gefühl abzuschütteln, gerade einen schrecklichen Fehler gemacht zu haben. „Toll. Lass uns zurückgehen." Ich streckte meine Hand nach seiner aus, um ihn mitzuziehen, aber er nahm sie nicht.

„Bevor wir das tun." Er hob mein Kinn mit einem gekrümmten Finger an, und ich wehrte mich nicht, als er sein Gesicht zu meinem senkte. Die Hitze seiner Lippen entfachte ein Feuer in meinem Bauch, aber bevor ich meine Arme um seinen Hals schlingen konnte, um ihn näher ziehen und so zu tun, als würde das, was in der Astralprojektion passierte, in der Astralprojektion bleiben, nahm er meine Hände in seine und brach den Kuss ab. „Das ist alles, was du für den Moment bekommst. Wenn ich warten muss, musst du es auch."

Ich stöhnte, dann griff ich seine Hände viel fester als nötig. Blut pochte in meinem Kopf, während ich ihn finster anstarrte. „Du hinterhältiger Sohn eines ..."

Ich zog und riss uns beide zurück in das Schlafzimmer von Ruby Trues Haus. Ich fiel mit einem Ruck in meinen Körper zurück und erhaschte einen Blick auf Roland, der herzhaft lachte, bevor er vor meinen Augen verschwand.

Sobald die Lampe aus war und mein rasendes Herz begann, langsamer zu schlagen, kurz bevor die Wirbel des Schlafes meinen Verstand umnebelten, erinnerte ich mich an das, was er gesagt hatte.

Ich setzte mich kerzengerade auf. „Sie ist nicht tot?", sagte ich. „Er hat gesagt, sie sei nicht tot. Woher weiß er das?"

„Bitte sei still", sagte Grim.

Ich ignorierte ihn und zischte: „Roland. Roland!"

Aber es kam keine Antwort. Von allen Gelegenheiten, in denen Roland O'Neill sich entschied, schwer zu haben zu spielen, musste er ausgerechnet diese wählen.

Kapitel Achtzehn

Trotz einer bis zum nächsten Morgen durchgeschlafenen Nacht wachte ich auf und fühlte mich unruhig und ausgelaugt. Ein dumpfer Schmerz in meinem Kopf erinnerte mich daran, dass meine Träume ein langgezogener Strudel verwirrender Bilder gewesen waren.

Als ich vor der Morgendämmerung die Treppe hinunter schlurfte, graute mir vor einem vollen Arbeitstag, während ich noch so erschöpft war. Es war fast so, als hätte der Schlaf mich müder gemacht als am Tag zuvor, nicht wacher.

Normalerweise konnte ich warten, bis ich im Medium Rare war, um meine erste Tasse Kaffee zu trinken, aber nicht heute. Ich brauchte etwas, und obwohl Ruby keinen Kaffee im Haus hatte, hatte sie reichlich Tee, und mittlerweile wusste ich, welche der hölzernen Dosen welche Mischung enthielt, sodass ich vermeiden konnte, mich versehentlich zu vergiften, indem ich das falsche Zeug in das Teesieb gab.

Der einzige schwarze Tee, den sie hatte, war grausam bitter, aber er weckte meine Sinne erheblich, also tolerierte ich ihn aus diesem Grund.

Und sobald meine Sinne nach den ersten paar Schlucken erwachten, drängte sich die Erkenntnis der letzten Nacht in den Vordergrund meines Geistes: *Grace ist nicht tot.*

Die Bruchstücke meiner Träume, ein schreckliches Chaos, genährt von meinem Unterbewusstsein, hatten sich um einen einzigen wichtigen Punkt gedreht wie ein riesiger Wirbelsturm. Ich wusste, wenn ich nur ins Auge dieses Sturms gelangen könnte, würde ich eine entscheidende Einsicht gewinnen, die ich brauchte, um die verschiedenen Teile dieses seltsamen Rätsels zu verstehen.

Einsicht. Davon hatte ich reichlich. Vielleicht war das der Grund, warum ich so unruhig geschlafen hatte, weil meine Einsicht ihre buchstäbliche Magie entfaltete, ungestört von meinem neugierigen Bewusstsein.

Grace ist nicht tot. Ich versuchte, mich auf diese Möglichkeit zu konzentrieren, sie zum Mittelpunkt meiner Realität zu machen und die anderen Teile drumherum an ihren Platz fallen zu lassen, um eine Geschichte zu weben, die Sinn ergeben könnte.

Und als die Wirkung des Koffeins aus dem Tee einsetzte, begann genau das zu passieren.

Ich hatte Graces Leiche nie gesehen. Niemand, den ich kannte, hatte sie gesehen. Jemand hatte eine Leiche gemeldet, aber es war anonym passiert, also konnte ich das als Tatsache betrachten?

Das einzige Objekt, das auf die Identität des Opfers hinwies, war der Brief von Fritz. Die Annahme, unter der ich gearbeitet hatte, war, dass er derjenige sein müsste, der ihn hatte, da außer mir und Landon wahrscheinlich niemand wusste, dass er existierte. Daher würde er wissen, wonach er suchen musste, besonders nachdem wir erwähnt hatten, dass wir davon wussten und Grace vermisst wurde. Wenn ein ehemaliger (und geheimer) Liebhaber von mir verschwinden würde, würde ich vermutlich jegliche Spur meiner Verbindung zu ihm beseitigen wollen, um jeglichen Verdacht zu vermeiden, selbst wenn ich nichts mit seinem Verschwinden zu tun hatte.

Die Annahme, dass Fritz der Einzige war, der diesen Brief haben konnte, war jedoch fehlerhaft. Immerhin, nachdem Landon und ich ihn in weniger als einer halben Stunde Suche in ihrem unbewohnten Haus gefunden hatten, wer sagt, dass nicht jemand anderes dasselbe getan hatte?

Nein, ich konzentrierte mich nicht auf meinen zentralen Punkt: Was, wenn Grace nicht tot war? Die Idee, dass sie noch lebte, musste die Grundlage meiner Theorie bleiben, zumindest bis ich das eine oder andere beweisen konnte.

Wenn sie lebte, bedeutete das, dass es keine Leiche gab. Oder wenn es eine Leiche gab, war es nicht ihre. Könnte Fritz jemand anderen ermordet haben, während er den Brief in der Tasche gehabt hatte? Klar, warum nicht? Aber das hatte nichts mit Grace zu tun.

Wenn sie nicht tot war, wo war sie?

Also, wohin würde ich gehen, wenn ich in ihrer Situation wäre? Vermutlich war sie schwanger mit dem Baby eines Werwolfs, und ihrem Zirkel würde das nicht gefallen. Also würde sie nicht zu ihrem Zirkel gehen. Und Landon hat sie als vernünftig genug beschrieben, nicht in ein Werwolf-Camp zu ziehen. Nicht, dass Fritz das zulassen würde. Er schien darauf bedacht, den Schein mit seiner Frau zu wahren. Eine schwangere Geliebte in der Nähe würde ihre Tarnung vor dem Rest des Rudels auffliegen lassen.

Konnte sie noch in Eastwind sein? Vielleicht gab es eine Freundin, die sie versteckte. Kannte Landon irgendwelche ihrer Freunde?

Ich erinnerte mich an seine Beschreibung ihres Büros. Sorgfältig, organisiert, auf alles vorbereitet. Sie würde nicht aus eigenem Antrieb verschwinden, ohne einen festen und detaillierten Plan zu haben. Immerhin plante sie alles an ihren Tagen auf diesem riesigen Kalender. Alles bis 6:47 Uhr am Morgen ihres Verschwindens zumindest.

Sobald ich mich an das Datum erinnerte, machte die Einsicht einen kleinen Sprung in meiner Brust. Es war wichtig. Da war etwas. Es fühlte sich an wie eine Flagge, die in den Boden gesteckt war, mit einem Pfeil, der nach unten zeigte, und den Worten „Hier entlang zum Schatz!" darauf.

Wohin würde man um 6:47 Uhr gehen? Was würde er tun? Niemand machte Pläne für diese Zeit.

Ich wollte einen weiteren Schluck Tee trinken, stellte jedoch fest, dass meine Tasse schon leer war. Ich füllte sie nach und blickte auf die Uhr an der Wand. Gerade mal Viertel vor fünf. Ich hatte noch ein bisschen Zeit, bevor ich zur Arbeit musste.

Ich hatte mich daran gewöhnt, jeden Tag zur Arbeit zu laufen – und hier überhaupt überallhin zu laufen. Mittlerweile mochte ich das. Aber heute Morgen schmerzten meine Knochen, und mein Körper fühlte sich an, als wäre er doppelt so schwer wie sonst. Selbst aufrecht zu sitzen, wenn ich so erschöpft war, fühlte sich wie eine Herkulesaufgabe an. Was würde ich nicht geben, wenn Eastwind ein paar Autos herbeizaubern könnte. Nein, das würde den Flair des Ortes ruinieren, und ich wusste aus erster Hand, wie tödlich Autos sein konnten. Eastwind brauchte definitiv nicht noch ein Todesrisiko. Vielleicht nur ein Bussystem. Oder eine Straßenbahn. Vielleicht konnte man sie auf Schienen bauen, um sie für Fußgänger sicher zu machen. Es gab Möglichkeiten, wie das funktionieren konnte.

Noch jemand in Stimmung für abschweifende Gedanken? Ich konnte diesen Grad an Ablenkung nicht bei der Arbeit gebrauchen. Eine falsche Bestellung nach der anderen. Toll.

Vielleicht, wenn sie einen Zaun um den Zug bauen ...

Oh, komm schon, Verstand. Konzentrier dich!

Nur einen Moment später erkannte ich, dass mein Mangel an Konzentration genau das war, was ich brauchte, um das letzte fehlende Puzzlestück einrasten zu lassen. Mangel an Konzentration hatte mich, wie es schien, meiner Einsicht aus dem Weg geschoben.

Ein Zug.

Ted hatte gesagt, der einzige Weg, den Winden der Veränderung zu entkommen, sei, den ersten Zug aus Eastwind zu nehmen.

Und wann genau fuhr der erste Zug aus Eastwind jeden Tag?

Sofort war ich sicher, die Antwort zu kennen.

Er verließ den Bahnhof um 6:47 Uhr morgens.

Kapitel Neunzehn

Es würde knapp werden, rechtzeitig zur Arbeit zu kommen, jetzt, wo ich einen Abstecher machen musste.

Ich war noch nie am InterRealm-Bahnhof gewesen. Hatte nie einen Anlass dazu gehabt. Aber jetzt hatte ich einen.

Der Weg war länger, als ich erwartet hatte, und bevor ich Eastwind überhaupt richtig verlassen hatte, passierte ich den Punkt, an dem ich hätte umkehren, zum Medium Rare joggen und es rechtzeitig dorthin hätte schaffen können.

Für jemanden, der stolz darauf ist, da zu sein, wo sie sein muss, wenn sie da sein muss, war ich in letzter Zeit ziemlich unzuverlässig.

Aber was sollte Tanner tun? Mich feuern? Erstens konnte er das nicht. Wichtiger noch, damit gäbe es niemanden mehr, der das Diner leitete, sobald er verschwand, um Deputy zu spielen.

Das hier war sowieso wichtiger. Wenn mein Verdacht stimmte ...

Ich wünschte, ich könnte sagen, dass der Fall damit abgeschlossen wäre, aber ich wusste es besser, als mir da Hoffnungen zu machen. Wahrscheinlicher war, dass es mehr

Fragen aufwerfen würde, als es beantwortete, wenn ich recht hatte.

Die gepflasterte Straße erstreckte sich über die kreisrunde Grenze der Stadt hinaus und führte zum Bahnhof, und ich folgte hölzernen Schildern, die mir versicherten, dass ich auf dem richtigen Weg war.

Ich war auf der gegenüberliegenden Seite der Stadt vom Medium Rare aus gesehen, und die Ausläufer eines größeren Gebirges erstreckten sich zu meiner Linken, während sich hügeliges Weideland zu meiner Rechten ausbreitete. Ich fragte mich, wie viel weiter ich noch gehen musste. Ich fragte mich auch, was ein Ticket nach Avalon kostete. Könnte ich dort Urlaub machen? Wenn in Eastwind alles den Bach runterginge, konnte ich mir leisten, den ersten Zug zu nehmen, wie Ted vorgeschlagen und Grace es vielleicht getan hatte?

Nein, das konnte ich nicht. Und nicht wegen des Preises, sondern weil ich nicht vor meinen Problemen weglaufen konnte. Es war schwer, das Gefühl zu ignorieren, dass ich genau da war, wo ich sein sollte, dass ein vorbestimmter Weg eingeschlagen worden war, in dem Moment, als ich Eastwind betreten, Grim gefunden hatte und ins Medium Rare gestolpert war, wo ich Tanner kennengelernt hatte.

Und bei diesem Gedanken wusste ich sofort, dass diese Trennung nicht hätte passieren sollen. Das Verständnis war wie ein Schwert durch mein Brustbein. Ein einziger Fehltritt von mir hatte alles aus der Bahn geworfen. Was würde passieren, wenn ich mich nicht wieder auf die Spur brachte?

Der Bahnhof tauchte hinter der Kurve auf, eingebettet am Rand des Waldes, der sich an die Gebirgsausläufer schmiegte. Ich hatte erwartet, dass der Zug aussehen würde wie in einem alten Film, eine Dampflok oder sowas. Das ergab keinen Sinn, ich weiß, aber so viel von Eastwind sah aus wie aus der Vergangenheit, dass es meine Erwartung geworden war.

Stattdessen sah der Zug aus wie etwas aus der Zukunft. Jeder Waggon, wenn man sie so nennen konnte, war ein langgezogenes Ei, an den spitzen Enden mit den Waggons davor und dahinter verbunden. Es sah aus, als hätte jemand die Perlen seiner Mutter genommen und sie gedehnt. Das Äußere glänzte auch ein bisschen wie eine Perle.

Alles an diesem Zug schrie Avalon oder was ich davon wusste. Aus Gesprächen hatte ich entnommen, dass Avalon als erstes Kontakt mit Eastwind aufgenommen hatte, damals, bevor dieses Reich eine einzige Hexe hatte, und der Fortschrittsfluss war seitdem ziemlich einseitig gewesen.

Es war ein kleiner Zug, nur ein halbes Dutzend Waggons, und während die Passagiere einstiegen, ging ich zum Fahrkartenschalter und begrüßte den Mann dahinter mit einem Lächeln, das er erwiderte.

„Wie kann ich Ihnen helfen, Miss?", fragte er. Seine pflaumenvioletten Augen und sein großer, schlanker Körper deuteten darauf hin, dass ich mit einem Elf sprach. Nicht alle hatten Augen wie seine, aber wann immer ich diese besondere Farbe gesehen hatte, war es immer ein Elf gewesen.

„Ich weiß nicht genau. Muss die Abfahrtszeiten durchsehen."

Er nickte und trat zur Seite, zeigte ein dunkles Eichenbrett hinter sich, auf dem Zeiten in leuchtender Schrift schimmerten.

Ich entdeckte es sofort: 6:47 Uhr.

Aber nur weil Grace geplant hatte, den Zug um 6:47 Uhr aus der Stadt zu nehmen, bedeutete das nicht, dass sie ihn tatsächlich bestiegen hatte. Ich musste gründlich sein. Ich konnte es mir nicht leisten, Landon erneut falsche Hoffnungen zu machen. „Welcher Zug ist das?", fragte ich und zeigte hinter mich.

„Der erste Zug aus der Stadt, direkt nach Avalon Central."

„Ist das der um 6:47?"

Er nickte.

„Besteht die Möglichkeit, dass der Zugführer einen festen Zeitplan hat?"

„Ja, Ma'am. Wenn sie eines ist, dann ist die Zugführerin eine Frau der Routine. Sie arbeitet zehn Stunden am Tag, sieben Tage die Woche."

Gab es in Eastwind und Avalon nirgendwo eine Gewerkschaft? Meine Güte, mein Arbeitseifer verblasste oft im Vergleich zu manchen Erwartungen hier. „Ist es in Ordnung, wenn ich mit ihr rede? Ich will nicht mitfahren. Ich würde ihr nur gern eine Frage stellen."

Er runzelte entschuldigend die Stirn. „Tut mir leid, ich fürchte, ich kann Sie ohne Ticket nicht durchlassen."

„Was, wenn ich ... den Kleinfingerschwur mache." Ich wackelte mit einem kleinen Finger in der Luft am Fenster des Schalters, und er starrte ihn an, als wäre es ein frischer Donut, den ich ihm anbot, bevor er den Kopf schüttelte und sagte: „Nein, Ma'am. Ich wünschte, ich könnte. Ich glaube Ihnen, wissen Sie, aber das InterRealm-Reisebüro ist extrem streng, was die Durchsetzung von Regeln angeht."

„Mist. Okay." Ich griff in meine Tasche und suchte nach meinen Münzen. „Wie viel für ein Ticket?"

„Zweiundvierzig Silber."

„Zweiundvierzig –! Wer hat so viel Geld bei sich?"

Er zuckte die Schultern. „Leute, die mit dem Zug nach Avalon fahren wollen, soweit ich gesehen habe."

„*Oh, Fänge und Klauen!*" Ich drehte mich mit dem Rücken zum Schalter und starrte sehnsüchtig auf den Zug, der jeden Moment abfahren würde. Ich hatte das Geld nicht bei mir. Ich hatte das Geld, sicher, aber es war in Rubys Haus. Wenn ich zurückging, um es zu holen, müsste ich bis zum nächsten Tag warten, um mit der Zugführerin zu sprechen, und ich wollte nicht so lange warten. Ich musste dieser Spur so schnell wie möglich nachgehen, damit ich die Neuigkeiten Landon überbringen und sein Leiden ein wenig lindern konnte. Das hieß, vorausgesetzt, alles lief, wie ich hoffte.

Ich wandte mich wieder dem Mann am Schalter zu. „Danke." Ich zwang mir ein Lächeln ab, dann trat ich zur Seite und ließ die wenigen Leute, die sich hinter mir angestellt hatten und ungeduldig darauf warteten, ihre Tickets zu kaufen und den Zug zu besteigen, bevor er abfuhr, mich vor dem Blick des Elfen verbergen.

Ich vergrub die Hände in meine Manteltaschen und marschierte schnell zur Lok.

Oder zumindest war es sowas wie eine Lok. Ich tat nicht so, als wüsste ich, wie Züge wie dieser funktionierten. Aber es war der Waggon, der sich ein wenig von den anderen unterschied, also nahm ich das an, und es stellte sich als richtig heraus.

Als ich nah dran war, klopfte ich an die Luke an der Seite des länglichen Waggons. Ich musste mich auf die Zehenspitzen stellen, um durch das kleine runde Fenster zu blicken und die Zugführerin zu sehen.

Als sie in meine Richtung sah, runzelte sie die Stirn und kniff die Augen zusammen. Sie dachte wahrscheinlich, ich sei jemand, den sie kennen sollte. Ich hätte dasselbe angenommen, wenn unsere Rollen vertauscht wären und jemand an mein Arbeitsfenster geklopft und mir zugewinkt hätte.

Langsam stand sie von ihrem Sitz auf und kam herüber, um die Tür zu öffnen. „Haben Sie ein Ticket?", fragte sie anstelle einer richtigen Begrüßung.

„Ja", log ich. „Und ich habe auch eine Frage."

Sie nickte mir zu, mich zu beeilen.

„Haben Sie vielleicht diese junge Frau kürzlich den Zug besteigen sehen?" Ich zog das Foto, das Hohepriesterin Springsong mir gegeben hatte, aus meiner Tasche und hielt es ihr entgegen. Sie nahm es und hob es nah an ihr Gesicht, um es zu betrachten. Dann, nach einem kurzen Moment, gab sie es mir zurück.

„Ja", sagte sie. „Habe sie vor etwa einer Woche in Avalon Central abgesetzt. Auch eine Fragestellerin, dieses Mädchen. Sie hat darum gebeten, hier hochzukommen und mich nach den Verfahren gefragt, die dafür sorgen, dass jeder Zug pünktlich fährt. Sie war sehr interessiert am Zeitmanagement."

„Ja", sagte ich. „Das ist sie." Ich steckte das Bild wieder in meine Tasche, erlaubte den ersten Anzeichen von Erleichterung, sich zu setzen, dann bedankte ich mich bei der Zugführerin und eilte vom Bahnhof weg, bevor sie die Gelegenheit hatte, mir hinterherzurufen, dass ich eigentlich kein Ticket hatte.

Grace lebte! Ich konnte es fast nicht fassen. Sie hatte es geschafft, obwohl ich keine Ahnung hatte, wo sie jetzt war. Sicher, sie war nach Avalon Central gefahren, aber das hieß nicht, dass es ihr letzter Halt gewesen war. Avalon war ein zentral gelegenes Reich oder eine „Drehscheibenwelt", was bedeutete, dass unzählige andere Reiche davon abzweigten, einschließlich Eastwind. Nicht alle Reiche funktionierten so. Eastwind hatte zum Beispiel nur dreizehn bekannte Reiche, die damit verbunden waren, etwas, das ich in meinen Lektionen mit Oliver gelernt hatte. Nicht alle hatten einen Namen, einschließlich dessen, aus dem ich gestolpert war. Viele waren einfach nummeriert, da niemand aus ihnen hergekommen war, um ihnen einen Namen zu geben. Oder in meinem Fall hatten die, die herausgestolpert waren, keine Ahnung, welchen Namen sie ihm geben sollten, da wir immer angenommen hatten, wir wären das einzige Reich.

Der Punkt war, dass Grace mittlerweile längst weg sein könnte, und wer wusste, was einer unschuldigen, wahrscheinlich schwangeren jungen Frau wie ihr in einer fremden neuen Umgebung passieren könnte?

Obwohl, wie bei den meisten ungewissen Situationen, meine Annahmen die Realität nicht beeinflussen würden, entschied ich mich, das Beste anzunehmen. Warum nicht? Es stimmte mich ein wenig positiver über die Möglichkeit, dass mein eigenes Leben zum Besten ausgehen könnte. Im Wesentlichen, wenn ihres ein glückliches Ende haben konnte, warum nicht auch meines?

Ich würde schon zu spät zur Arbeit kommen, also dachte ich, hey, warum nicht viel später? Tanner war gestern nicht böse auf mich gewesen, und ich musste bei den Pergament-Katakomben vorbeischauen und Landon die gute Nachricht persönlich überbringen. Eine Eule war dafür nicht gut genug.

Aber hoffentlich würde eine Eule reichen, um Tanner wissen zu lassen, dass ich erst gegen Mittag kommen würde.

Mann, es war schön zu wissen, dass ich nicht gefeuert werden konnte. Ich hätte das schon vor Ewigkeiten ausnutzen sollen.

Der Gnom am unterirdischen Empfangstisch der Katakomben beendete gerade das letzte Stück eines Sandwiches – Roastbeef, dem Geruch nach –, als ich ankam. „Ich muss mit Landon Hawker sprechen", sagte ich.

„Haben Sie einen Termin?"

„Nein."

Er rümpfte die Nase, und die Bestürzung in seinen Augen war offensichtlich gespielt. Wahrscheinlich hatte er die ganze Woche darauf gewartet, Autorität über jemanden ausüben zu können. „Es tut mir leid. Ich kann Sie ohne Termin nicht zu ihm lassen. Wir halten uns an strikte Aufzeichnungsrichtlinien, die keine spontanen –"

„Ich versteh das vollkommen", sagte ich und unterbrach

ihn einen Moment, bevor ich direkt an ihm vorbei den Flur zu Landons Büro hinunterging.

„Hey!", rief er mir nach.

Aber ich war die willkürlichen Regeln leid. Das war wichtig. Außerdem hatte ich gut einen Meter Vorsprung vor ihm. Ich könnte ihn überwältigen, wenn es nötig wäre.

Landon öffnete die Bürotür fast sofort, nachdem ich geklopft hatte. Offenbar war er nicht zu beschäftigt gewesen. „Nora. Was machst du hier? Du hattest keinen Termin."

„Wenn die Katakomben so viel Wert darauf legen, sollten sie einen größeren Wachhund einstellen. Kann ich reinkommen, bevor dieser Gnom versucht, mich rauszuwerfen?"

Er trat zur Seite und schloss die Tür hinter mir, während ich den Zustand seines Büros in Augenschein nahm.

Ich hatte nie wirklich die unendlichen Möglichkeiten der Inneneinrichtung bedacht, die damit einhergingen, eine Hexe zu sein, aber die Fähigkeit, Dinge erscheinen und verschwinden zu lassen, erlaubte es einem sicherlich, Stimmungen voll auszudrücken.

Der waldgrüne Sessel von meinem letzten Besuch war nirgends zu sehen. Stattdessen stand eine lange, schwarze Samt-Chaiselongue an der Wand gegenüber seinem Schreibtisch. Der Raum wurde nur von ein paar schwachen, schwebenden Lichtern erhellt, und die Wand, an der seine Pinwand hing, war nichts als verwitterter Stein mit eisernen Wandleuchtern auf Augenhöhe alle anderthalb Meter. Schwarze Kerzen tropften Wachs die Seite hinunter und bildeten kleine, schwarze Pfützen auf dem Steinboden.

Offenbar brauchte er dringend etwas Aufmunterung.

„Ich habe gute Neuigkeiten", sagte ich und drehte mich langsam, während er zurück zu seinem Schreibtisch schlurfte. Die Worte fühlten sich an diesem Ort der Trauer wie eine Blasphemie an.

Erst nachdem er sich gesetzt hatte und zu mir aufblickte, bemerkte ich, wie geschwollen seine Augen waren. „Setz dich", sagte er, deutete auf die Samt-Chaiselongue.

„Nein, schon gut. Dauert nicht lange." Ich hielt inne, unsicher, wie ich anfangen sollte. Warum war das so unangenehm? „Ähm, also, Grace ist nicht tot."

„Doch, ist sie", sagte er. „Jemand hat ihre Leiche gefunden. Der Brief war da."

Ich verschränkte die Arme. „Ich bin ehrlich gesagt enttäuscht von dir, Landon. Du erlaubst wirklich deinen Gefühlen, deinem freakigen, verschwörungstheoretischen Verstand im Weg zu stehen. Lass mich dich eines fragen. Hast du die Leiche gesehen?"

Seine Mundwinkel zuckten, und er knurrte. Er wollte mich aus seinem Büro haben, das war klar. „Nein. Sie wurde in die Deadwoods geschleift, wahrscheinlich bis zur Unkenntlichkeit zerfetzt."

„Hat irgendwer, mit dem du gesprochen hast, die Leiche gesehen?"

Er schnaubte genervt. „Nein. Aber jemand hat sie gesehen, deshalb hat derjenige die Notfall-Eule geschickt."

Er kapierte es immer noch nicht. Er war in einer Spirale, gefangen in einer einzigen Erzählung, und der einzige Weg, ihn rauszubringen, war, Sand ins Getriebe zu streuen und eine neue Idee anzustoßen.

„Weißt du, wann der erste Zug Eastwind jeden Morgen verlässt?"

Er verzog die Nase, und ich bemerkte ein kleines Zucken unter seinem linken Auge. „Was? Nein. Warum sollte ich das wissen?"

„Ich sag dir, warum. Weil er um 6:47 Uhr fährt."

„Er fährt um ...? Oh. Oh!" Seine Augen weiteten sich, und seine Lippen öffneten sich langsam, während er vage auf, nein, an der Wand hinter mir vorbeistarrte. „Natürlich. Das ist perfekt. Grace hätte nichts nach dieser Zeit auf ihrem Schreibtischkalender geschrieben, weil sie nicht an ihren Schreibtisch zurückkehren wollte. Sie hat wahrscheinlich einen ganzen Reiseplan in ihrem Taschenkalender." Er sah mich an. „Sie geht nirgendwo ohne den hin."

Ein Gewicht schien von ihm abzufallen, als er sich gerader setzte, und sein Verstand die dicke, nasse Decke seiner Emotionen durchdrang.

Ich fügte hinzu: „Sie ist wahrscheinlich gerade bei einem geplanten Frühstück, nippt an einer Tasse Kaffee und denkt an all die aufregenden Möglichkeiten eines Neuanfangs."

Er machte ein spöttisches Geräusch. „Sie würde nie so spät frühstücken, und sie trinkt nur grünen Tee."

Ich schmunzelte und beobachtete, wie diese neue Realität in seiner Vorstellung erblühte, seinen Geist und Körper übernahm. Hoffnung. Da war sie.

Dann ließ sie ein wenig nach. „Nur weil sie geplant hat, den Zug zu nehmen, heißt das nicht, dass sie es geschafft hat. Sie könnte ermordet worden sein, bevor sie eingestiegen ist."

„Nein", sagte ich und ließ diese Blase platzen. „Schon überprüft. Die Zugführerin hat sich an sie erinnert. Anscheinend war Grace extrem interessiert an den Methoden, die die Inter-Realm-Züge verwenden, um so pünktlich zu sein."

Landon lachte, und während das Geräusch durch den dämmrigen Raum hallte, wurden die Lichter, die über der düsteren Chaiselongue schwebten, heller. „Das ist definitiv Grace." Er fuhr sich mit den Fingern durchs Haar und ließ eine Spur von Strähnen in alle Richtungen abstehen. Der Look passte zu ihm viel besser als die übliche Ordentlichkeit und Präzision. „Ich kann's nicht glauben. Gaia sei Dank!" Er hielt inne und starrte vor sich hin. „Ich hätte es wissen sollen. Sie ist schlau. Sie kann auf sich selbst aufpassen."

„Aber du weißt, dass unsere Arbeit hier noch nicht getan ist, oder?"

Er drehte den Kopf ruckartig zu mir und nickte nachdrücklich. „Oh, ich weiß. Tatsächlich fängt unsere Arbeit gerade erst an."

Guter Junge, dachte ich. „Warum holst du nicht dein Verschwörungsbrett raus, und wir legen los."

Kapitel Zwanzig

In der Mitte des Netzwerks schrieb Landon das Wort „Leiche"
in einen großen Kreis und benutzte dabei seinen Zauberstab.
Die roten Buchstaben schimmerten leicht, während sie einen
Millimeter vor dem Brett schwebten, nicht ganz darauf, aber
dennoch verankert.

„Hier fangen wir an", sagte er und zeigte darauf. „Jemand
hat es so aussehen lassen, als wäre Grace ermordet worden.
Wir müssen rausfinden, wer das tun würde und warum."

„Willst du meine erste Eingebung hören?"

Er nickte. „Du hast Einsicht. Ich will auf jeden Fall deine
erste Eingebung hören."

„Wer auch immer den Mord inszeniert hat, war auch derjenige, der ihn gemeldet hat."

„Na ja", sagte er und wirkte leicht enttäuscht, „das ist doch
ein bisschen offensichtlich, oder? Wenn es keine Leiche gab,
gibt's nichts zu melden. Niemand meldet nichts."

Offensichtlich? Da war ich mir nicht so sicher. „Basierend
auf all meinen Gesprächen mit Stu Manchester bin ich geneigt

zu widersprechen. Leute rufen jeden Tag die Gesetzeshüter wegen nichts."

Er tippte sich mit einem Finger an die Lippe, dann sagte er: „Ich würde annehmen, dass das Scandrick-Camp irgendein Überwachungssystem hat. Nicht sicher, was es sein könnte, aber der Schauplatz des inszenierten Verbrechens war nah genug, dass vielleicht jemand was gesehen hat."

„Wir könnten fragen", schlug ich vor. „Obwohl ich nicht scharf darauf bin, da nochmal hinzugehen. Besonders jetzt, wo die Beziehungen zwischen Hexen und Werwölfen so angespannt sind."

„Sollen wir Deputy Manchester auf den neuesten Stand bringen?", fragte er. „Er könnte vielleicht helfen."

„Möglich, aber ich denke, wir sollten zuerst unsere Optionen abwägen. Immerhin muss Stu sich strikt an das Gesetz halten. Wir nicht." Als Landon den Mund öffnete, um zu antworten, nickte ich zustimmend. „Ich meine, sicher, das sollten wir. Aber wir können Schlupflöcher nutzen, wenn es nötig ist, und solange wir den Fall lösen, stellen Stu und Bloom keine Fragen. Und das ist definitiv meine Einsicht, die da spricht, wenn ich sage, ich habe das Gefühl, dass wir das ein bisschen flexibel angehen müssen, um dem Ganzen auf den Grund zu gehen und unter dem Radar zu bleiben. Sobald Stu involviert ist, wird das Ganze öffentlicher. Bürgermeisterin Esperia und die Hohepriesterin hatten recht damit. Im Moment ist es am besten, wenn alle weiter davon ausgehen, dass Grace tot ist, damit der Verantwortliche glaubt, sein oder ihr Plan hätte funktioniert."

Landon nickte. „Wahrscheinlich auch sicherer für Grace. Wenn alle denken, sie sei tot, werden sie nicht nach ihr suchen, und wenn sie wirklich schwanger ist mit ... mit Fritz' Baby, ist es am besten, wenn sie eine Weile versteckt bleibt."

Ich nickte. „Okay. Das bleibt unter uns, bis wir einen zwingenden Grund haben, andere einzubeziehen."

„Klingt gut."

„Du bist der Experte darin, alle richtigen Fragen zu stellen", sagte ich. „Wohin gehen wir von hier aus?"

Er lächelte stolz. Er musste gehofft haben, dass ich das frage. „Wer profitiert davon, Graces Tod zu inszenieren? Und noch wichtiger, wem wird dadurch geschadet?"

Ich dachte darüber nach. „Keine Ahnung."

„Na, sieh dir die Ereignisse an. Was ist passiert, seit die Nachricht rauskam, dass eine Hexe von einem Werwolf ermordet wurde?"

Ich zuckte die Schultern. „Donovan hätte fast einen wütenden Werwolf mitten im Sheehan's wegblitzen müssen."

Landon nickte. „Ja, das war furchterregend, oder? Ich habe wie verrückt geschwitzt, aber sag das niemandem."

„Natürlich nicht."

„Jedenfalls scheinen, seit Graces Leiche angeblich gefunden wurde, die Spannungen mehr als üblich hochzukochen."

„Würde ich auch sagen."

Er hielt inne, bevor er fragte: „Findest du nicht, dass das ein ausgesprochen günstiger Zeitpunkt ist?"

Ich schüttelte vage den Kopf. „Ich würde sagen, es gibt keinen günstigen Zeitpunkt für einen Krieg."

„Natürlich", sagte er. „Da stimme ich dir zu. Aber nicht jeder würde das sagen. Wenn die Stadt anfängt zu glauben, dass Werwölfe eine ernsthafte Bedrohung für Hexen darstellen ..."

„Das Gesetz", sagte ich, als ich endlich begriff. Ich konnte nicht glauben, dass es so lange gedauert hatte. „Natürlich. Fritz ist der perfekte Schurke. Er ist riesig, imposant, hat keinen Job, bleibt unter seinesgleichen."

„Und er ist ein Scandrick, wenn auch nicht von Geburt. Der Name reicht weit zurück.“

„Und Grace ist nur ein kleines blondes Ding, das meist für sich bleibt und niemanden stört.“

„Sie ist das perfekte unschuldige Opfer, um die Geschichte in der Eastwind Watch breitzutreten“, fügte Landon bitter hinzu.

Ich seufzte. „Das ist schlecht. Na ja, nicht für das Werwolf-Schutzgesetz.“

„Richtig. Was uns zu unserer ursprünglichen Frage zurückbringt. Wer profitiert von dem inszenierten Mord?“

„Die Leute, die das Gesetz unterstützen. Aber das impliziert, dass es hoch oben auf dem Level der Bürgermeisterin und der Hohepriesterin sein könnte.“

Er nickte eifrig, seine Augen leuchteten. „Ja.“

„Das gefällt dir, oder?“

„Du hast mich heute sehr glücklich gemacht, indem du mit diesen Neuigkeiten hier reingekommen bist, Nora.“

„Freut mich, dass ich noch einen Mann glücklich machen kann. Aber es gibt immer noch Dinge anzugehen. Zum einen: Wie zur Hölle gehen wir das an, wenn die Bürgermeisterin und die Hohepriesterin dahinterstecken?“

„Wir gehen nicht direkt auf sie los, das steht fest. Ich nehme an, sie betrachten das Inszenieren eines Mordes und all die taktischen Aspekte als unter ihrer Würde, was bedeutet, jemand anderes hätte es getan.“

„Okay, also finden wir raus, wer das war, und dann was?“

Er wirkte plötzlich unsicher. „Bringen wir sie dazu, ein Geständnis abzulegen, schätze ich. Das hast du doch schonmal gemacht, oder?“

„Stimmt. Es ist nicht immer so leicht. Und es ist noch schwieriger, ein Geständnis zu bekommen, wenn du keine Ahnung hast, aus wem du es rauspressen sollst.“

Er neigte den Kopf zur Seite, kniff die Augen zusammen. „Keine Ahnung? Sicher? Weil ich schwören könnte, dass ich eine ziemlich solide Idee habe. Zumindest einen Verdacht."

„Du gewinnst", sagte ich. „Du bist besser darin als ich. Ich gebe es zu. Also, was denkst du, wer ist es?"

„Ich hatte einen Schlüssel zu Graces Haus, weil ich von dem Ersatzschlüssel in ihrem Schreibtisch wusste. Den Schlüssel habe ich aber nicht zurückgelegt. Ich wollte nicht, dass er in die Hände von jemandem fällt, der ihn benutzen könnte, um das Haus auszuräumen."

„Wie ... wir?"

„Wir haben nicht –" Er rieb seine Nasenwurzel. „Wir haben es nicht ausgeräumt. Worauf ich hinauswill, ist, dass, wer auch immer den Brief genommen und ihn am Tatort deponiert hat, nach uns ihr Haus besucht haben muss und entweder einen Schlüssel hatte oder eingebrochen ist. Also müssen wir nur dort vorbeigehen, nachsehen, ob es Spuren eines Einbruchs gibt, und wenn nicht, haben wir Glück. Denn das schränkt den Kreis der Verdächtigen erheblich ein."

„Was ist mit magischem Zutritt? Oliver hat mir neulich einen Zauber für sowas gezeigt."

„Zwei Dinge. Erstens, dieser Zauber öffnet nur manuell verschlossene Türen. Grace war vorsichtig. Sie hätte ihre Tür nie ohne Schutzzauber verschlossen. Zweitens, wenn jemand ihren Schutzzauber gebrochen hätte, müsste die Magie so stark gewesen sein, dass Spuren davon zurückbleiben. Die Luft hält sowas fest, und rate mal, welche Art von Hexe ein besonderes Talent dafür hat, Magie in der Luft zu spüren?"

Offensichtlich sprach er von sich selbst, da Nordwinde Aeromanten waren. „Okay. Eine letzte Frage: Was machen wir noch hier?"

Er zeigte mit dem Finger auf mich. „Lass uns gehen."

Es gab keine offensichtlichen Anzeichen für einen Einbruch in Graces Haus. Wir machten die Runde um das ganze Haus, und die Fenster waren verschlossen, die Türen auch. Keine Spuren eines aufgebrochenen Schlosses, und als Landon den Ersatzschlüssel, den er behalten hatte, ausprobierte, war klar, dass keiner der Schließmechanismen bei einem gewaltsamen Einbruch beschädigt worden war.

„Eine letzte Sache", sagte er, zog seinen Zauberstab und bewegte die Spitze in engen Kreisen direkt über den Türgriff. Er schloss die Augen, atmete tief ein.

Die Luft begann hellblau zu schimmern, wie schwebender Glitter. Er öffnete die Augen und sagte: „Hmm."

„Es leuchtet. Bedeutet das, dass es manipuliert wurde?"

„Es leuchtet hellblau, also ja und nein. Wenn keine Manipulation stattgefunden hätte, wäre es silbern. Aber ich habe schon angenommen, dass Grace etwas von ihrer eigenen Magie benutzt hat, also ergibt Hellblau Sinn, weil das die Spurenfarbe eines Nordwindes ist. Und weil sie leicht verblasst ist, kann ich sagen, dass die Magie nicht frisch ist."

„Hat Magie ein Verfallsdatum?"

Er nickte. „Grundlegende Zauber ja."

„Jede Art von Hexe hat eine eigene Farbe für ihre Magie?", fragte ich.

„Ja."

„Und meine ist?"

„Na ja, sobald du Zauber wirken kannst, wird sie rot sein. Die anderen sind grün, orange und gelb."

Ich starrte auf die Luft, während der letzte Schimmer verblasste. „Wie wissen wir, dass nicht ein anderer Nordwind ihren Schutzzauber manipuliert hat?"

„Wir können das nicht sicher wissen, aber das Alter des Zaubers passt ziemlich genau zu dem Tag, an dem sie abgereist ist, also wenn ein anderer Nordwind ihn manipuliert hätte, müsste er es genau dann getan haben. Aber da, wer auch immer den Brief am angeblichen Tatort deponiert hat, nach uns reingekommen sein muss, kann ich einen Nordwind ausschließen."

Er ging um das Haus herum, um die Hintertür zu kontrollieren, während ich vorn wartete. Als er zurückkam, schüttelte er den Kopf. „Gleiche Geschichte da hinten."

„Das heißt, wer auch immer den Brief geholt hat, hatte einen Schlüssel zu Graces Haus, richtig?"

„Sieht so aus. Ich kann mir nur drei Möglichkeiten dafür vorstellen."

Ich wusste sofort, wen er meinte, und während der Gedanke, Hunter hinter Gitter zu bringen, befriedigend war, bedeutete es auch, dass eine Konfrontation, in welcher Form auch immer, unvermeidlich war. „Und wenn es nur drei Leute gab, die in ihr Haus kommen konnten, um den Brief für den inszenierten Mord zu holen, bedeutet das, es gab nur drei Leute, die diesen Mord inszeniert haben konnten."

Er ging mir voraus von ihrer Türschwelle weg und durch Erin Park. Schlau von ihm. An der Tür eines vermeintlich ermordeten Mädchens zu bleiben, war nicht besonders klug, selbst wenn die Stadt glaubte, der Mörder wäre eingesperrt. Das Letzte, was ich zu jedem beliebigen Zeitpunkt brauchte, war eine engere Verbindung zu irgendeinem Tod in dieser Stadt.

„Ich wette, es gibt mindestens ein paar Hexen im Zirkel, die wissen, was wirklich mit Grace passiert ist", sagte ich, „aber wir können nicht direkt auf sie losgehen, ohne von diesem Moment bis zu dem, in dem sie uns unweigerlich töten, rund um die Uhr über die Schulter blicken zu müssen."

„Wir gehen nicht auf die Großen los", sagte er und senkte

seine Stimme. „Alles, was wir tun müssen, ist, die, die das gemacht haben, dazu zu bringen, ein Geständnis abzulegen, dann lassen wir Manchester und Bloom, die sie nicht töten können, den Rest erledigen."

Manchester, Bloom und Culpepper, dachte ich, aber ich wollte das jetzt nicht ansprechen.

„Hast du einen Plan, um das Geständnis zu bekommen? Ich glaube nicht, dass sie im Necro Coffee die Karten auf den Tisch legen werden."

„Ich habe tatsächlich einen Plan", sagte Landon, „aber wenn wir es mit Graces ganzem Zirkel aufnehmen wollen, brauchen wir Verstärkung."

„Stu?"

Landon schüttelte den Kopf. „Nein, niemanden, der sich an Regeln halten muss, wie wir besprochen haben. Aber wir wollen wahrscheinlich ein paar Hexen."

„Du kennst mehr Hexen als ich", sagte ich. „Hast du Vorschläge?"

„Habe ich, aber ich denke, es ist besser, wenn du sie auswählst. Mein Plan hängt sehr davon ab, ähm, dass du dich in Gefahr begibst." Er starrte auf den Wasserstrahl, der aus dem Fulcrum-Brunnen schoss, wo die Straße ein paar Blocks weiter in den Fulcrum Park mündete.

„Ah. Na, das ist doch die beste Art von Plan, oder? Freut mich, dass du dich zumindest ein bisschen dafür schämst. Wie viele Hexen brauchen wir?"

„Mindestens zwei andere, wenn wir es mit Hunter, Annabel und Jackie aufnehmen wollen. Du musst dich ruhig verhalten und darfst nicht kämpfen."

Ich nickte. „Nicht, dass ich das wirklich könnte. Meine Zauberarbeit lässt zu wünschen übrig. Es mangelt an jeglicher Spur von Wirksamkeit." Ich hielt inne und überlegte, wen ich um Hilfe bitten könnte. „Oliver könnte gut im Kampf sein. Er ist sicher talentiert genug.“

„Würde er bei sowas mitmachen?“

Ich musste nicht lange darüber nachdenken. „Auf keinen Fall. Schade. Ich frage mich, wie Zoe im Kampf wäre.“

„Sie könnte okay sein, aber glaubst du, sie könnte zwischen dem Moment, wo wir es ihr sagen, und der Ausführung des Plans den Mund halten?“

„Auf keinen Fall.“

Landon sprach die nächsten Worte vorsichtig aus. „Was ist mit Tanner?“

„Auf keinen Fall.“

„Ich weiß, ich weiß. Sorry. Aber er würde alles tun, um dich zu beschützen. Er ist nicht die schlechteste Person, um dir den Rücken zu decken.“

Ich blieb stehen, drehte mich um und packte Landon an den Schultern. „Das wird nicht passieren, verstanden?“ Ich ließ die Arme wieder an meine Seiten fallen und ging weiter. Landon machte einen Stolperschritt, um aufzuholen. „Außerdem wird Tanner bald selbst ein Gesetzeshüter sein. Ich weiß noch nicht einmal, was dein Plan ist, und ich weiß schon, dass er ihm zu viel Ärger einbringen könnte, wenn er sauber bleiben muss.“

„Okay, nicht Tanner. Was ist mit Donovan?“

Ich rümpfte die Nase. „Das ist … das ist wirklich dein nächster Gedanke? Nicht Tanner, also Donovan? Du weißt, dass er nicht meine zweite Wahl für *irgendwas* ist, oder?“

Landon hob beschwichtigend die Hände. „Oh, nein, nein, nein. Das ist es gar nicht. Ich war, ähm, ich weiß nicht, warum ich nach Tanner direkt auf ihn gekommen bin.“

Ich schon. Aber ich wollte nicht weiter auf ihm herumhacken. Das war sinnlos.

„Du hast schonmal mit Donovan zusammengearbeitet, das

ist alles, was ich sage“, fügte er hinzu. „Und ihr seid beide lebend rausgekommen. Vielleicht seid ihr ein gutes Team. Und Eva lernt schnell. Außerdem ist sie eine Südwindhexe. Die sind immer bereit für einen guten Kampf, wenn's drauf ankommt. Ich wette, die zwei würden helfen, wenn du sie bittest.“

Ich überraschte mich selbst, indem ich es in Betracht zog. Es war nicht genau der Mädelsabend, den ich mir mit Eva erhofft hatte, aber ich vertraute ihr. Und, Göttin steh mir bei, ich wusste mit Sicherheit, dass Donovan mir den Rücken freihalten würde. Er hatte sich mehr als einmal in Gefahr begeben, um mich zu beschützen – nicht nur mehrmals in den Deadwoods, sondern auch im Sheehan's (obwohl ich da nicht darum gebeten hatte).

Wenn ich darüber nachdachte, könnte Donovan tatsächlich meine erste Wahl vor allen anderen sein, wenn es darum ging, mit dem Kopf voran in eine Gefahr zu rennen.

Fänge und Klauen! Du musst dir mehr Freunde zulegen.

„Okay“, gab ich nach, als wir am Brunnen stehenblieben. „Donovan und Eva. Ich werde sehen, ob sie dabei sind. In der Zwischenzeit sollte ich besser zur Arbeit gehen, damit Tanner nicht den ganzen Mittagsansturm allein bewältigen muss.“

„Ich komme mit, wenn es dir nichts ausmacht. Auf dem Weg kann ich dir den Plan erklären.“

„Klingt gut.“

Nur war es nicht gut. Denn je mehr Landon seinen Plan erklärte, desto mehr erkannte ich, dass er nicht gescherzt hatte, als er angedeutet hatte, dass er mich in Gefahr bringen würde.

Kapitel Einundzwanzig

❦

Zusammen mit Landons Club-Salat brachte ich ihm auch ein paar Zettel für Eulenpost und einen Stift. Nach einem kurzen Check bei meinen anderen Tischen setzte ich mich ihm gegenüber und versuchte, seine Schrift kopfüber zu lesen.

„Hör auf", sagte er. „Du machst mich nervös."

„Sorry." Ich setzte mich wieder gerade hin und sah mich um. Der Mittagsansturm hatte nachgelassen. Tanner war nicht begeistert gewesen, dass ich zwei Stunden zu spät zur Arbeit gekommen war, ohne Bescheid zu geben, aber er war nicht annähernd so verärgert, wie ich erwartet hatte. Tatsächlich wirkte er erleichtert, als er mich aus der Küche kommen und meine Schürze umbinden sah, schon mitten in einer Entschuldigung.

„Ist schon gut", hatte er gesagt. „Also, ist es nicht. Der Vormittag war ein Alptraum, aus dem ich nicht aufwachen konnte. Aber ich bin froh, dass es dir gut geht. Ich dachte ... na ja, mit Grace, die ermordet wurde, wissen wir nicht, wie gefährlich es für Hexen gerade da draußen ist."

„Sorry."

Er nickte, und für einen Moment lang dachte ich, er würde weitersprechen. Es lag etwas Weiches in seinen Augen, das den Knoten in meinem Magen löste. Ich wollte, dass er die Arme öffnete, damit ich hineinlaufen konnte. Ich wollte mich entschuldigen, nicht nur dafür, dass ich zu spät war, sondern für alles, für jede einzelne dumme Handlung, die diesen Keil zwischen uns getrieben hatte.

Aber dann verging dieser Hauch, und er blinzelte und sagte: „Richtig. Na ja, ich bin so tief drin deinetwegen, dass ich hier gleich ein neues Zuhause baue, also erlaube ich mir eine Mittagspause, um einen totalen Nervenzusammenbruch zu vermeiden, und wenn du so nett wärst, alle Tische zu übernehmen, wäre das fantastisch." Er warf mir ein gezwungenes Lächeln zu und eilte dann davon.

Das war vor anderthalb Stunden gewesen, und er war nicht zurückgekommen.

Ich hatte das Gefühl, es würde noch eine halbe Stunde dauern, bis seine kleinliche Rache abgeschlossen war und er mich genauso lange allein gelassen hatte, wie ich ihn heute Morgen.

Touché, Tanner.

„Da, was denkst du?", sagte Landon und hielt den Brief hoch. Ich nahm ihn und las ihn durch.

Hunter, Annabel und Jackie,

ich weiß, was ihr getan habt. Ihr dachtet, ich hätte die Stadt verlassen und würde es nicht mitbekommen, aber so ist es nicht. Ich glaube nicht, dass die Verantwortlichen sehr glücklich wären, wenn eure schlampige Arbeit ihren größeren Plan auffliegen ließe.

Ich bin es leid, die Stille in diesem Zirkel zu sein. Ihr dachtet, ihr könntet mich behandeln, wie ihr wollt, und ich würde irgendwann verschwinden. Ihr dachtet, ihr hättet gewonnen. Habt ihr nicht. Ich bin noch hier, und ich kann genauso leicht auftauchen, wie ich verschwunden bin. Ihr wisst, worauf ich hinauswill, oder?

Bringt mir alles, was sie euch bezahlt haben, um den Mord an mir zu inszenieren, oder ich mache das öffentlich. Und dann verliert ihr nicht nur die Bezahlung, sondern landet auch wegen Verschwörung in Ironhelm. Oder schlimmer, ihr werdet freigelassen und müsst eine härtere Strafe von denen ertragen, die euch angeheuert haben.

Trefft mich heute Abend um neun in der sechzehnten Höhle der Pergament-Katakomben mit dem Geld, oder euer kleiner Plan wird aufgedeckt.

-G

„Sieht ziemlich gut aus", sagte ich. „Das werden sie definitiv schlucken. Ihr schlechtes Gewissen wird jedes kritische Denken überstimmen, das ihnen erlauben könnte zu erkennen, dass das nicht ihre Handschrift ist."

Landon schmunzelte. „Ich meine, es ist ziemlich nah an ihrer Handschrift dran. So nah, dass kein Lebendiger den Unterschied erkennen könnte. Selbst Grace nicht."

„Ist das eine Nordwind-Fähigkeit? Fälschungen?"

Er schüttelte den Kopf, beugte sich vor, und seine Augen huschten schnell umher, um sicherzugehen, dass er nicht belauscht wurde. „Du hast nie gefragt, was ich in den Kata-komben mache."

„Stimmt. Ich schätze, ich hatte bisher nie das Bedürfnis, mich zu Tode zu langweilen."

„Ich bin Fälscher."

Ich setzte mich kerzengerade hin. „Du bist *was*?"

„Sch!", seine Augen huschten umher. „Du darfst das niemandem erzählen. Ich sollte es nicht einmal dir sagen. Aber ich denke, ich weiß genug belastende Dinge über dich, dass du das über mich wissen kannst, ohne dass es ein Problem wird."

„Ist das Freundschaft? Gegenseitig zugesicherte Zerstörung? Erscheint sinnvoll. Sprich weiter."

„Wir verlieren oft Originaldokumente", erklärte er. „Und alles, was wir finden können, sind die billigen Durchschläge. Die sehen überhaupt nicht aus wie die magisch beglaubigten, die nicht perfekt dupliziert oder manipuliert werden können. Wenn das passiert, bringen sie die Duplikate zu mir, und ich erstelle ein frisches Original, das dann in Sektor neunundzwanzig der Katakomben beglaubigt wird."

„Wow", sagte ich und versuchte, mein Bild von Landon neu auszurichten. „Du sagst mir, die Pergament-Katakomben haben Jobs geschaffen, um ihre eigene Inkompetenz zu vertuschen?"

Er nickte.

„Und du bist ein professioneller Gauner."

„Nora, ich arbeite für die Regierung; ich kann kein Gauner sein. Das ist sanktioniert."

„Ich bin mir nicht sicher, ob ich der Logik zustimme, aber okay." Ich blickte wieder auf den Brief in meiner Hand. „So oder so, es kommt uns zugute, also beschwere ich mich nicht." Ich gab ihm den Brief zurück.

„Ich schicke das an Hunter, sobald ich mit dem Essen fertig bin, und du schickst einen an Donovan und Eva, mit den Grundzügen, bis wir uns heute Abend treffen und den Rest besprechen können."

„Alles Roger."

„Wer?"

Ich schüttelte den Kopf. „Vergiss es. Klingt nach einem Plan."

Später, als ich im Büro des Managers die Briefe fertigmachte und überlegte, ob „Ich brauche eure Hilfe, und es wird gefährlich, aber es könnte einen Werwolf-Hexen-Krieg stop-pen" zu dramatisch war, öffnete sich die Tür hinter mir abrupt. Ich zuckte zusammen und wirbelte herum. „Tanner! Meine Güte! Warum schleichst du so hier rein?"

„Sorry, ich wusste nicht, dass du hier bist." Sein Blick fiel auf die Briefe. „Was ist das?"

„Geht dich nichts an." Ich stand vom Stuhl auf und wollte gehen, aber er packte meinen Arm, als ich an ihm vorbeiging.

„Hey", sagte er sanft. „Warte."

Ich drehte mich zu ihm um, wir beide eingezwängt im Türrahmen. Als ich auf seine Hand an meinem Arm starrte, ließ er los.

„Ist alles okay, Nora?"

War alles okay? Wie konnte er das ernsthaft fragen? Er hatte mit mir Schluss gemacht! Er würde das Medium Rare verlassen, um für Bloom zu arbeiten! Es war, als würde er alles in seiner Macht Stehende tun, damit es mir nicht gut ging, und jetzt sollte ich sagen: „Oh, sicher. Alles bestens. Du bist aus dem Schneider."

Aber gleichzeitig wollte ich ihm nicht die Genugtuung geben zu wissen, dass er mir wehtat. „Ja", log ich und begeg-nete seinem Blick. „Warum?"

„Du warst heute zwei Stunden zu spät zur Arbeit, ohne eine Erklärung. Grim war vor dir hier, Fänge und Klauen! Es hat was mit Grace zu tun, oder?"

„Ich kann es dir nicht sagen."

Der Schmerz in seinem Gesicht war unverkennbar. „Warum nicht?"

„Weil wir die Gesetzeshüter nicht einbeziehen wollen."

„Ihr wollt nicht ..." Sein Mund blieb offen stehen, während sein Blick zur Decke wanderte, und er lehnte sich gegen den Türrahmen und seufzte. „Wer ist ‚wir'?"

„Warum willst du das wissen?"

Er richtete sich wieder auf und trat ein Stück näher an mich heran. „Muss ich das aussprechen?"

Sofort wusste ich, dass ich das nicht wollte. Ich senkte den Blick zu Boden. „Es ist nur Landon."

„Glaubst du, er kann dich beschützen?"

„Ja."

„Wenn er es nicht kann –"

„Mir wird nichts passieren. Bitte, mach dir keine Sorgen." Ich versuchte erneut, an ihm vorbeizugehen, aber er packte mein Handgelenk – nicht aggressiv, nur um meine Aufmerksamkeit festzuhalten.

„Nora, ich kann so nicht weitermachen mit –" Als seine Stimme abrupt stoppte, folgte ich seinem Blick und erkannte, was los war.

Das Handgelenk, das er gepackt hatte, war das, in dessen Hand ich die zwei Briefe hielt, die ich gleich abschicken wollte. Und was für ein Glück, welchen ich nach oben gelegt hatte.

Fänge und Klauen, hätte ich Donovans Namen noch größer schreiben können?

„Ah", sagte er und ließ meinen Arm los. „Ich bin froh zu wissen, dass zumindest einer von uns beschäftigt bleibt."

„Nein! Das ist nicht so, es ist –" Er war schon weg, den Flur hinunter, durch die Küche und raus in den Gastraum.

Fänge und Klauen! Ich stieß eine Reihe von Flüchen aus meiner alten Welt aus, die ich fast vergessen hatte, trat gegen den Türrahmen und ging dann nach hinten zum Eulensitz, um die Briefe abzuschicken.

Kapitel Zweiundzwanzig

Ich behielt die Kuckucksuhr an der Wand von Rubys Salon im Auge, während ich den Levitationszauber erneut durchging. Die Feder wackelte gefährlich, als ich versuchte, nicht zu atmen und sie versehentlich vom Kurs abzubringen.

„Gut", ermutigte mich Oliver ein paar Meter hinter mir. „Wenn du sie jetzt nur ein paar Zentimeter vom Tisch hochheben kannst, ist das gut."

Ruby verdrehte die Augen von ihrem Sessel in der Ecke, direkt in meiner Sichtlinie.

„Ich habe wirklich Glück, eine Mentorin zu haben, die so an mich glaubt", sagte ich sarkastisch.

„Oh, pff", schnaubte sie und winkte ab. „Ich glaube schon an dich. Aber zu hoffen, dass du irgendwann Levitation, Luftschreiben und welchen Zauberstabkram der Zirkel glaubt, dass du beherrschen solltest, meisterst, ist ungefähr so nützlich wie zu hoffen, dass Grim anfängt, in die Hocke zu gehen, anstatt meinen ganzen Garten mit Säure zu besprühen – leugne es nicht!" Den letzten Teil richtete sie an meinen Vertrauten, der am Kamin lag und so tat, als ob er schlief. Er hob den Kopf nur minimal angesichts der Anschuldigung.

„Ich weiß nicht, warum ich da reingezogen werde", bemerkte er.

„Er leugnet es nicht", versicherte ich ihr. „Trotzdem wäre es schön, wenn ich all diese Dinge könnte. Du kannst sie."

„Natürlich", sagte sie mit einem leichten Schulterzucken. „Wie wir schon festgestellt haben, bin ich eine bessere Hexe als du. Klar, du kannst diese Dinge mit der Zeit lernen, Stück für Stück, aber ehrlich gesagt bin ich mir nicht sicher, ob du den Biss dafür hast. Und ich bin mir auch nicht sicher, ob der Rest von Eastwind die Zeit hat, darauf zu warten, dass du deine natürlichen Fähigkeiten in den Griff bekommst."

Oliver rutschte unruhig neben mir hin und her, dann sagte er: „Ich glaube, wir sind für heute Abend sowieso fertig, Nora."

Ich nickte ihm zu und gab ihm die Erlaubnis zu verschwinden. Er war nie gut darin, mit Rubys Launen umzugehen, und heute Abend war ihre Laune besonders schlecht. Ich war mir nicht sicher, warum, aber es war am besten, wenn ich wartete, bis Oliver weg war, bevor ich fragte.

Er ging, und ich setzte Tee auf. Nicht nur, weil ich meine Nerven nach viel Mühe und wenig Erfolg im magischen Bereich beruhigen musste, sondern weil ich eine lange Nacht vor mir hatte. Und jetzt musste ich mich auch noch mit Ruby auseinandersetzen, bevor ich mich überhaupt dieser Sache zuwenden konnte.

Ich brachte ihr eine Tasse, die sie auf den Tisch neben ihrem Sessel stellte, und zog einen ihrer Holzstühle vom Salontisch herüber und machte es mir so bequem wie möglich, während ich meine Teetasse hielt und wartete, bis sie abgekühlt war, um zu trinken. „Was ist los?", fragte ich.

Ihre Antwort lag schon in der Kammer, und sie musste nur abdrücken. „Halloween ist gleich um die Ecke. Du bist noch nicht einmal annähernd bereit dafür. Je mehr du anfängst zu glauben, dass du Zauberstabmagie auf deiner Seite hast, desto größer wird dein falsches Sicherheitsgefühl. Wir haben die Tür zu deinen früheren Leben geöffnet, und du bist kopfüber hindurchgefallen, aber das heißt nicht, dass du es gemeistert hast. Nein, du hast kaum mehr als an der Oberfläche gekratzt. Wir haben noch so viel Arbeit vor uns, und ehrlich gesagt, glaube ich, der Zirkel verlangt von Oliver, dich zu unterrichten, nur um deinen Fortschritt bei der Entwicklung deiner wahren Talente zu bremsen. Sie wollen, dass du dich auf deine Schwächen konzentrierst. So wird niemand großartig."

„Du denkst, Oliver arbeitet gegen mich?"

„Nein, nein, nein. Oliver ist ein guter Junge, wenn auch ein bisschen verkrampft. Im schlimmsten Fall ist er eine Schachfigur in ihrem Plan."

Ich nippte an meinem Tee. „Weißt du, ich glaube, ich fange an, deine Abneigung gegen den Zirkel zu verstehen."

„Neuer Fall?"

„Derselbe, über den sie gesprochen haben. Aber bevor ich meine Atemluft verschwende, dich auf den neuesten Stand über das zu bringen, was ich so mühsam herausgefunden habe, warum sagst du mir nicht, wie viel du schon geahnt hast?"

Ruby grinste. „Also lernst du doch was." Sie nippte an ihrem Tee, dann sagte sie: „Das Mädchen wird vermisst, sie wurde nicht ermordet. Wenn sie ermordet worden wäre, hätte ich sie hier irgendwann gespürt. Wann war das letzte Mal, dass jemand in Eastwind gestorben ist und uns keinen Besuch abgestattet hat, um irgendwas zu erledigen, bevor er weitergezogen ist?"

Sie hatte recht. Ich konnte mich an keinen einzigen natürlichen Tod in Eastwind erinnern, seit ich hier war – und es hatte ein paar gegeben –, bei dem wir nicht mit dem Verstorbenen gesprochen hatten, um ein paar letzte „Ich liebe dichs" oder

„Sag ihnen, wo sie sich ihre Zauberstäbe hinstecken können"
weiterzugeben.

Ruby fuhr mit ihrer Erklärung fort. „Weil die Hohepries-
terin und die Bürgermeisterin Graces Verschwinden zu ihrer
Angelegenheit gemacht haben, bedeutet das, dass sie von
Anfang an wussten, dass es eine komplizierte Sache ist, die
ihnen entweder das bringen könnte, was sie wollen, oder ihre
Chance auf mehr Macht zunichtemachen würde. Das einfache
Verschwinden einer Hexe hätte sonst nicht ihre persönliche
Aufmerksamkeit erfordert.

„Wenn sie jedoch eine Rolle beim Tod des Mädchens
gespielt hätten, würden sie nicht wollen, dass du die Sache
anfasst, da du es herausfinden würdest, sobald sie auftaucht.
Oder vielleicht würde es ein bisschen Detektivarbeit deiner-
seits brauchen, basierend auf Graces Informationen, aber du
würdest trotzdem die Wahrheit herausfinden." Sie hielt inne,
um wieder an ihrem Tee zu nippen. „Ausgehend von diesen
logischen Prämissen kann ich schlussfolgern, dass sie nicht tot
ist, und sie wissen das.

Als Nächstes habe ich gehört, dass ihre Leiche entdeckt
wurde – ich mag ein bisschen eine Einsiedlerin sein, aber ich
bin nicht tot; Klatsch erreicht mich immer noch bei meinen
täglichen Besorgungen. Da ich weiß, dass sie lebt, bedeutet
das, der Tod wurde inszeniert. Wer würde ihren Tod inszenieren und einem Werwolf die Schuld geben wollen? Das ist
nicht so schwer herauszufinden. Ich kann mit einiger Sicherheit schlussfolgern, dass der Zirkel die Vorteile erntet und
seine Anti-Werwolf-Ziele vorantreibt, indem er so die Unter-
stützung der Gemeinschaft bekommt."

Ich seufzte. „Bist du sicher, dass du nicht aus dem Ruhestand kommen willst? Das würde mir eine Menge Ärger
ersparen."

Sie lächelte herzlich, was ich direkt durchschaute. „Und es

würde mir eine Menge Ärger einbringen. Nein, ich denke, ich bleibe im Ruhestand. Oder Halbruhestand. Ich muss deinen leichtsinnigen Hintern ja immer noch ausbilden."

„Das nennt man Einarbeiten."

„Eine Sache, von der ich glaube, dass ich nicht genug Informationen habe, um mir eine Schlussfolgerung zu erlauben, ist die Frage, wer es getan hat", sagte sie. „Wen hat der Zirkel dazu gebracht, seine Drecksarbeit zu machen?"

„Wir sind ziemlich sicher, dass es Graces Zirkel ist. Die sind ... irgendwie die Schlimmsten."

Ruby nickte. „Und wer ist dieses ‚wir'? Ich nehme an, es besteht mindestens aus dir und einem hübschen jungen Mann."

„Nur Landon", sagte ich. „Na ja, und jetzt Eva und Donovan."

„Ah, da haben wir's. Zwei hübsche junge Männer. Dann musst du wirklich ernsthaft an was dran sein."

Ich seufzte genervt. „Es ist nicht so mit Landon, herzlichen Dank."

„Was natürlich impliziert, dass es mit Donovan so ist."

Mist! „Nein, ist es nicht ... so ist das nicht."

Sie zog eine Braue hoch. „Und was ist mit diesem unglaublich hübschen Geist, der dir beim Schlafen zusieht? Weiß Tanner von ihm?"

„Tanner?" Ich hatte es ihr nicht erzählt. Heilige Rauchschwaden! „Oh, Tanner und ich haben uns getrennt."

Sie kicherte und schüttelte sanft den Kopf. „Natürlich habt ihr das."

„Nein, haben wir wirklich. Ich habe ihm erzählt, was mit Donovan passiert ist, und er hat genau das getan, was ich dachte, dass er tun würde, und mit mir Schluss gemacht."

„Das ist nicht von Dauer."

Ich dachte an die Begegnung, die wir heute früher im

Türrahmen des Managerbüros hatten. Für einen Moment hatte ich gedacht, wir könnten uns wieder annähern. Dann die Bitterkeit, als er Donovans Namen gesehen hatte ...

Ich hatte sowas schonmal durch. Vielleicht nicht mit jemandem, der mir so viel bedeutet hatte, aber das Muster war dasselbe. Nur weil zwei Menschen Gefühle füreinander hatten, bedeutete das nicht, dass es noch Zeit oder Raum gab, um eine Romanze neu zu entfachen. Wir hatten vielleicht ein tiefes Verlangen, dass die Dinge wieder so wurden wie früher, aber der anfängliche Schmerz, gefolgt von einer schmerzhaften Erinnerung nach der anderen, konnte beiden Herzen zu viele Narben zufügen, um sich wieder verletzlich machen zu können oder zu wollen. Hatten wir diese Spirale begonnen? Es fühlte sich sicher so an.

Ich sagte: „Ich glaube schon."

„Ist das, weil du nicht wieder mit ihm zusammenkommen willst?"

„Was? Nein. Das will ich. Ich liebe ihn."

„Also glaubst du, er will nicht wieder mit dir zusammenkommen?"

Ich musste nicht darüber nachdenken. „Richtig."

Sie stellte ihren Tee zur Seite, um ihre Hände freizumachen, mit denen sie sich aus ihrem Sessel stemmte. Dann nahm sie ihre Tasse und blickte auf mich herab. „Wenn ich du wäre, würde ich aufgeschlossen bleiben für die Möglichkeit, dass du absolut, definitiv falsch liegst." Mit einem schnellen Klaps auf meine Schulter drehte sie sich um und ging die Treppe hinauf. Ich sah ihr nach, während Clifford hinter ihr her trottete.

Wie kam sie darauf, dass ich nicht aufgeschlossen war für die Möglichkeit, dass Tanner wieder mit mir zusammenkommen wollte? Wenn er fragen würde, würde ich ohne zu zögern Ja sagen.

Oder nicht?

Einhornäpfel! Jetzt hatte sie mich dazu gebracht, an mir selbst zu zweifeln.

Und das war nicht der Ort, an dem mein Kopf sein sollte. Ich hatte heute Abend wichtige Dinge zu erledigen.

Ich keuchte, erinnerte mich an die Zeit und sah, dass ich schon vor zwei Minuten das Haus hätte verlassen sollen.

„Sphinxens Rätsel!", fluchte ich und sah mich nach meiner Jacke um.

Ich fand sie, zog sie an und erinnerte mich dann an meine Teetasse auf dem Tisch. Ich nahm sie, trug sie zur Küchenspüle, und da hörte ich das Klopfen an der Haustür.

Einmal, zweimal, dreimal.

Ich erstarrte.

Dann schnell ein viertes Klopfen, und ich entspannte mich und ging, um nachzusehen, wer es war. Der Plan war nicht, uns hier zu treffen, um zu den Katakomben zu gehen, aber vielleicht hatte sich der Plan geändert oder jemand war verwirrt.

Ich öffnete die Tür und keuchte.

Kapitel Dreiundzwanzig

✦

„Tanner", sagte ich, „was machst du hier?"

Er wirkte fast genauso überrascht wie ich. „Gehst du irgendwohin?" Er stand auf der Türschwelle, blinzelte und musterte mich von oben bis unten, die Lippen fest zusammengepresst.

„Ja."

„Sheehan's?", fragte er und lächelte unbeholfen. „Ich habe auch daran gedacht, da hinzugehen, also könnten wir vielleicht –"

„Heute Abend nicht", sagte ich schnell. „Warum bist du hier?"

Er steckte die Hände in die Taschen seiner Jeans und trat unruhig von einem Fuß auf den anderen, starrte auf die blauen Bretter von Rubys Veranda, bevor er sagte: „Ich denke, wir sollten reden."

O Himmel, ausgerechnet jetzt? „Ich kann gerade wirklich nicht", sagte ich. „Ich muss los. Ich werde … wo erwartet."

„Ah. Bleibst geheimnisvoll."

Ich stöhnte. „Nein, nicht absichtlich, aber, na ja, okay, absichtlich, aber nicht, um mysteriös zu wirken."

Er trat einen Schritt zurück, zog eine Hand aus der Tasche und hielt sie mit der Handfläche nach außen vor sich. „Ist schon gut. Geht mich nichts an. Ich verstehe."

„Ich will reden", sagte ich schnell. „Ich meine, wir sollten. Einfach, um reinen Tisch zu machen und wahrscheinlich einen Abschluss zu finden. Besonders, da du das Medium Rare verlässt."

„Abschluss?", fragte er. Das Licht von drinnen spiegelte sich in seinen haselnussbraunen Augen, während er auf mich herabsah.

„Ja. Ich meine, uns beiden gehört das Diner. Wir müssen all die rechtlichen Sachen klären, wenn du nicht mehr dort arbeitest, oder? Oder willst du es behalten?" Ich hielt inne. „Sorry. Ich wollte das nicht jetzt alles ansprechen. Ich muss wirklich los." Ich tastete meine Taschen ab, um sicherzugehen, dass ich meinen Zauberstab hatte, dann rief ich über die Schulter nach Grim. Als er vorbei getrottet kam und über seine Beteiligung an dieser „dummen Selbstmordmission" jammerte, trat ich aus der Tür und schloss sie hinter mir.

Tanner blieb auf der Veranda stehen und starrte mich an, eine tiefe Falte zwischen seinen Brauen. „Oh, ähm. Okay. Dann reden wir später", sagte er.

„Ja, auf jeden Fall. Ich seh dich morgen bei der Arbeit, dann können wir alles klären."

Ich spürte seine Augen auf mir, als ich vorbeiging. „Klären. Sicher", wiederholte er.

Ich blickte nicht zurück, während wir die Straße zu Donovans Haus hinaufgingen. Ich überlegte, einen anderen Weg zu nehmen, damit Tanner nicht sehen konnte, in welche Richtung ich ging und vermutete, dass ich zu Donovan wollte. Aber ich entschied mich dagegen, weil ich tatsächlich zu Donovan ging, und ich das nicht vor ihm verstecken musste.

Ein riesiges Gewitter am fernen Himmel begann, uns ein Schauspiel zu bieten, und ich überlegte, zurückzugehen, um einen Regenschirm zu holen, aber dafür war keine Zeit.

„Du bist so dickköpfig, wie man nur sein kann, Frau.“

Ich starrte Grim an. *„Worum geht es?“*

„Niemand taucht nachts bei seiner Ex auf, um übers Geschäft zu reden.“

„Denkst du, das weiß ich nicht?“

„Du hast dich sicher nicht so benommen.“

„Wir sind spät dran. Und außerdem, ihn hier zu sehen, ich hab’ einfach …“

„Lass mich dich gleich da unterbrechen. Ich konnte die Pheromone riechen. Ich weiß.“

„Ich musste mich auf das konzentrieren, was mich erwartet“, erklärte ich. *„Und ich musste sicher sein, dass er nach Hause geht und nicht versucht mitzukommen.“*

„Kaltherzige Hexe.“

„Oh bitte, bist du immer noch Team Tanner?“

„Du sagst ‚immer noch‘, als hätte ich irgendwann aufhören sollen.“

„Verstehe. Er hält dich für einen ganz braven Jungen.“

Als Donovans Haus vor uns in Sicht kam, hielt ich inne, plötzlich unsicher, ob ich reingehen wollte.

Das war dumm. Eva war wahrscheinlich schon da, und schließlich waren Donovan und ich jetzt nur Freunde. Das hatten wir am Fulcrum-Brunnen geklärt und seitdem langsam darauf aufgebaut.

Ich klopfte an die Tür und wartete, während der Wind auffrischte und Blätter über den Weg wehte, der von der Straße zu Donovans Veranda führte.

„Gütiger Golem. Gustav wird da sein. Hab’ ich ganz vergessen.“ Gustav, Donovans Vertrauter, war nicht gerade Grims Liebling. Er mochte Monster, Tanners Zwergkatze, viel lieber. Aber so hatte es sich nicht ergeben, und Grim musste damit klarkommen.

„Er kommt aber nicht mit uns. Du schon. Du kannst ihn ein paar Minuten lang ertragen.“

„Ich vermisse Monster.“

Die Tür öffnete sich, und Donovan lehnte sich gegen den Rahmen, musterte uns. „Machen wir diesen Unsinn wirklich?“

„Warum, ist es nicht gefährlich genug für deinen Geschmack?“

Er trat zur Seite, um uns reinzulassen, und als ich vorbeiging, antwortete er: „Eines Tages werde ich lernen, Nein zu dir zu sagen.“

„Viel Glück“, sagte ich, trat ein und sah mich nach Eva um.

„Gustav hat beschlossen, sich unter meinem Bett zu verstecken, bis das Todesomen in Hundegestalt weg ist. Hoffe, Grim ist nicht beleidigt.“

„Ich denke, er wird’s überleben.“

Donovan schloss die Tür und folgte uns in sein schick eingerichtetes Wohnzimmer. Mein Blick fiel auf den niedrigen Tisch, an dem er und ich das Verbindungsritual durchgeführt hatten, das ich gern dafür verantwortlich machte, diesen ganzen Schlamassel mit Tanner angefangen zu haben.

„Muss nur noch eine Jacke holen“, sagte er und verschwand im Flur. Als er wieder auftauchte, zog er eine marineblaue Trainingsjacke über. An den Ärmeln liefen zwei hellblaue Streifen, so leuchtend wie seine Augen.

Gah, das war nicht, was ich brauchte. Wollte er etwa auf dem Fußballfeld antreten? Es war, als wüsste er, dass ich eine Schwäche für solche Jacken an Männern hatte. Verdammter Donovan!

„Wo ist Eva?“, fragte ich.

„Sie ist draußen und jagt mit Zola, bevor sie uns trifft.“

„Mit wem?“

„Oh, hast du noch nicht gehört?“ Er richtete seine Jacke, sodass sein Zauberstab leicht zu greifen war, wo er in seinem Hosenbund steckte. „Eva hat ihre Vertraute gefunden. Eine Berglöwin oben auf dem Fluke Mountain, wo sie lebt.“

„Eine Berglöwin?“

Er nickte.

„Das ist gut und beängstigend.“

Donovan nickte. „Ja, Zola gewöhnt sich noch daran, unter Menschen zu sein. Eva hat Mühe, sie vom Jagen abzuhalten … besonders Kobolde. Bereit?“

„Ja. Lass uns losgehen.“

Er lachte. „Du bist immer so erpicht darauf, kopfüber in die Gefahr zu rennen.“ Er öffnete die Tür für mich, und als ich vorbeiging, wedelte er mit einem Finger und fügte hinzu: „Eines Tages, Nora Ashcroft, finde ich noch raus, was mit dir nicht stimmt.“

Kapitel Vierundzwanzig

Straßenlaternen erhellten unseren Weg, als Donovan, Grim und ich auf die Katakomben zugingen. Landon war länger im Büro geblieben, um die Tür von innen für uns aufzuschließen. Offenbar gab es einen streng geregelten Arbeitstag, und jeder eilte pünktlich um siebzehn Uhr hinaus. Ich konnte es ihnen kaum verdenken. Ich würde auch keine Sekunde länger in den Katakomben bleiben wollen, als ich müsste.

Und doch war ich hier, auf dem Weg dorthin.

Ohne groß darüber nachzudenken, sagte ich: „Tanner hat kurz, bevor ich zu dir gegangen bin, bei mir vorbeigeschaut."

Donovan wollte das wahrscheinlich nicht hören, aber er war nett genug, so zu tun, als machte es ihm nichts aus.

„Und? Seid ihr zwei wieder zusammen?"

Ein kalter Wind zog auf, und ich ließ meine Hände in die Ärmel meines Mantels verschwinden, bevor ich die Arme über der Brust verschränkte. „Nein. Ich habe ihn abblitzen lassen. Es war kein guter Zeitpunkt."

„Aber er will wieder mit dir zusammenkommen?"

Ich zuckte die Schultern. „Grim scheint das zu denken."

Donovan schwieg einen Moment, dann sagte er: „Du solltest. Ihr zwei seid nervig gut füreinander."

Ich warf ihm einen Seitenblick zu. „Ist es seltsam, dass ich gehofft habe, du würdest das sagen?"

Er lachte. „Du brauchst meinen Segen? Also gut. Du hast ihn. Ich habe andere Dinge, auf die ich mich konzentrieren kann."

„Eva."

„Ja."

„Weiß sie, dass du sie als ‚andere Dinge' bezeichnest?"

„Nicht die geringste Chance, und ich würde es schätzen, wenn du es nicht erwähnst."

„Das Mindeste, was ich tun kann."

Wir betraten das Willow Grove-Viertel. Die Gebäude zu beiden Seiten der Gasse standen enger beieinander, und das Alter kroch wie ein Schatten über jedes einzelne. Aber zumindest schirmten sie uns vor den immer stärker werdenden Winden ab, also beschloss ich, dafür dankbar zu sein.

„Glaubst du wirklich, dass wir Freunde sein können?", fragte ich. „Ohne heimlich das Schlimmste für den anderen zu wünschen, ohne … andere Aktivitäten?"

Er warf mir einen Blick zu. „Ich bin mir nicht sicher. Aber ich wäre bereit, es zu versuchen."

„Vielleicht, nachdem wir dafür gesorgt haben, dass keiner von uns stirbt, können wir damit anfangen."

„Abgemacht", sagte er und stieß mich mit der Schulter an.

„Sollten wir nicht die Hände schütteln?", sagte ich.

„Nicht, wenn wir uns daran halten wollen. Erinnerst du dich, was das letzte Mal passiert ist, als wir Hände geschüttelt haben?"

Ich räusperte mich schnell. „Ja. Ähm, richtig. Du hast recht."

Den Rest der Zeit brachte ich damit zu, Donovan über die

Details unseres Plans auf den neuesten Stand zu bringen, und alle Anerkennung an ihn, denn er nickte ohne Protest mit.

Grim trottete die letzten paar Meter voraus zu einer kleinen Hütte, die tatsächlich der Eingang zu den Katakomben war, zumindest der Eingang, den ich kannte, obwohl ich annahm, dass es mehrere gab. Eastwind hatte vielleicht keine Gewerkschaften, aber jeder mit Verstand konnte sehen, dass ein einziger Ein- und Ausgang, noch dazu ein winziger wie dieser, für eine Einrichtung so groß wie die Katakomben, ein großes Risiko im Fall eines Brandes darstellte.

„Grim, nein! Böser Junge!" Ich eilte ihm hinterher und klatschte in die Hände, als ich sah, dass er sein Hinterbein hob. „Nicht am Eingang. Fänge und Klauen ..."

„*Oh, komm schon. Das wär so gut. Jeder würde wissen, wem das gehört.*"

„*So funktioniert das nicht.*" Ich hielt inne, schloss die Augen und kniff mir in den Nasenrücken. „*Warum markierst du nicht einen Busch? Und schau, dass wir nicht im Wind stehen, wenn du's tust.*"

„*Spielverderber.*" Aber er gehorchte und fand ein Stück Grün, ein paar Meter weit entfernt.

„Nur damit wir uns einig sind", sagte Donovan und hielt am dunklen Eingang der Hütte inne, „meine Aufgabe ist, nichts zu tun, bis du was sagst. Einfach nur im Schatten bleiben."

„Ja."

Er atmete tief ein, scannte unsere Umgebung. „Okay, das kann ich machen."

Die Fackel, die normalerweise in einer Halterung an der Wand über der Treppe brannte, die in die Katakomben hinab-führte, war gelöscht worden, wahrscheinlich am Ende des Arbeitstags. Das machte den kleinen Raum zu einer dunklen Grube, die ich Donovan mehr als gern zuerst betreten ließ.

Die Tür zu den Katakomben, die Landon für uns aufschließen musste, lag am Fuß der Treppe. Angeblich würde er auf unser Klopfen warten. Ich mochte nicht daran denken, am Ende des langen, dunklen Tunnels länger als ein paar Minuten zu warten.

Donovan zog seinen Zauberstab und ließ das Ende aufleuchten, damit wir nicht in völliger Dunkelheit die spiralförmige Treppe hinuntergehen mussten.

Ich starrte in den Abgrund. „Sollen wir auf Eva warten?"

„Sie könnte schon unten sein. Wenn nicht, komm ich zurück und warte auf sie."

Grims massige Silhouette erschien im Türrahmen, gerade als Donovan den ersten Schritt auf die abgenutzten Steinstufen setzte.

Donovan hielt inne. „Das ist ein bisschen wie ein Déjà-vu. Du, ich und Grim betreten einen dunklen Tunnel …"

„Werd bloß nicht übermütig", sagte ich und stieß ihn mit einer geschlossenen Faust an, damit er weiterging.

„Übermütig? Denkst du, ich will wieder von Höllenhunden angegriffen werden? Oder vielleicht, dass mir das Wasser von einem Dürredämon ausgesaugt wird?"

Ich folgte dicht hinter ihm, damit ich sehen konnte, wohin ich trat.

„Oh, warte", fuhr er fort. „Du meinst die Stelle, wo wir uns geküsst haben und du dich kaum bremsen konntest. Oder sprichst du von der Stelle, wo du mich definitiv auf der Brücke zwischen den Reichen geküsst hast?"

„Süßes Baby-Jackalope, Donovan. Halt die Klappe! Haben wir nicht gerade vereinbart, Freunde zu sein?"

„Machen Freunde das nicht? Über die guten Zeiten plaudern?"

„Da hat er wohl recht", sagte Grim.

„Niemand hat dich gefragt."

„So wie mich niemand gefragt hat, bevor ihr zwei euch direkt vor meinen Augen auf diesem Klippenrand gewälzt habt."

„Wir haben uns nicht gewälzt!"

„Ihr habt euch gewälzt."

„Na gut", sagte ich zu Donovan. „Du hast recht. Aber könntest du aufhören, darüber zu reden?"

Er blickte zurück zu mir und grinste. Mit einer Hand tastete er die Innenwand entlang, um das Gleichgewicht zu halten, während die andere seinen Zauberstab mit dem Licht hielt. „Warum?" Er zog eine Augenbraue hoch. „Das Geheimnis ist doch schon raus. Wir könnten genauso gut zu unseren Wahrheiten stehen und – uff!"

Ich kicherte. „Pass auf die Tür auf. Die könnte dich anspringen."

Sein Kiefer zuckte, nachdem er zurückgetaumelt war und gerade noch rechtzeitig sein Gleichgewicht wiederfand.

Ich klopfte an die Tür und wartete.

Als ich Schritte näherkommen hörte, klangen sie nicht, als kämen sie von hinter der Tür. Stattdessen kamen sie von oben.

„Donovan", flüsterte ich. Er warf mir einen scharfen Blick zu und erwartete wahrscheinlich, dass ich weiter über ihn lachte, weil er gegen die Tür gelaufen war, aber stattdessen zeigte ich nach oben. Wir lauschten einen Moment und stimmten mit einem Nicken überein, dass definitiv jemand hinter uns die Treppe herunterkam. Eva? Oder war Graces Zirkel zu früh dran?

Er klopfte leise viermal an die dicke Holztür. Ich machte mir Sorgen, dass niemand es hören würde, aber einen Moment später öffnete sie sich, und Licht aus der Eingangshalle der Pergament-Katakomben flutete heraus.

Sobald ich sah, dass Landon den Mund öffnete, legte ich einen Finger an die Lippen, und wir drei eilten hinein.

Als wir eintraten und meine Augen sich an das schwache

Licht gewöhnten, das im Vergleich zur Dunkelheit draußen überwältigend wirkte, sah ich, dass Eva schon da war, ihre Berglöwen-Vertraute an ihrer Seite.

Zola kauerte sich in einer Lauerposition auf den Boden, als sie Grim entdeckte, und seine Nackenhaare stellten sich sofort auf.

Damit konnte ich mich in einer Minute beschäftigen. „Mach die Tür schnell zu", flüsterte ich Landon zu. „Leise."

Er folgte den Anweisungen, und dann sagte ich: „Ich glaube, sie sind zu früh hier. Wir haben gerade Schritte oben an der Treppe gehört, als wir unten angekommen sind."

Landons Mund klappte auf. „Was? Die sollten erst in einer halben Stunde hier sein!"

„Ich weiß nicht, was ich dir sagen soll", antwortete ich. „Sie sind hier."

Donovan ging schnell zu Eva, und ich hätte schwören können, dass ich ihn flüstern hörte: „Hey, Babe", bevor er sie am Empfangstisch vorbei zu den Tunneln führte.

Ich begegnete Landons Blick, und wir beide folgten ihnen, aber ich hielt inne, als mir klar wurde, dass ein Mitglied unserer Gruppe fehlte. *„Grim"*, zischte ich. *„Komm schon."*

„Du kannst wirklich nicht gut hören, oder?"

„Doch, kann ich. Und ich höre die Schritte, also –"

„Zwei Schritte. Nicht sechs."

„Was?", sagte ich laut.

„Was ist?", fragte Landon. „Spürt er was?"

„Darauf kannst du deinen Pelz verwetten, dass ich was spüre. Genauer gesagt, mein Geruchssinn. Diesen Duft würde ich überall erkennen."

„Wessen Duft, Grim?"

Die Tür schwang auf, und als ich sah, wer dort stand, und ich den Ausdruck auf seinem Gesicht bemerkte, war ich sprachlos.

Kapitel Fünfundzwanzig

„Bist du mir hierher gefolgt?", fragte ich gereizt.

Tanner nahm die Szene langsam in Augenschein. „Was zum Zauber geht hier vor? Landon?" Er blinzelte schnell. „Aber ich habe dich mit Donovan hier runtergehen sehen."

„Ja", hallte eine Stimme hinter mir. Ich drehte mich um und sah Donovan aus den Schatten des Tunnels auftauchen. „Ich bin hier. Lange nicht geplaudert."

Tanner machte die ersten paar Schritte in die Eingangshalle und blickte hin und her zwischen mir, Landon und Donovan. Dann warf er mir einen scharfen und verwirrten Blick zu. „Beide?"

„Was? Nein! Tanner!"

Er riss sich sofort aus der Eifersucht, schüttelte den Kopf und ruderte zurück. „Nein, das habe ich nicht gemeint. Ich ... was geht hier vor? Warum schleichst du mit Donovan und Landon in den Katakomben herum?"

„Und Eva", sagte Evas Stimme, als sie aus dem Schatten trat.

Tanners Mund klappte für einen Moment auf, bevor er sich erholte. „Versteckt sich da hinten noch jemand?"

Eva schüttelte den Kopf. „Nein. Das war's."

„Ernsthaft, was geht hier vor?", wollte Tanner wissen.

„Es ist kompliziert", sagte ich. „Ich erkläre dir gern morgen alles, wenn du einfach umdrehst und nach Hause gehst. Jetzt."

„Zu spät. Ich habe gerade noch mehr Schritte oben gehört."

„Fänge und Klauen!" Ich drehte mich zu Landon um. „Sie sind immer noch zu früh. Wir müssen los." Ich rannte zu Tanner und packte die Vorderseite seines schwarzen Shirts. „Du bist jetzt dabei."

„Wobei dabei? Nora, was geht hier vor?"

Ich zog ihn hinter mir her, während wir als Nachhut der Gruppe in Richtung Höhle sechzehn gingen, wo wir uns vorbereiten würden. „Grace. Sie lebt, aber wir müssen die Leute, die den Mord inszeniert haben, dazu bringen zu gestehen."

„Heilige Rauchschwaden ... wie viele sind es?"

„Drei, denken wir."

Er stöhnte. „Das erklärt die Verstärkung. Aber warum hast du nicht einfach Manchester gerufen?"

„Manchester hat schon seinen Mann für den Mord. Außerdem ist das hier vielleicht nicht ganz legal. Gesetze zum Stellen von Fallen sind ein bisschen vage, und genau genommen betreten wir alle ohne Erlaubnis Regierungseigentum."

„Oh, Nora", sagte er. „Du sorgst noch dafür, dass ich gefeuert werde, bevor ich überhaupt angefangen habe."

„Deshalb habe ich dich nicht eingeladen, du Genie."

Wir mussten joggen, um Graces Zirkel zuvorzukommen und Zeit zum Aufbau zu haben. Es war nicht viel zu tun, und Landon hatte die meiste Arbeit schon erledigt, während er auf uns gewartet hatte, aber es gab auch die mentale Komponente, unvorbereitet erwischt zu werden. Wahrscheinlich waren sie deshalb früh gekommen. Sie wollten das Überraschungsmoment.

Was sie nicht wussten, war, dass wir das auf unserer Seite hatten, da Grace nicht hier sein würde, zumindest nicht so, wie sie es vermuteten.

„Was ist der Plan?", fragte Tanner. „Was auch immer es ist, ich bin dabei. Sag mir einfach, was ich tun soll."

Wir betraten eine weitere große Höhle, und Landon sagte: „Das ist sie."

Eva schwang ihren Zauberstab, und ein Kreis aus Kerzen leuchtete in der Mitte auf.

„Du musst nur versteckt bleiben", sagte ich zu Tanner. „Und wenn die Sache schiefgeht, versuch, dich nicht umbringen zu lassen, okay?"

„Und was ist mit dir?"

Ich nickte zustimmend. „Klar, versuch auch, mich nicht umbringen zu lassen. Das würde ich sehr schätzen."

Er straffte seinen Kiefer und nickte, dann schloss er sich den anderen an, die in die Schatten der dunklen Katakombentunnel verschwanden, die von der Höhle abgingen.

Ich nahm meinen Platz in der Mitte der Kerzen ein und wartete.

Die ganze Aufstellung war natürlich albern. Ich brauchte diese Kerzen nicht, um zu tun, was ich behauptete. Das war der Vorteil, eine der wenigen Hexen des Fünften Windes in der Stadt zu sein – niemand hatte eine Ahnung, wie das, was ich konnte, tatsächlich funktionierte.

Und deshalb konnte ich die Kerzen als Ablenkung nutzen, um ihren Fokus zu lenken und Effekte zu erzeugen, ohne dass sie es hinterfragen würden.

Ich wartete und schloss die Augen, versuchte, mich zu beruhigen.

Da spürte ich die kalte Luft an meinem linken Arm.

Ich sage Ihnen, es gibt schlechtes Timing, und dann gab es Rolands Timing.

„Was willst du?", flüsterte ich, in der Hoffnung, dass die anderen weit genug weg waren, um es nicht zu hören. Er setzte sich neben mich auf den kalten Stein und starrte mich direkt an.

„Ich glaube, ich habe einen Weg gefunden, wie wir zusammen sein können, meine Liebe."

„Jetzt ist nicht der beste Zeitpunkt dafür."

„Ich bin anderer Meinung. Jetzt könnte der perfekte Zeitpunkt sein."

Ich warf ihm einen verstohlenen Blick zu, und wenn ich nicht schon gesessen hätte, wären mir vielleicht die Knie weggeknickt. Die Anziehungskraft seines herben, maskulinen Gesichts war überwältigend, selbst in einer so trostlosen Umgebung.

Oder vielleicht gerade in einer so trostlosen Umgebung. Er leuchtete so hell, dass ich kaum glauben konnte, dass niemand sonst ihn sehen konnte, aber natürlich konnten sie das nicht.

Na ja, außer Grim.

„Sag deinem Liebhaber, er soll verschwinden. Er wird dich ablenken, dich umbringen lassen, und dann muss ich in Zoe Clementines Sonnenschein-und-Kichern-Tierheim gehen, bis ich einen Weg finde, mich selbst umzubringen."

„Erklär's mir", flüsterte ich Roland zu.

„Du bist in großer Gefahr, meine Liebe. Ich habe die beobachtet, die auf dem Weg sind, dich zu treffen, und ich habe meine Zweifel, dass deine Freunde der Aufgabe gewachsen sind."

„Erinnere mich daran, dich nie um Zuspruch zu bitten."

„Tod", sagte er schnell, und der Klang davon zog über den Raum zwischen uns und streifte mein Gesicht wie eine Feder. „Wenn du stirbst, während ich hier bei dir bin, glaube ich, dass wir zusammen ins Jenseits übergehen können. Wir könnten die Ewigkeit auf diesem grünen Hügel verbringen oder wo auch immer du hingehen möchtest. Wir könnten uns verstecken, uns im Körper des anderen verlieren, nur aus der Umarmung des anderen auftauchen, um Nahrung aufzunehmen.“

Nur dass wir keine Körper hätten, wollte ich sagen. Oder doch? Wir schienen an diesem Zwischenort, den ich besuchen konnte, körperlich zu sein. Vielleicht ...

„Konzentrier dich, Nora!“, blaffte Grim mich an. *„Sie sind hier. Ich gehe nicht ins Tierheim! Ich zerreiße euch alle in Stücke, wenn das bedeutet, dass ich nicht dort lande.“*

„Verschwinde, Roland“, flüsterte ich.

„Aye. Es wird noch genug Zeit geben, um zu entscheiden. Immerhin hast du den Rest deines Lebens, um zu sterben.“

„Bitte lass mich mich konzentrieren.“ Ich schloss die Augen.

„Wie du wünschst, meine Liebe.“

Die Schritte wurden lauter und hielten dann an.

Ich öffnete die Augen. Roland war weg, aber vor mir standen drei Gestalten.

Hunter stand vorn, mit Annabel und Jackie hinter ihm auf beiden Seiten.

„Du?“, schnaubte er und lachte. „Wo ist Grace?“ Er marschierte auf mich zu, und die Frauen folgten ihm.

„Sie ist hier“, sagte ich.

Er hielt inne und sah sich um.

Ich hielt den Atem an, in der Hoffnung, dass alle gut versteckt waren.

„Du kannst sie nicht sehen“, sagte ich. „Nur ich kann das.“

„Nur ...“ Ich sah, wie sein Blick auf die Kerzen fiel.

„Ich schlage vor, ihr bleibt außerhalb des Kreises. Es ist nicht gut für irgendwen, wenn ihr ihn stört, während ich mitten in einer Séance bin.“

Er lachte bitter. „Eine Séance? Willst du mir sagen, dass du mit Graces Geist sprichst?“

„Jetzt hast du's begriffen.“

Er schüttelte den Kopf. „Unmöglich.“

„Warum nicht? Sie haben doch ihre Leiche gefunden, oder?“

Er hielt inne und neigte den Kopf. Ich konnte sehen, dass er versuchte abzuschätzen, wie viel ich wirklich wusste. „In der Tat, das haben sie.“

„Sie hat mir auch alles erzählt, was sie weiß. Einige wirklich interessante Dinge gehen im Zirkel vor sich in letzter Zeit.“ Ich lächelte, die Lippen zusammengepresst, den Kiefer angespannt. Ich hoffte, er konnte meine Nervosität nicht sehen.

„Ich weiß nicht, wovon du sprichst“, sagte er nonchalant.

„Lass mich dich das fragen: Du hast einen Brief von Grace bekommen, der dich aufgefordert hat, sie hier zu treffen. Wenn du wirklich gedacht hättest, sie sei tot, warum bist du gekommen?“

Er antwortete nicht sofort, aber aus nur wenigen Metern Entfernung konnte ich jetzt sehen, dass meine Frage ihn erschüttert hatte.

Es gab viele legitime Antworten darauf, die ihm in den Sinn gekommen wären, hätte nicht die wahre Antwort, dass er wusste, dass sie nicht tot war, den Weg versperrt. Wenn ich einen Brief von einem verstorbenen Verwandten bekommen hätte (früher, bevor meine medialen Fähigkeiten eingesetzt hatten, natürlich), wäre ich der Sache nachgegangen, wenn auch nur, um herauszufinden, wer ihn gefälscht hatte.

Aber manchmal ist es schwer, über unsere Wahrheit hinauszusehen, um eine glaubhafte Lüge zu erfinden, und das schien bei Hunter der Fall zu sein.

Durch sein Schweigen fühlte sich Jackie berufen, das Wort zu ergreifen.

Sie trat einen Schritt vor. „Geht's ums Geld? Versuchst du, uns dazu zu bringen, dich zu bezahlen? Weißt du was, du Freak, wir haben nicht eine einzige Kupfermünze mitgebracht. Du bekommst nichts.“

„Ich habe nicht erwartet, dass ihr Geld mitbringt“, sagte ich.

Jackie hielt inne, und als sie das tat, trat Annabel vor, um die Stille zu füllen. „Offensichtlich weißt du schon, dass sie nicht tot ist. Hör auf, unsere Zeit zu verschwenden, Nekro, und sag uns, warum wir hier sind.“

„Warum denkt ihr, dass sie nicht tot ist?“, fragte ich.

„Weil sie die Stadt verlassen hat. Wir haben gesehen, wie sie gegangen ist, haben ihr Ticket gekauft, damit –“

Schnell wie ein Blitz hatte Hunter seinen Zauberstab gezückt, und mit einem Schlenker schloss sich Annabels Mund. Sie stieß seltsame, gedämpfte Geräusche aus, aber ihre Lippen öffneten sich nicht.

„Tut mir leid, die Überbringerin schlechter Neuigkeiten zu sein“, sagte ich, „aber sie ist definitiv tot.“

„Ist sie jetzt hier?“, fragte Hunter und trat ganz an den Rand des Kerzenkreises. Die Nonchalance, die er im Necro Coffee zur Schau gestellt hatte, war verschwunden, ersetzt durch eine spitze und gefährliche Schärfe, die sich im flackernden Licht in seinen Augen spiegelte.

„Ja“, sagte ich. „Und nach dem, was sie mir erzählt, bist du der Grund, warum sie tot ist.“

Er knurrte mich an, und Jackie sprang vor, packte den Ärmel von Hunters Jacke und rief: „Was hast du getan? Wir haben darüber gesprochen! Sie zu töten war nicht Teil des Plans. Hast du –“

Ein weiterer Schlenker mit dem Handgelenk, und auch ihr Mund war geschlossen. Sie taumelte zurück und versuchte mit den Fingerspitzen, ihre Lippen aufzuzwängen.

„Ich weiß nicht, was du für ein Spiel spielst, Nekromantin, aber ich bin es schon leid."

„War es wegen des Werwolfschutzgesetzes?"

Er verdrehte die Augen. „Natürlich war es wegen des Werwolfschutzgesetzes! Und wen interessiert's? Wenn wir sie nicht aus der Stadt gejagt hätten, hätte er sie sowieso getötet. Wir haben ihr geholfen, indem wir sie gezwungen haben zu gehen. Und als wir den Mord inszeniert haben, war das auch eine Gnade. Wir haben Eastwind gezeigt, was passiert wäre, haben sie daran erinnert, wer Werwölfe wirklich sind, ohne dass jemand zu Schaden gekommen ist."

Ich fand mich plötzlich auf gefährlichem Terrain wieder. Die Tatsache, dass Hunter gestanden hatte, selbst wenn er es zu rechtfertigen versuchte, bedeutete, dass er nicht glaubte, dass es ihm später Probleme bereiten könnte. Und der wahrscheinlichste Grund, warum er das dachte, war, dass er nicht plante, mich noch lange am Leben zu lassen, um die Geschichte zu erzählen.

Ich war jedoch noch nicht bereit, aufzugeben. Noch nicht.

„Außer Fritz", sagte ich. „Er wird den Rest seines Lebens in Ironhelm verbringen für etwas, das er nicht getan hat. Ich würde sagen, das ist ein bedeutender Schaden."

„Das ist nicht mehr, als er verdient, nach dem, was er Grace angetan hat."

Ich lachte. „Meinst du, dass er sie geschwängert hat? Oh, Hunter, dein braver kleiner Nordwind wollte schwanger sein. Machen wir uns nichts vor. Soweit ich das beurteilen kann, hat sie es seit Monaten versucht."

Seine Nasenflügel blähten sich, Hass brodelte aus Tiefen hervor, von denen ich nicht gewusst hatte, dass sie in ihm existierten.

Und dann fiel mir was Neues ein. Ich kicherte. „Wow. Das habe ich nicht kommen sehen. Du wolltest sie für dich. Du warst eifersüchtig! Ist das der Grund, warum du Werwölfe hasst? Ich dachte, es liegt daran, dass deine Familie gemischt war und du vielleicht nicht das Goldkind warst. Aber jetzt verstehe ich es. Deine ehemalige Schülerin hat sich in einen verliebt, anstatt heiß auf den Lehrer zu sein, und du kommst nicht darüber hinweg. Süßes Baby-Jackalope, das ist traurig."

Ihn zu provozieren ging gegen all meine Überlebensinstinkte. Wollte ich das tun, was Roland vorgeschlagen hatte, und mich umbringen lassen?

Natürlich nicht. Das wäre extrem dumm. Die Ewigkeit an meinem Lieblingsort in allen Reichen mit einem sexy Iren zu verbringen, der alles geopfert hatte, um mir Hunderte von Jahren zu folgen? Wer würde das wollen?

Einhornäpfel. Ich wollte das.

Aber das war nicht der Grund, warum ich einen wütenden Bären mit einem Stock piesackte. Ich wollte, dass Hunter weiterredete. Ich musste diese coole, arrogante Fassade, die er zur Schau trug, zum Einsturz bringen, damit wir bekommen konnten, was wir brauchten – oder, noch wichtiger, damit Landons Zauberstab das bekam, was er brauchte, um das Geständnis später magisch wiederzugeben. Und solange er sich auf mich konzentrierte, konnten Landon, Eva, Donovan, Grim und Zola (und Tanner, nehme ich an) diese drei Psychos überrumpeln, wenn es so weit war.

Ich war nah dran. Sie waren schon erledigt, aber es gab noch eine Information, die ich wollte, um das Ganze endgültig auffliegen zu lassen.

„Sie war Teil meines Zirkels", knurrte er. „Ich hätte bei ihren Angelegenheiten ein Wörtchen mitzureden haben sollen."

„Oh bitte. Du bist nur ein eifersüchtiger Typ, der abgewiesen wurde. Werd erwachsen. Sie hat dir nicht gehört. Wer hat dich überhaupt dazu angestiftet? Wer hat vorgeschlagen, den Mord zu inszenieren?"

„Niemand", fauchte er. „Ich habe es selbst gemacht, um Eastwind die Bedrohung durch Werwölfe für die zivilisierte Gesellschaft zu zeigen."

Sagte er die Wahrheit oder deckte er jemanden? Es war möglich, dass er zu viel Angst hatte, Springsong oder Esperia zu verraten. Das waren mächtige Hexen. „Lustig, wie so was nach hinten losgehen kann", sagte ich. „Denn sobald ich der Stadt erzähle, was wirklich passiert ist, werden die einzigen Leute, vor denen sie sich mehr in Acht nehmen, Hexen sein."

Er lachte bitter. „Das würdest du nicht tun. Das würde dir auch schaden. Du bist schließlich eine Hexe."

„Ein Fünfter Wind. Die Leute haben sowieso schon ein bisschen Angst vor mir." Ich stand langsam auf, bereit, das Signal zu geben. Er würde niemanden als Beteiligten verraten, der höher stand als er, ob das nun daran lag, dass es niemanden gab, dass sein Ego es nicht erlaubte, zuzugeben, dass er anderen gehorchte, oder dass er zu viel Angst hatte, Namen zu nennen. Es war Zeit, die Scharade abzuschließen.

Der Kerzenring hatte nur einen Durchmesser von wenigen Metern, und es war eine Erleichterung, auf Augenhöhe mit ihm zu sein, anstatt zu seiner imposanten Gestalt aufzublicken.

„Ich habe keine Angst vor dir", sagte er. „Weißt du, warum?"

Ich konnte die Stimmung in der Luft um mich herum spüren. War das die empathische Fähigkeit, die Fünfte Winde haben sollten, oder waren das nur meine animalischen Instinkte, die mir sagten, dass etwas nicht stimmte? „Warum?", fragte ich und machte mich bereit, das Signal zu geben.

„Wissen ist Macht, Nora. Und du hast es mit einer besonders wissenden Hexe zu tun. Einer, die zufällig weiß, dass dieser kleine Kreis von Kerzen, den du um dich hast, absolut nichts tut." Er trat zwei der Kerzen mit seinem Schuh um.

Ja, wir waren hier fertig.

Ich ließ mich auf den Boden fallen, schloss die Augen, atmete ein und löschte die Lichter.

Bewegungen hallten von überall um mich herum wider, als meine Verstärkung in der Dunkelheit auf ihn zustürzte.

Donovans Stimme hallte durch die Höhle. „Zauberstäbe runter!"

Ich atmete aus und ließ das Licht in die Mitte des Raumes zurückkehren, gerade rechtzeitig, um zu sehen, wie Eva und Landon sich auf Annabel und Jackie stürzten.

Aber die beiden waren schnell im Ziehen, wie sich herausstellte, und mit einer Explosion aus Funken schossen Lichter aus ihren Zauberstäben, schleuderten Landon und Eva durch die Luft. Tanner hatte auf Hunter gezielt, aber als Eva auf der anderen Seite des Raumes landete, rannte er stattdessen zu ihr.

Anscheinend war der Knebelzauber, den Hunter auf sie gewirkt hatte, nur vorübergehend, denn Annabel und Jackie rümpften die Nasen und lachten grausam.

Aber das lag nur daran, dass sie Zola und Grim noch nicht entdeckt hatten.

Zola kam aus der Dunkelheit geschossen, und die Distanz, die sie mit einem Sprung überwand, war der Stoff, aus dem Alpträume gemacht sind. Ich war froh, dass sie auf unserer Seite war.

Ihre mächtigen Pfoten trafen Annabel an den Schultern und rissen die Hexe hart zu Boden.

Ich hörte, wie die Luft aus Jackies Lungen wich, als sie das unglückliche Ziel von Grims Gewicht wurde. Ihr Zauberstab schlitterte über den Steinboden, und Landon, der schnell wieder auf die Beine kam, schnappte ihn sich und rückte näher, richtete seinen eigenen Zauberstab auf sie, wo sie lag und einen sabbernden Grim anflehte, ihr Gesicht nicht zu fressen.

Etwas Heißes und Mächtiges schleuderte mich von den Füßen, und ich rutschte über den Boden, stieß die Kerzen in alle Richtungen um. Ich rappelte mich auf, um mich gegen einen zweiten Angriff zu verteidigen, aber bevor ich meinen Zauberstab greifen und nutzlos vor mich halten konnte, stürzte Donovan sich auf Hunter, der die Quelle des starken Zaubers war.

Aber für das, was als Nächstes geschah, war kein Zauber nötig. Donovan landete einen Haken direkt gegen Hunters Kiefer, und der Hexenmeister fiel um wie ein Sack Kobold-Gold.

Donovan sprang schnell auf Hunter und drückte sein Gesicht gegen den kalten Steinboden, während er ihm die Arme hinter dem Rücken fesselte. Als Hunter stöhnte und sich wehren wollte, hob Donovan seinen Kopf ein paar Zentimeter vom Boden an und knallte ihn zu Boden.

Grim tauchte neben mir auf, nachdem Landon seinen Job übernommen hatte, Jackie zu bewachen. „Jackalope-Geweih“, sagte er und starrte Donovan an. „Jemand sollte ihn stoppen.“

„Ja“, sagte ich und sah weiter zu. „Jemand sollte das.“

Und dann tat es jemand.

Ein Schwall tiefblauen Lichts erhellte die Höhle, und Donovan wurde durch die Luft geschleudert, flog zehn Meter zurück, bevor er hart auf dem Allerwertesten landete und bis an den Rand der großen Höhle rutschte. Ich stöhnte mitfühlend, als ich hörte, wie sein Hinterkopf gegen die Wand knallte.

Hunter, Jackie und Annabel waren alle versorgt, also wer hatte Donovan gerade weggeblitzt?

Tanner kam aus der Richtung des Betäubungszaubers nach vorn, und ich zählte zwei und zwei zusammen. Ein Schlenker mit dem Handgelenk, und zwei rote Lichtfäden schlangen sich um Hunter, einer fesselte seine Handgelenke, der andere band seine Knöchel zusammen. Tanner wiederholte den Zauber bei Annabel und Jackie, wodurch Zola arbeitslos wurde und sich wieder in den Schatten verzog. Eva war wieder auf den Beinen, rieb sich den unteren Rücken, und Landon senkte langsam seinen Zauberstab, den er auf Jackie gerichtet hatte. Beide beobachteten Tanner vorsichtig.

Donovan stöhnte in der Ecke und hielt sich den Hinterkopf, wo er gegen die Wand geknallt war.

Nachdem er seinen Zauberstab weggesteckt hatte, durchquerte Tanner den Raum, um über Donovan stehenzubleiben.

Donovan blickte zu ihm auf, aber ich konnte seinen Ausdruck im schwachen Licht der restlichen Kerzen nicht ganz lesen. „Was ist dein Problem, Mann?", maulte Donovan.

„Kein Problem. Jetzt sind wir quitt."

„Wofür?", spuckte Donovan aus. Dann, einen Moment später: „Machst du Witze? Du hast mich dafür weggeblitzt?"

Tanner zuckte die Schultern.

„Fänge und Klauen", stöhnte Donovan. „Bist du sicher, dass du kein Kobold bist? Weil du definitiv Groll hegst wie einer."

Doch als Tanner seine Hand anbot, nahm Donovan sie und ließ sich von seinem besten Freund vom Boden hochhelfen.

Mir kam der Gedanke, dass ich Männer nie verstehen würde. Wenn alles, was Tanner tun musste, um seinen Ärger und Groll gegen Donovan zu überwinden, war, ihn mit einem Zauber zu treffen, warum hatte er das nicht schon viel früher gemacht? Ich hätte ihn nicht davon abgehalten. Tatsächlich hätte ich mich freiwillig gemeldet, Empfängerin eines solchen Zaubers zu sein, wenn ich gewusst hätte, dass das die Sache bereinigen würde.

Nachdem er sich von dem Schock erholt hatte, ins Gesicht geschlagen worden zu sein, begann Hunter zu schreien.

„Sei still!", schnauzte Tanner und schickte einen Zauber über die Schulter, der Hunters Mund schloss, wie Hunter es bei den anderen Mitgliedern seines Zirkels getan hatte.

Karma, man muss es einfach lieben!

Landon trat unruhig von einem Bein aufs andere und hüpfte auf den Zehenspitzen, während er die drei gefesselten Hexen nicht aus den Augen ließ. „Und jetzt?", fragte er nervös.

„Jetzt", sagte Tanner, „bringe ich sie ins Gefängnis."

Kapitel Sechsundzwanzig

Manchester und Bloom waren sofort ins Sheriff's Department gestürmt, sobald Tanner nach ihnen geschickt hatte. Obwohl er noch nicht einmal seinen ersten Arbeitstag hatte, war er zum Deputy ernannt worden, und damit wurden bestimmte Zauber für ihn legal. Die Handschellen waren einer davon gewesen. Das Heraufbeschwören des schwebenden Wagens, um Hunter, Annabel und Jackie aus den Katakomben zurückzubringen, ein anderer. Wer wusste, wie viele er noch im Ärmel hatte? Schon jetzt konnte ich sehen, dass es einige ernsthafte Vorteile hatte, eine Hexe in der Truppe zu haben.

Es war seltsam, Tanner so beiläufig Magie anwenden zu sehen. Klar, ich hatte hier und da Blicke darauf erhascht, wenn er Tränke braute oder als er nach Lunasa verkatert gewesen war und seinen Zauberstab benutzt hatte, um sich unnötiges Herumruckeln zu ersparen.

Aber das hier? Es war, als gäbe es eine ganze Seite an ihm, von der ich nichts wusste, die er sie endlich der Welt zeigte.

Landon, Eva, Donovan und ich saßen im Warteraum mit Manchester und brachten ihn auf den neuesten Stand, während Tanner mit Bloom sprach. Grim und Zola hatten sich entschieden, draußen zu bleiben, was in Ordnung war. Sie hatten ihren Beitrag für die Nacht geleistet.

„Erklären Sie mir nochmal", sagte Stu und wandte sich Donovan zu, „warum Sie ihn schlagen mussten?"

Donovan zuckte die Schultern. „Ist ,weil es sich gut angefühlt hat' nicht die richtige Antwort?"

Stu stöhnte und beugte sich vor, rieb sich mit einer Hand übers Gesicht. „Nein. Bitte versuchen Sie's nochmal."

Seufzend sagte Donovan: „Weil er einen weiteren Zauber auf Nora abfeuern wollte und ich einfach reagiert habe, um sie zu verteidigen."

Stu nickte diesmal und schrieb etwas auf seinen Notizblock. „Gut. Das sollte funktionieren." Er steckte den Block und den Stift zurück in seine Brusttasche, klatschte sich auf die Knie und stand auf. Wir taten dasselbe. „Das reicht für heute Nacht. Ich werde die Stimmecho-Aufzeichnung von Mr. Hawker überprüfen, aber ich bin sicher, es ist, wie Sie gesagt haben." Den letzten Teil richtete er an Landon, wahrscheinlich weil Landon der Einzige war, dem Stu zutraute, ein vollkommen rechtschaffener Bürger zu sein.

Wenn er nur wüsste, was Landon beruflich machte!

Donovan nickte Eva zu. „Wollen wir?"

Er streckte ihr eine Hand entgegen, und sie nickte und verschränkte die Finger mit seinen. Als sie sich zur Tür umdrehten, stieß ich ihn gegen die Schulter, um seine Aufmerksamkeit zu bekommen. Er warf einen Blick zurück zu mir, und ich formte mit den Lippen ein lautloses *Danke*.

Er zwinkerte und führte dann Eva aus der Wache.

Ich drehte mich zu Landon um. „Gute Arbeit da drin."

„Ich kann nicht glauben, dass wir das geschafft haben."

Ich öffnete den Mund, um zu antworten, aber ein Gähnen

kam zuerst heraus. „Ja, ich auch nicht. Aber so ist es. Bin froh, dass dein Plan mich nicht umgebracht hat."

Er schluckte schwer, sein Adamsapfel wippte zusammen mit seinem Kopf. „Ich auch. Ich gehe jetzt schlafen. Danke für deine Hilfe. Mit allem. Das Ganze."

Ich machte einen Schritt auf ihn zu und zog ihn in eine Umarmung. Es dauerte einen Moment, bis er sie erwiderte.

Ich hielt ihn fest und flüsterte das Einzige, was mir einfiel, das ihm jetzt helfen könnte, da die Ablenkung von seinem Schmerz zu Ende ging. „Ihr wird nichts passieren. Vielleicht kommt sie sogar zurück. Gib einfach nicht auf, okay?" Ich drückte ihm einen schnellen Kuss auf die Wange, als ich mich zurückzog. „Und jetzt geh und ruh dich aus."

Er nickte, wirkte etwas weniger niedergeschlagen und ging.

Während ich ihm nachsah, setzten die Emotionen, die ich verdrängt hatte, wieder ein.

Grace war weg. Das Rätsel war gelöst. Die Verantwortlichen, oder zumindest die, von denen wir wussten, waren im Gefängnis. Ich hätte glücklich sein sollen, oder zumindest zufrieden. Aber das war ich nicht, ganz und gar nicht. Die Wunde, die ich vernachlässigt hatte, war noch nicht verheilt.

„Nora."

Ich blickte zurück und spürte ein Schaudern, als Tanners entschlossener Blick meinem begegnete. Da war etwas in ihm und etwas in seinem leisen Ton, das mir sagte, dass ich in Schwierigkeiten war.

Aber genau die Art von Schwierigkeiten, in die ich geraten wollte.

„Hast du einen Moment?", fragte er, aber es war klar, dass es keine Frage war.

„Natürlich", sagte ich.

Er ging direkt an mir vorbei und nickte mir zu, ihm zu folgen, was ich tat.

Er blieb nicht stehen, bis wir beide draußen waren und auf den Stufen der Wache standen. Ich suchte kurz nach Grim, machte mir aber keine Sorgen, als ich ihn nicht finden konnte; wahrscheinlich schlief er schon auf Rubys Veranda und wartete darauf, dass ich ihn ins Haus lasse.

Wir standen einander gegenüber, und ich blickte in sein wunderschönes Gesicht, fragte mich, was sich daran verändert hatte. Irgendwas hatte sich definitiv verändert, und es war nicht zum Schlechteren. Da war etwas in seinem Ausdruck, das vorher nicht da gewesen war, eine Entschlossenheit.

„Ich muss mich bei dir entschuldigen", sagte er, seine Stimme leise und angespannt. „Ich habe dich im Medium Rare hängen lassen, und wir haben das nicht vorher besprochen. Wie du gesagt hast, müssen wir ein paar Dinge klären."

Der Himmel über uns grollte, und die ersten Regentropfen landeten auf meinem Mantel. Es kam mir nicht einmal in den Sinn, Schutz zu suchen.

„Richtig. Das." Ich versuchte mitzuhalten. Er wollte über die Arbeit reden. Okay, in Ordnung. Es war nur so, dass ich für einen Moment gedacht ... oder vielleicht gehofft hatte ... „Ist schon gut, ich schätze, Bryant ist wahrscheinlich längst über-fällig für eine Beförderung. Ich kann ihn zum Manager ausbilden und jemand anderen finden, der –"

„Oh, Verdammnis!" Tanner packte mich, eine starke Hand an jedem meiner Arme, als er mich in einer schnellen Bewe-gung an sich zog, die so natürlich wie überraschend war. Seine Lippen prallten auf meine.

Die Wolken über uns öffneten ihre Schleusen, während ich meine Arme um seine Schultern schlang und seine um meine Taille spürte. Die Leidenschaft und Dringlichkeit seiner Umarmung drohten, meine Knie weich werden zu lassen, aber ich wusste, dass er mich nicht fallen lassen würde.

Meine Kleidung wurde klatschnass und schwer, und es war mir egal. Ich hatte ihn so sehr vermisst. Teile meiner Seele, die hart geworden waren, schmolzen, und andere, die sich verknotet hatten, lösten sich.

Durch den Nebel tauchte eine wichtige Frage auf. Ich legte meine Hände auf seine Brust und drückte ihn gerade weit genug weg, um den Kuss zu unterbrechen. „Was bedeutet das?" Waren wir wieder zusammen, oder war das nur ein Moment der Schwäche nach einer adrenalingeladenen Nacht?

Er starrte auf mich herab und hielt mich immer noch in seinen Armen, während Regentropfen über sein Gesicht liefen. „Ich habe dir auch was verheimlicht, Nora."

Mein Herz zog sich zusammen. „Was?"

„Ich habe mich für diesen Job beworben, ohne es dir zu sagen, während wir noch zusammen waren. Ich wusste nicht, wie ich es sagen sollte. Ich wusste, dass du wolltest, dass ich im Medium Rare bleibe, aber ich ... ich konnte nicht. Das war mein Traum, und ich musste meinem Herzen folgen." Er strich eine nasse Haarsträhne aus meiner Stirn. „Und dann habe ich gemerkt, dass du auch deinem Herzen gefolgt bist. Zugegeben, ich bin nicht begeistert davon, wohin es dich geführt hat, aber ich weiß, der Grund, warum du es vor mir geheim gehalten hast, war, weil du mich nicht verletzen wolltest. Und am Ende hat dein Herz dich zurück zu mir geführt. Du bist eine eigenständige Frau, Nora. Ich kann dich nicht kontrollieren. Ich sollte mich glücklich schätzen, dass dein Herz dich überhaupt zu mir geführt hat, und das zweimal. Und ich wäre ein Narr, wenn ich meines nicht zurück zu dir führen würde." Er nahm mein Gesicht in seine starken, aber sanften Hände. „Ich liebe dich, Nora Ashcroft. Mein Leben ergibt keinen Sinn, wenn du nicht darin bist. Wenn ich noch einen Tag ohne dich verbringe, ich ... ich fühle mich, als würde ich sterben."

Ich schluckte den Kloß in meinem Hals hinunter. „Bring mich nach Hause", sagte ich.

Diese Entschlossenheit flammte wieder in seinen Augen auf. „Süße Göttin, ja." Er verlor keine Zeit, mich hochzuheben und über seine Schulter zu werfen, bevor er in Richtung von Rubys Haus eilte.

„Nein", presste ich hervor. „Nicht Rubys."

„Gute Idee", sagte er. „Mein Haus ist näher."

Und dort wartet nicht der Geist meines Ex-Geliebten.

Aber das sagte ich nicht, zum Teil, weildiese Position nicht besonders bequem war, um zu sprechen, aber hauptsächlich, weil es eine bessere Gelegenheit geben würde, das anzusprechen.

Doch während Tanner mir gerade erst vergeben hatte und mich zu seinem Haus trug, damit wir uns nach unserer Zeit der Trennung wieder näherkommen konnten, hatte ich nur einen Mann im Kopf, und das war weder Roland noch Donovan.

Und plötzlich war ich nicht mehr so müde.

Epilog

„Kann ich Ihnen noch was bringen, Deputy?“ Ich stützte meine Ellbogen auf den Tresen des Medium Rare, wissend, dass das kleine Dekolleté, das ich besaß, voll zur Schau gestellt war.

Tanner hatte gerade ein Speck-Omelett verputzt, und doch sah er schon wieder hungrig aus, während er schamlos auf meine Brust starrte. „Ja, *Miss Ashcroft*, aber es ist etwas, das nicht auf der Karte steht.“

Ich grinste. „Soll ich Anton rausholen, damit Sie ihn danach fragen können?“

Tanner blinzelte und setzte sich kerzengerade hin. „Oh, Fänge und Klauen ... Nora. Bitte nicht.“

„Was denn?“, sagte ich und spielte die Unschuldige.

„Es ist schon schlimm genug, dass du mich vor einer Schicht ganz heiß machst, aber mich an, na ja, daran denken zu lassen und dann Anton zu erwähnen? Das ist gemein.“

Ich lachte. „Dachte nur, ich sollte ein bisschen Wasser aufs Feuer gießen, damit du dich später auf die Arbeit konzentrieren kannst. Kaffee?“

„Natürlich. Und ein Stück Kirschkuchen bitte.“

Ich zog eine Augenbraue hoch, während ich zur Kaffee-kanne ging. „Kaffee und Kuchen? Du stimmst dich voll auf die Rolle ein, was?"

„Was?", sagte er defensiv. „Ich hab' den Kuchen gebacken. Ich sollte ihn ohne Belästigung essen dürfen."

„Schon gut, schon gut."

Die Kuchen-Situation war einer unserer vielen Kompro-misse während des Übergangs in den letzten zwei Wochen gewesen. Tanner würde weiter die Hälfte des Diners besitzen, was bedeutete, dass er Geld damit verdienen konnte, ohne die meisten seiner alten Aufgaben zu erledigen, außer einer: Er blieb für den Kuchen zuständig und musste alle zwei Tage vorbeikommen, um eine Ladung vorzubereiten, die wir im Gefrierfach aufbewahrten, bis sie gebraucht wurden, und Anton wärmte sie auf.

Als ich den Kuchen brachte, bedankte sich Tanner und beugte sich vor, flüsterte: „Sieh dir die zwei an." Er nickte zu einer Nische, wo Zoe und Oliver saßen.

... auf derselben Seite.

„Denkst du, da läuft was zwischen ihnen?", fragte er. „So ein heiß-auf-den-Lehrer-Ding?"

Tanner hatte sich nie für das Liebesleben anderer interes-siert, aber ich schätzte, die Vorstellung, dass Oliver, mit dem ich immer noch mehrere Abende die Woche verbrachte, vom Markt war, war für ihn ein Gewinn.

„Ja", sagte ich. „Ich glaube, da läuft was zwischen ihnen."
Guter Mann, Oli.

Er musste endlich einen Schritt gemacht haben.

Oder sie.

So oder so, ich freute mich für beide. Und natürlich musste ich schnüffeln gehen.

Hey, was soll ich sagen? Wenn man in Eastwind ist, tut man, was die Eastwinder tun.

„Ich frage mich, ob sie mehr Kaffee brauchen", sagte ich.

„Ja! Mach das. Und dann erstatte Bericht."

„Jawohl, Deputy, Sir."

Ich ging auf sie zu, obwohl es nicht mein Tisch war. Es war Evas. Kellnern war nicht ihr Traumjob, aber sie hatte ein bisschen Erfahrung in der Gastronomie und hatte zugestimmt, einzuspringen, bis ich jemand anderen einstellen konnte.

Aber sie war beschäftigt damit, mit den Tomlinsons an einem Tisch auf der anderen Seite des Gastraums zu plaudern, also nahm ich an, es würde ihr nichts ausmachen, wenn ich kurz übernahm.

„Morgen", sagte ich und riskierte einen Blick, und ja, sie hielten unter dem Tisch Händchen. „Mehr Kaffee?"

„Ja, bitte", sagte Zoe mit einem breiten Lächeln. Ich sah Oliver an.

Er begegnete meinem Blick nur kurz und unterdrückte ein jungenhaftes Lächeln, während er nickte.

Ich hätte schlussfolgern können, dass sie zusammen waren, und meinen Tag fortsetzen, aber ich wollte ihn nicht so leicht davonkommen lassen, nachdem er so lange gezögert hatte. Also fragte ich, während ich ihren Kaffee eingoss: „Wartet ihr zwei noch auf jemanden, oder ..." Ich zeigte auf den leeren Sitz gegenüber von ihnen.

Röte kroch in Olivers Wangen, und er richtete jetzt seinen Blick auf mich, aber nur, um mich böse anzusehen.

Zoe sagte fröhlich: „Nein. Nur wir."

„Ihr macht eine Pause vom Lernen, wie ich sehe?"

Zoe nickte. „Wir machen gleich nach dem Frühstück bei mir zu Hause weiter."

„Ich wette, das werdet ihr", murmelte ich.

Ich ließ sie allein, während ich nach anderen leeren Tassen suchte, die ich auffüllen konnte. Unglücklicherweise waren die Einzigen, die ich entdeckte, am Tisch der Bouquets. Ich versuchte vorbeizugehen, bevor Hyacinth es bemerkte, aber nicht schnell genug.

„Nora, Liebes. Ich nehme noch ein bisschen.“

Ich zwang mir ein Lächeln ab. „Du auch, James?“

Er nickte, ohne von seiner Ausgabe des *Eastwind Watch* aufzublicken.

Hyacinth legte eine Hand auf meinen Arm. „Ich wollte nur sagen, Nora, ich finde es großartig, dass du Eva jetzt einen Job gibst, wo sie sich eingelebt hat. Ich verstehe, es ist nur vorübergehend?“

„Ja“, sagte ich und versuchte herauszufinden, worauf sie hinauswollte. Aber ich hatte keine Ahnung.

„Also wirst du bald jemand anderen einstellen?“

„Ja, sobald ich jemanden finde. Warum, suchst du einen Job?“ Natürlich tat sie das nicht, aber ich wusste, es würde sie nerven, wenn jemand auch nur einen Moment lang in Betracht zog, dass sie bedienen würde, ein Job, den sie zweifellos für unter ihrer Würde hielt.

Sie kicherte übertrieben. „Oh, nein, nein, nein … Ich wollte nur einen kleinen Rat geben.“

Das sollte spannend werden. „Und der wäre?“

„Wir lieben Tanner alle, weißt du, das tun wir, aber er ist immer noch“ – sie beugte sich vor und flüsterte – „ein Hexenmeister.“ Sie riss die Augen auf, als sollte ich verstehen, was sie meinte, aber ich tat es nicht. Sie fuhr fort: „Er geht, und dann stellst du eine andere Hexe ein – ich weiß, es ist nur vorübergehend, aber trotzdem –, und ich mag Eva, wirklich. So ein nettes Mädchen. Ich sage nur, unter den aktuellen Umständen wären die Outskirts vielleicht besser dran ohne so viele Hexen.“

Mein Mund blieb offen stehen, und ich machte mir nicht die Mühe, ihn ganz zu schließen.

Ich schüttelte den Kopf, nahm an, ich hätte sie missverstanden. Hyacinth war nervig und überheblich, aber das hier waren unverhohlene Vorurteile. „Du weißt schon, dass du mit einer Hexe sprichst, oder?"

Hyacinth verdrehte die Augen. „Oh, Nora. Du bist nicht wirklich eine Hexe. Zumindest denkt niemand so über dich. Du bist nicht eine von *dieser* Art Hexen."

„Welcher Art genau?" Ich bemühte mich, meine Wut im Griff zu behalten. Konnte ich Hyacinth Bouquet aus dem Medium Rare werfen, ohne dass ein großes Stadt-Drama daraus wurde? Zweifelhaft.

„Oh, du weißt schon", sagte sie beiläufig, „die Sorte, die Werwesen hassen und ihnen für alle Übel der Welt die Schuld geben, die Sorte, die Eastwind im Krieg gestürmt und mit Gewalt übernommen hat."

Ich sah James an. Dachte er auch so über Hexen? Glaubte er, dass Hexen wie Tanner und Eva ihn hassten, weil er ein Werwolf war?

Aber er sah nicht von der Zeitung auf, und auf der Titelseite konnte ich gerade so die Schlagzeile erkennen: *Zirkel rät Mitgliedern, sich auf gewaltsame Werwolf-Konfrontationen vorzubereiten.*

„Was zum zerbrochenen Besenstiel ist das für ein Unsinn?", sagte ich und zeigte darauf.

Endlich senkte James die Zeitung ein wenig und sah mich humorlos an. „Sag du's mir. Du bist die Hexe."

Hyacinth stürzte sich auf ihn: „Still, James! Nora ist nicht wirklich eine Hexe. Sie ist nur ein Fünfter Wind."

„Selbst wenn ich ein Werwolf wäre", sagte ich, „wäre ich nicht einverstanden mit dem, was ihr beide gerade sagt. Ihr kennt die meisten Hexen in Eastwind. Ihr geht mit ihnen zum Abendessen. Hyacinth, ich habe dich mehr Male, als ich zählen kann, mit Blanche Bridgewater beim Schaufensterbummeln gesehen."

„Deshalb tut dieser Verrat so weh", sagte sie schnell und

presste die Lippen zu einer dünnen weißen Linie zusammen. Sie hob das Kinn, als wollte sie zeigen, wie tapfer sie angesichts einer solcher Verletzung gewesen war, und ich konnte das keine Sekunde mehr ertragen.

Es gab keinen Verrat. Alles war frei erfunden. Falls die hohen Tiere im Zirkel den Hexen das sagten, was ein sehr großes *Falls* war, angesichts ordentlich zitierter Quellen in der *Eastwind Watch*, bedeutete das nicht, dass irgendeine Normalhexe ein Wort davon glaubte.

Ich hatte gehofft, dass ich durch das Aufdecken der Wahrheit über das, was mit Grace passiert war, verhindern könnte, dass diese lange schwelende, aber abgestandene Spannung an die Oberfläche des Alltags von Eastwind brodelte, aber es sah so aus, als wollte die *Eastwind Watch* das nicht. Und vielleicht wollten es einige der Stadtbewohner auch nicht. Es war, als hätten sie nach einer Ausrede gesucht, um zu hassen, und Hunter, Annabel und Jackie hatten ihnen eine serviert.

Ich sagte kein weiteres Wort zu den Bouquets, bevor ich von ihnen wegging und beschloss, ihnen den schlechtesten Service ihres Lebens angedeihen zu lassen und Eva zu bitten, dasselbe zu tun. Hoffentlich hatten sie es nicht eilig, irgendwo hinzugehen, denn die Rechnung würde noch lange nicht kommen. Und ihr Kaffee? Ja, kein Auffüllen mehr.

Ich erkenne, dass das nicht die beste Art war, mit der Situation umzugehen, aber wenn man bedenkt, dass das, was ich wirklich tun wollte – sie anzuschreien, sie als hasserfüllte Eiferer und Mitläufer zu bezeichnen und sie aus dem Medium Rare zu werfen – viel drastischer war, fühlte sich ein bisschen passive Aggression wie das rationalste Verhalten an, zu dem ich unter diesen Umständen realistisch betrachtet in der Lage war.

Meine Stimmung hob sich leicht, als Deputy Manchester hereinkam. „Morgen, Miss Ashcroft", sagte er, einen Moment, bevor er Tanner auf den Rücken klopfte und sagte: „Du bist dran, Rookie."

Tanner nickte eifrig und wischte die letzten Kuchenkrümel von seinen Lippen, bevor er aufsprang.

Stu ließ sich auf den Hocker fallen, den Tanner gerade verlassen hatte, und steckte sich ein kleines Stück Kuchenkruste von Tanners Teller in den Mund.

Tanner schlenderte um den Tresen herum, um sich zu verabschieden. Er hakte seine Daumen in seinen Dienstgürtel, hob den Kopf und reckte die Brust heraus. „Nun, Nora", sagte er mit einer tiefen, rauen Stimme, die meine Fähigkeit auf die Probe stellte, ernst zu bleiben, „ich gehe jetzt raus und riskiere mein Leben. Vielleicht sehe ich dich nie wieder." Er hielt kurz vor mir inne und musste sich auf die Unterlippe beißen, um das alberne Lächeln zu unterdrücken, das, wie ich wusste, durchbrechen wollte.

„Du bist so tapfer", sagte ich und legte meine Arme um seinen Hals. „Ich will nur, dass du eines weißt: Wenn du deine Schicht nicht überlebst, warte ich ganze zehn Tage, bevor ich mich jemand anderem zuwende."

Er kniff die Augen zusammen, und ich konnte mein Lachen nicht mehr unterdrücken. Er schlang seine Arme um mich. „Du bist wirklich ein Fall für sich, aber aus irgendeinem Grund liebe ich dich trotzdem."

„Wenn du mich wirklich lieben würdest, würdest du das Geschwätz lassen und mich endlich küssen."

Er enttäuschte mich nicht.

Der Kuss wurde unterbrochen, als Stu sich räusperte. „Wie wäre es mit dem Kaffee und Kuchen, Miss Ashcroft?"

„Die laufen nicht weg", sagte ich und lehnte mich für einen weiteren Kuss von Tanner vor.

Aber er ließ mich los und trat zurück. „Vielleicht nicht, aber ich sollte losmachen."

„Richtig, richtig", sagte ich. Ich ließ ihn los und erlaubte ihm, zur Tür zu gehen, ohne ihn aufzuhalten … aber ich schaffte es, ihm schnell einen Klaps auf den Hintern zu versetzen, als er sich umdrehte.

Stu starrte mich finster an, und sobald Tanner weg war, sagte er: „Er ist ein Gesetzeshüter, Fänge und Klauen! Er ist in Uniform. Könntet ihr zwei einen Gang runterschalten?"

„Okay, okay."

Ich räumte Tanners Teller ab und brachte Stu seinen Kuchen und Kaffee.

„Was gibt's Neues?", fragte ich.

Manchester schüttete einen Hauch Zucker in seinen Kaffee. „Dachte, Ihr Freund hält Sie auf dem Laufenden."

„Nein", sagte ich und lehnte mich gegen den Tresen, aber nicht, bevor ich mein Shirt zurechtgerückt hatte, um sicherzugehen, dass Stu nicht denselben Ausblick bekam, den ich Tanner zuvor geboten hatte. „Wir haben seit unserer … Wiedervereinigung … nicht viel geredet."

Stu grunzte. „Also gut." Er stopfte sich einen großen Bissen Kuchen in den Mund und legte los. „Miss Merryweathers Zirkel wurde wegen Verschwörung angeklagt, aber es wird noch eine Weile dauern bis zu ihrem Prozess, und ich bin mir nicht sicher, ob die Anklage hält, es sei denn, wir können beweisen, wer ihnen befohlen hat, das zu tun. Mr. Lehrer-des-Jahres redet nicht."

„Überrascht mich nicht. Hunter will wahrscheinlich nicht zugeben, dass er Befehle von jemandem annehmen würde."

Manchester nickte. „Habe den gleichen Eindruck von ihm. Die Geschichten stimmen überein. Es sieht so aus, als wäre Grace am Leben, obwohl wir nicht genau wissen, wo sie im Moment ist. Es ist sinnlos, nach ihr zu suchen, da Avalon groß ist und sie vielleicht schon in ein anderes Reich weitergereist ist. Außerdem gibt's keinen Grund, nach ihr zu suchen, außer dass sie uns vielleicht ein bisschen mehr Einblick in die Details geben könnte, wie das Ganze mit ihrem Zirkel abgelaufen ist.“

„Wahrscheinlich ist es weder die Zeit noch das Geld wert, sie zu suchen“, sagte ich.

„Nicht einmal annähernd. Wir brauchen gerade alle Zeit und alles Geld, die wir für Eastwind bekommen können.“ Er seufzte und ließ die Schultern hängen. „Nachbarn wenden sich gegen Nachbarn, wie ich es noch nie gesehen habe.“

„So schlimm?“, fragte ich. Vielleicht war das abscheuliche Verhalten von Hyacinth und James doch nicht so ungewöhnlich.

„Schlimmer“, sagte Stu. „Ich dachte immer, ich komme mit allen in dieser Stadt gut klar. Stellt sich raus, viele trauen mir nicht zu, Recht und Gesetz aufrechtzuerhalten, weil ich ein Wer-Elch bin. Wer hätte das gedacht?“

„Wow“, sagte ich. „Der Hass reicht sogar bis zu Wer-Elchen? Ich dachte, er beschränkt sich auf Werwölfe und vielleicht Werbären.“

Deputy Manchester sah mich über den Rand seiner Kaffeetasse an, als wäre ich vielleicht ein bisschen geistig minderbemittelt, und er bemerkte das erst jetzt. „Vorurteile sind selten präzise. Sie bleiben nicht auf ein Ziel beschränkt. Man mag diesen Feuerball auf eine bestimmte Person oder Gruppe spucken, aber ehe man sich versiehst, werden alle möglichen anderen in die Flammen gezogen. Es fängt mit der Angst vor Werwölfen an und damit, sie zu hassen, sicher. Aber Werbären sind genauso tödlich, wenn sie sich verwandeln, oder? Und sie haben im Krieg an der Seite der Werwölfe gekämpft, nicht wahr? Warum sie nicht auch hassen? Schließlich scheint es ein billiger Nervenkitzel zu sein, wenn man glaubt, man ist von Natur aus besser als jemand anderes.“

„Und Wer-Elche?“, fragte ich. „Waren die damals auch da?“

„Oh, sicher", sagte er und stach in seinen Kuchen. „Wir waren da, aber wir haben uns nur um unseren eigenen Kram gekümmert. Es war uns egal, wer regiert, solange sie uns in Ruhe ließen. Ein bisschen töricht, wenn Sie mich fragen, aber niemand fragt mich das, weil ich damals noch nicht geboren war."

„Wozu es auch immer gut sein mag", sagte ich, „ich hasse Sie nicht."

Er kicherte. „Und ich hasse Sie nicht, Miss Ashcroft. Wie könnte ich, wenn Sie mir weiter Verbrecher hübsch verpackt servieren?"

Stunden später, nachdem ich endlich nachgegeben und den Bouquets die Rechnung gebracht hatte und nachdem Bryant vorbeigekommen war, um die Manageraufgaben zu übernehmen, konnte ich für den Tag nach Hause gehen. Tanner würde bis spätabends arbeiten, aber das war in Ordnung. Ich hatte sowieso mehrere Unterrichtsstunden vor mir, die ich durchstehen musste, bevor ich irgendwas Spaßiges machen konnte.

Ted hielt die Tür für mich auf, als ich gehen wollte. „Danke", sagte ich. Dann, als ich bemerkte, dass er später als üblich ging: „Wieder eine unruhige Nacht, was?"

Der Sensenmann nickte und folgte mir hinaus. „In der Tat. Ich fürchte, die Winde der Veränderung sind –"

Seine Worte wurden von dem schnell näherkommenden Geräusch eines kreischenden Güterzugs unterbrochen, das aus Richtung der Deadwoods kam.

Das Geräusch brach aus den Bäumen hervor und traf uns mit einem Windstoß, der die Tür hinter uns zuschlug und mir fast die Beine wegzog.

Reflexartig griff ich nach Ted, um mich zu stabilisieren. Großer Fehler. Das Schaudern der Angst, das durch mich lief, half mir nicht im Geringsten, gegen den heulenden Wind anzukämpfen, der direkt aus dem Wald nach Eastwind hinein blies.

Ich ließ ihn schnell los, und einen Moment später war der Wind vorbei. Ich stand einen Moment lang erstarrt da, bevor ich fragte: „War das ...?"

„Ja", sagte Ted, seine Kreidestimme ohne ihren üblichen Funken Enthusiasmus. „Es sieht so aus, als hätten die Winde der Veränderung die Deadwoods verlassen."

❧

Ende von Buch 6

Über die Autorin

Nova Nelson ist mit einem literarischen Speiseplan aus Agatha-Christie-Romanen aufgewachsen. Sie liebt die intellektuellen Reize dieser Romane und schreibt paranormale Geschichten, seit sie das Schreiben gelernt hat. Diese beiden Lieben treffen in ihrer Eastwind-Hexen-Reihe aufeinander, und es ist an der Zeit, dass sie das selbst zugibt.

Wenn sie nicht gerade mit dem Schreiben beschäftigt ist, genießt sie lange Spaziergänge mit ihren eigensinnigen Hunden und isst Frühstück zum Abendessen.

Sagen Sie Hallo:

nova@novanelson.com

9 781959 041160